우리가 사랑한 세상의 모든 책들
더 넓은 세계

BIBLIOPHILE
DIVERSE SPINES

제인이
사랑하는 책들
THE FIFTH SEASON N.K. JEMISIN
HELEN OYEYEMI Gingerbread
JOHNSON YOU SHOULD SEE ME IN A CROWN
THE GOD OF SMALL THINGS ARUNDHATI ROY
PACHINKO Min Jin Lee
EMPIRE OF WILD CHERIE DIMALINE
AMERICANAH
CHIMAMANDA NGOZI ADICHIE
GOOD TALK MIRA JACOB
ISABEL ALLENDE THE HOUSE OF THE SPIRITS
SHARKS IN THE TIME OF SAVIORS KAWAI STRONG WASHBURN
the changeling victor lavalle
THE OLD DRIFT
NAMWALI SERPELL
A SUITABLE BOY
VIKRAM SETH
20th ANNIVERSARY EDITION
MICHI
자미스 하퍼가
좋아하는 책들
MEN WE REAPED JESMYN WARD
Yaa Gyasi Homegoing
THE STREET ANN PETRY
The Fire Next Time James Baldwin
YRSA DALEY-WARD bone
NATIVE SON
MALCOLM X AS TOLD TO ALEX HALEY
Just Mercy Bryan Stevenson
SUGAR BERNICE L. McFADDEN
A KNOCK AT MIDNIGHT BRITTANY K. BARNETT
CLAUDIA RANKINE CITIZEN
THE WARMTH OF OTHER SUNS ISABEL WILKERSON
MAYA ANGELOU I KNOW WHY THE CAGED BIRD SINGS

우리가 사랑한 세상의 모든 책들
더 넓은 세계

BIBLIOPHILE
DIVERSE SPINES

자미스 하퍼·제인 마운트 씀
제인 마운트 그림
진영인 옮김

아트북스

일러두기

- 단행본 제목은 『 』, 단편소설 · 기사 · TV프로그램·영화의 제목은 「 」로 묶어 표기했습니다.
- 인명과 지명 등의 외래어 표기는 국립국어원의 규정을 따르는 것을 원칙으로 했으나 용례가 굳어진 경우에는 통용되는 표기를 따랐습니다.
- 책등을 그린 삽화 부분의 책 목록은 138쪽 「그림 속 도서 목록」에 정리되어 있습니다.

변방의 작가와 독자,
책 판매자와 사서,
그리고 이들의 목소리를
지지하는 애서가를 위하여

차례

시작하며

이 모음집을 만들면서 우리가 세운 목표는, 새롭고 거부할 수 없는 매력을 지니고 있으면서 당신과 배경이 다른(혹은 당신이 아직 읽어본 적 없는) 저자가 쓴 다양성 도서를 당신이 적어도 열 권 발견하여, 내년에 읽도록 만드는 것이다. 그다음해에도 열 권, 또 그다음해에도 계속 이어졌으면 한다. 우리는 독자들이 다양한 이야기들을 계속 찾아서 읽게끔 독려하고자 한다. 서로 다른 경험의 소유자들이 꺼내든 열정적인 팸플릿으로, 나만의 서점 주머니를 (주머니가 아주 크긴 해야겠다) 가득 채우는 일이라고 생각해보자.

이 책에서 조명한 저자, 삽화가, 디자이너, 서점 주인, 책 인스타그래머는 다들 흑인, 원주민, 유색인으로, 대체로 백인 주류 사회에서 소외된 공간에 존재한다. 물론 다양성을 정의하는 다른 방법도 많다. 그렇지만 우리 책에서는 이러한 정의를 받아들였다. 이 책은 우리가 이 세상에 선사하는 자그마한 선물이다. 사회 불평등과 인종차별에 대한 인식에서 촉발되었고, 오랜 시간 다양한 독서를 통해 사람들이 자신의 안전지대를 벗어날 때 어떤 마법이 벌어질 수 있는지 깨달으며 떠올린 책이다.

다양성을 담은 이야기를 읽으면 우리와 다른 존재의 경험을 접하게 되고, 다른 문화에 대한 인식을 넓히게 된다. 우리와 인종이 다른 주인공을 대신해 몇 시간이라도 살아보면 공감능력이 늘고 삶을 다른 렌즈로 바라보게 된다. 물론 독서가 모든 문제를 해결할 수는 없고, 우리는 타인의 입장을 완전히 이해하지는 못한다. 그렇지만 독서는 더 큰 이해의 길을 제공하고, 대화의 길을 열어준다. 게다가 더 폭넓게 읽는 일, 다른 방식으로 존재하고 다른 세계에 거주하는 이야기를 찾는 일은 그 자체로 흥미롭기도 하다. 결국에는 이렇게 우리와는 다른 이야기의 인물들도 우리처럼 사랑하고 갈등을 겪는다는 사실을 알게 될 것이다.

어린이문학 연구자이자 교수인 루딘 심스 비숍Rudine Sims Bishop이 아이들의 책 읽기에 관해 쓴 글은 아이들뿐만 아니라 우리 모두에게 해당한다. 쉽게 표현하자면 책은 당신이 새로운 세계로 빠져들기 위해 통과하는 창문과 미닫이문이 될 수 있으면서, 자기 자신을 비추어 볼 수 있는 거울도 되고 자신의 모습을 확인할 수도 있다. 묘사는 중요하다. 그리고 만약 당신이 그것을 보지 않는다면, 스스로 어떤 존재가 될 수 있는지 알지 못할 것이다. 자기 자신과 비슷한 사람들에 대한 책을 읽으면, 특히 주변부 그룹에 속한 경우에는 소속감을 얻는다. 소속감은 행복한 삶에 필수적이다.

책으로 들어가기 전에 우리 소개를 좀 하겠다.

자미스는 어릴 때부터 손에 책을 쥐고 자랐다. 어른이 된 후에는 대체로 한 손에는 와인잔을 들고 지낸다. 책과 와인에 대해 이야기하기를 즐기는 그녀에게 친구들은 언제나 추천을 부탁한다. 자미스는 2015년에 인스타그램을 시작했고, 자매의 제안에 따라 @spinesvines 계정에 읽은 책과 그 책에 어울리는 와인을 함께 소개하기 시작했다. 자미스는 폭넓게 책을 읽지만 흑인 여성과 다른 유색인종 여성에게 초점을 맞춘다. 독자들이 책장을 다양하게 채워나가도록 돕고자 #diversespines(다양성책등) 태그를 만들었고,

나중에는 @diversespines 계정도 만들었다. 소외된 목소리가 힘을 얻을 수 있도록 옹호하는 자미스는, 다양하게 책을 읽는 일은 성장과 이해를 위한 기회를 구축하는 길이라고 굳게 믿고 있다.

제인 또한 자라는 동안 손에 책을 들고 성장했으며 다른 한 손에는 붓을 쥐고 자랐다(그러다 보니 와인잔을 잡기 어려울 때도 있지만, 제인은 그마저도 잘한다). 책을 모아서 그리면 정말 멋져 보이고 애서가들이 그 그림을 좋아한다는 사실을 알게 된 2008년 이래로 책을 그려왔다. 의뢰를 받아 그린 그림이 4000점을 넘었다. 각각의 그림은 마음의 변화를 불러왔으며 기쁨의 눈물을 자아낸 완벽한 책들을 담고 있다. 제인이 알게 된 가장 중요한 사실은 어떤 책이든 적절한 시기에 읽으면 모든 것을 바꿀 수 있으며, 그 독서 경험은 세상을 좀더 나은 방향으로 만들 수 있다는 믿음이다.

우리는 자미스의 아들 에이제이가 2018년에 어머니에게 줄 크리스마스 선물로 다양성 책등으로 가득 채운 머그잔을 그려달라고 제인에게 의뢰하면서 만나게 되었다. 이후 대화를 나누었으나 이 책을 만들기 전에는 한번도 협업한 적이 없었고, 심지어 전화통화를 한 적도 없었다. 우리는 멀리 떨어져 살면서 코로나가 한창 유행한 시기에 이 책을 만들었는데, 처음부터 끝까지 원격으로 힘을 모았다. 빡빡한 마감 일정에 치이면서도 작업이 너무나 쉽게 풀리고 재미나게 진행되어 우리 모두 놀랐다.

우리는 이 책에서 수백 권의 책을 다루고 있고 그 가운데 여러 책은 약간의 정보도 담았다. 그렇지만 각각의 책에 대해 할 말이 무척 많다. 그러니 그냥 이 책들이 모두 읽을 가치가 있다는 것만 알아달라. (물론!) 우리는 더 많은 책을 집어넣고 싶었다. 우리가 제시한 목록에 한계를 느끼지 않았으면 좋겠다. 다양한 배경의 작가들이 쓴 훌륭한 책들이 방대하게 존재하는 세계를 스스로 탐색하며 빠져들기를 바란다.

한편 당신의 '독서 리스트'에 수백 권의 책을 추가한다는 생각에 당황스럽다면, 걱정하지 않아도 된다. 옆 페이지의 그림은 훌륭한 책들을 쌓은 목록으로, 이것이 시작점이다. 우리가 좋아하는 책 일부를 모았다. 전설의 작가가 쓴 고전도 있고, 신선하고 절박한 목소리를 담은 책도 있다.

이 책을 읽는 동안 우리가 여기저기 추가한 단평을 보게 될 것이다. 참고로 자미스의 손글씨는 이러하고, 제인의 손글씨는 또 **이러하다**.

The Fire Next Time James Baldwin
Just Mercy Bryan Stevenson
ALICE WALKER THE COLOR PURPLE
INTERIOR CHINATOWN CHARLES YU
Disability Visability EDITED BY Alice Wong
KIM JOHNSON THIS IS MY AMERICA
NEVER LET ME GO KAZUO ISHIGURO
Trick Mirror Jia Tolentino
EMPIRE OF WILD CHERIE DIMALINE
SISTER OUTSIDER AUDRE LORDE
AMERICANAH CHIMAMANDA NGOZI ADICHIE
INVISIBLE MAN RALPH ELLISON
TAYARI JONES AN AMERICAN MARRIAGE
CLAUDIA RANKINE CITIZEN Graywolf Press
How We Fight For Our Lives SAEED JONES
IF THEY COME FOR US FATIMAH ASGHAR
MINOR FEELINGS CATHY PARK HONG
ACEVEDO THE POET X
INFINITE COUNTRY PATRICIA ENGEL
MAYA ANGELOU I KNOW WHY THE CAGED BIRD SINGS
ONE HUNDRED YEARS OF SOLITUDE
MARCH LEWIS AYDIN POWELL
THE JOY LUCK CLUB AMY TAN PUTNAM
MACHADO IN THE DREAM HOUSE
ERIKA L. SÁNCHEZ I AM NOT YOUR PERFECT MEXICAN DAUGHTER KNOPF
ISABEL ALLENDE THE HOUSE OF THE SPIRITS
THOMAS THE HATE U GIVE
TA-NEHISI COATES BETWEEN THE WORLD AND ME
AN AMERICAN SUNRISE JOY HARJO
CEREMONY LESLIE MARMON SILKO Viking
SING, UNBURIED, SING JESMYN WARD
WHITE TEETH ZADIE SMITH WHITE TEETH ZADIE SMITH WHITE TEETH ZADIE SMITH WHITE TEETH ZADIE SMITH VINTAGE
SANDRA CISNEROS THE HOUSE ON MANGO STREET
KHALED HOSSEINI THE KITE RUNNER
PACHINKO Min Jin Lee
GOOD TALK MIRA JACOB
OCTAVIA E. BUTLER KINDRED
THE VANISHING HALF BRIT BENNETT
THEIR EYES WERE WATCHING GOD ZORA NEALE HURSTON
THE FIFTH SEASON N.K. JEMISIN
HEAVY KIESE LAYMON
JOHNSON ALL BOYS AREN'T BLUE FSG
JASON REYNOLDS LONG WAY DOWN
LOT BRYAN WASHINGTON
STAMPED FROM THE BEGINNING The Definitive History of Racist Ideas in America Ibram X. Kendi
JOHNSON YOU SHOULD SEE ME IN A CROWN
THE COMPLETE PERSEPOLIS Marjane Satrapi
BELOVED Toni Morrison VINTAGE
BECOMING – MICHELLE OBAMA CROWN
HARUKI MURAKAMI THE WIND-UP BIRD CHRONICLE
Langston Hughes Selected Poems Vintage
Yaa Gyasi Homegoing
THE GOD OF SMALL THINGS ARUNDHATI ROY RANDOM HOUSE
KIMMERER BRAIDING SWEETGRASS
Ocean Vuong On Earth We're Briefly Gorgeous
AGAINST THE LOVELESS WORLD SUSAN ABULHAWA
There There Tommy Orange
BLESS ME, ULTIMA RUDOLFO ANAYA
The NICKEL BOYS COLSON WHITEHEAD
CALLENDER FELIX EVER AFTER
NIC STONE Dear Martin CROWN
SHARKS IN THE TIME OF SAVIORS KAWAI STRONG WASHBURN
THE SECRET LIVES OF CHURCH LADIES PHILYAW
SABRINA & CORINA KALI FAJARDO-ANSTINE
THE WEDDING DATE JASMINE GUILLORY
CHANG-RAE LEE NATIVE SPEAKER
THE WARMTH OF OTHER SUNS ISABEL WILKERSON RANDOM HOUSE
The Round House A Novel LOUISE ERDRICH
NATIVE SON RICHARD WRIGHT HARPER

『피의 겨울』은 제임스 웰치의 첫 소설로 1974년에 출간되었으며 몬태나의 포트벨냅 보호구역을 배경으로 한다.

『애니 존』은 저메이카 킨케이드의 성장소설로 앤티가섬에서 어머니와 떨어져서 자라는 소녀의 이야기다.

『빌러비드』는 1988년 퓰리처상 픽션 부문을 수상했으며 오프라 윈프리, 대니 글러버, 탠디 뉴턴, 킴벌리 엘리스 주연의 영화로도 만들어졌다.

전 세계적으로 8000만 부가 넘게 팔린 『연금술사』는 안달루시아의 양치기 소년 산티아고가 행복을 찾아가는 이야기로 걸작으로 여겨진다.

뒤마의 『몬테크리스토 백작』에서 영감을 얻은 톰 라이스는 프랑스혁명을 배경으로 최초의 흑인 장군의 활약을 그린 『검은 몽테크리스토』를 펴냈다.

『태양 속의 건포도』는 흑인 여성이 써서 브로드웨이 무대에 올라간 첫 극본으로, 흑인이 차별받은 1950년대 시카고에 사는 어느 아프리카계 미국인 가족의 가슴 아픈 생존 이야기를 다룬다.

고전

풍요로운 역사와 시대를 초월한 이야기를 담고 있는 고전은, 오랜 세월 시련을 견뎌왔고 오늘날에도 변함없이 유의미한 인간의 경험들을 서로 연결한다.

앵커 2008년 페이퍼백
디자인 헬렌 옌터스
그림 에델 로드리게스

『모든 것이 산산이 부서지다』는 2018년에 출간 60주년을 맞이했다. 그동안 2000만 권 넘게 팔렸으며 57개 언어로 번역되있다. 버락 오바마 전 미국 대통령은 치누아 아체베의 소설에 대해 "세계 문학의 진정한 고전으로… 나이지리아와 아프리카 전역, 나아가 전 세계 여러 세대의 작가들에게 영감을 준 걸작"이라고 평했다.

앤 페트리Ann Petry의 1946년 데뷔작『거리The Street』는 100만 부 이상 판매된 최초의 아프리카계 미국인 여성 소설이다. 폭력적인 할렘가를 배경으로 인종차별과 가난을 겪는 가운데 "아메리칸 드림"을 성취하고자 노력하며 여덟 살 아들을 키우는 흑인 싱글맘 루사이트 존슨의 일상적 투쟁을 그리고 있다.

마리너 2020년
페이퍼백
그림 네이선 버턴

← 페트리는 기자이자 소설가, 단편소설 및 어린이책 작가로 활동하기 전에는 정식 면허를 가진 약사였다.

클로드 매케이Claude Mckay는 1930년『마르세유의 사랑Romance in Marselle』을 쓰면서 시대를 앞선 소설가가 되었다. 급진적 정치사상과 인종 정체성, 성 지향성을 다룬『마르세유의 사랑』은 아프리카계 미국인이 쓴 최초의 퀴어 소설이다. 이 대담한 소설은 완성 후 90년이 지나, 2020년에 처음으로 출간되었다. 매케이는 할렘르네상스의 선구자로, 그의 시집『할렘의 그림자들Harlem Shadows』은 할렘르네상스 운동에 큰 영향을 끼쳤다.

펭귄클래식
2020년
페이퍼백
그림 숀 퀄스

빈티지 1991년
페이퍼백
그림 에델 로드리게스

35년 전에 출간된『망고 스트리트』는 600만 부 넘게 팔렸고 20개가 넘는 언어로 번역되었다. 시카고에서 자란 소녀 에스페란사 코르데로가 주인공인 이 성장소설은, 여러 교육기관에서 추천하는 작품이다. 작가 샌드라 시스네로스는 이 책이 자전적 소설이냐는 질문을 받자 이렇게 말했다. "나는 에스페란사가 아니지만 나라는 존재는 내가 직접 보고 들은 이야기, 나를 관통한 이야기의 합이고 에스페란사는 이 모든 것들의 집합체이다."

전설

제임스 볼드윈

James Baldwin, 1924~87

『산에 올라 말하라』
Go Tell It on the Mountain

최고의 작품으로 평가받는 볼드윈의 최초 출간작으로, 반쯤은 자전적인 소설이다. 가족, 종교, 인종, 성 문제로 갈등하는 주인공의 모습은 볼드윈의 실제 삶을 옮겨온 듯하다.

크노프 1953년 하드커버
그림 존 오하라 코스그레이브

레슬리 마몬 실코

Leslie Marmon Silko, 1948~

『의식』
Ceremony

실코의 첫 소설로, 제2차세계대전 동안 일본군과 싸우다가 포로가 된 아메리카 원주민 출신 군인의 전쟁 후 트라우마를 다룬다.

펭귄클래식 2006년
디자인 피터 멘델선드
사진 디디에 가야르

샌드라 시스네로스

Sandra Cisneros, 1954~

빈티지 1992년 페이퍼백
디자인 수전 섀피로
그림 니비아 곤살레스

『우는 여인 개울』
Woman Hollering Creek and Other Stories

시스네로스는 입을 다물어야 할 때가 잦은 여성들에게 목소리를 준다. 이 단편집은 세대가 다른 여성 사이의 갈등, 인간들이 서로 관계 맺는 모습, 치카나(멕시코계 미국 여성) 문화를 다룬다.

빈티지 2000년
페이퍼백
디자인 존 골

무라카미 하루키

Murakami Haruki, 1949~

『노르웨이의 숲』

『노르웨이의 숲』은 사랑과 우울, 자살, 슬픔을 헤쳐나가는 청년들에 관한 성장소설이다. 무라카미가 쓴 가장 자전적인 소설로 꼽힌다.

이사벨 아옌데

Isabel Allende,
1942~

『에바 루나』

다이얼출판사
2005년
페이퍼백

마술적 리얼리즘과 신화를 엮는 특유의 솜씨로 유명한 아옌데는 세계적으로 가장 널리 읽히는 스페인어권 작가들 가운데 한 명이다.

크노프
1934년
하드커버

랭스턴 휴스

Langston Hughes, 1902~67

『백인들의 방식』
The Ways of White Folks

할렘르네상스의 주축 인물인 랭스턴 휴스는 흑인 대상화와 흑인이 백인을 접하며 매일같이 겪는 문제들을 다룬 14편의 단편 모음집을 썼다.

애미스태드
2020년 하드커버
디자인 스티븐 브레이다
그림
브래들리 시어도어

조라 닐 허스턴

Zora Neale Hurston, 1891~1960

『못난 사람이라도 역경을 이겨내고』
Hitting a Straight Lick with a Crooked Stick:
Stories from the Harlem Renaissance

허스턴은 할렘르네상스운동에서 가장 유명한 선두주자 가운데 한 명으로 꼽힌다. 21편의 단편을 모은 이 책에는 그간 알려지지 않았던 8편의 작품도 실려 있으며 아프리카계 미국 문화와 인종과 사랑, 할렘을 묘사하고 있다.

토니 모리슨

Toni Morrison,
1931~2019

『가장 푸른 눈』

홀트, 라인하르트&윈스턴
1970년 하드커버
디자인 홀리 맥닐리 포인덱스터

토니 모리슨의 첫 작품으로, 아름다워지고 싶어 자신의 눈이 푸른색으로 바뀌기를 원하는 젊은 흑인 여성 피콜라 브리드러브의 이야기를 그렸다.

세기 전환기 소설

천년이 지나고 새로운 천년이 시작되는 일은 사실 하루가 또 지나가는 사건일 뿐이지만 가장 최근의 세기 전환 때에 우리 인류는 좀 놀랐다. 처음에는 '내일이 없는 것처럼' 굴다가 'Y2K' 문제로 충격에 휩싸였고, 테러와의 전쟁 및 불황이 새로운 심각한 문제로 대두된 현실을 마침내 받아들이게 되었다. 다음의 책들은 1990년부터 2009년 사이, 어마어마한 변화가 닥친 20년을 다룬다.

할레드 호세이니는 카불에서 자란 소년 시절에 사촌, 친구와 함께 연날리기를 즐겼다. 1999년, 탈레반이 아프간 사람들의 연날리기를 금지한다는 뉴스를 접한 그는 단편소설을 써야 한다는 의무감을 느꼈다. 몇 년 뒤, 창고 보관함에서 다시 찾은 단편소설은 그의 첫 소설 『연을 쫓는 아이』에 영감을 주었다.

빈티지 2006년 페이퍼백
디자인 제이미 키넌
사진 개브리엘 리버/게티 이미지

『나를 보내지 마』는 아름답고 가슴 아픈 작품으로 인간됨이란 무엇이고 언젠가는 죽는 운명이란 무엇인지에 대해 다룬다. 캐리 멀리건과 키라 나이틀리, 앤드루 가필드 주연으로 만들어진 영화 또한 아름답고 가슴 저민다. 소설 속 슬픔과 희망 사이에서 어떻게 균형을 잡느냐는 질문에 대해 가즈오 이시구로는 이렇게 답했다. "아시다시피 우리는 모두 쇠약해져 죽게 됩니다. 그렇지만 사람은 이 세계에 사는 동안 행복과 품위가 든 작은 주머니를 창조할 힘을 가질 수 있습니다."

『보데가 드림Bodega Dreams』의 주인공 치노처럼, 에르네스토 키뇨네스Ernesto Quiñonez도 스패니시 할렘지구에서 성장했다. 자신의 소설을 읽는 독자들에 대해 그는 이렇게 말했다. "'라틴계 사람들은 책을 안 읽는다'라고 말하는 사람들이 여전히 많다. 나는 그 말을 조금도 믿지 않는다. 실상은 출판계가 오랫동안 그들을 겨냥한 시장을 키우지 않았을 뿐이다. 라틴계 독자들이 공감할 수 있는 소설이나 논픽션을 주류 출판사들이 충분히 내지 않았다. 마음을 이끄는 책을 찾는 다양하고 열정적인 라틴계 독자층을 업계가 이제야 알아보기 시작했다."

빈티지 2015년 페이퍼백
디자인 페리 드 라 베가

『나비들의 시간In the Time of the Butterflies』은 도미니카공화국의 독재자 라파엘 트루히요에 맞서 활동한 혁명가인 실존 인물 미라발 자매들(파트리아, 미네르바, 마리아 테레사, 데데)의 이야기를 허구적으로 풀어낸 작품이다. 자매 중 세 명은 1960년에 암살당했다. 훌리아 알바레스Julia Alvarez는 도미니카공화국에서 열 살까지 살다가 역시 지배자에 맞서 저항하던 아버지에게 위험이 닥치며 함께 탈출하게 되었다.

미라발 자매의 암호는 'Las Mariposas'로 스페인어로 '나비들'이라는 뜻이다.

『적절한 균형』은 로힌턴 미스트리의 두번째 소설로 1975년 인도 수상 인디라 간디가 "국가비상사태"를 선언한 시절을 배경으로 삼고 있다.

『영원한 이방인』은 1996년, 데뷔작을 낸 작가들에게 주어지는 펜/헤밍웨이문학상을 받았다.

『태엽 감는 새 연대기』는 내가 언제나 좋아하는 책 가운데 하나다. 사라진 고양이 이야기로 시작하는 소설이다.

『마음껏 숨 쉴 때를 기다리며』는 아프리카계 미국인 여자 친구 네 명이 삶과 사랑을 헤쳐나가는 이야기다. 1995년 영화화되어 「사랑을 기다리며」라는 제목으로 개봉했다. 감독은 포리스트 휘터커, 주연은 휘트니 휴스턴, 앤절라 배싯, 로레타 드바인, 릴라 로숀이 맡았다.

『하얀 이빨』은 제이디 스미스의 데뷔작으로 150년의 역사와 여러 대륙을 관통하는 이야기를 담고 있다.

Abraham Verghese
Cutting for Stone
Knopf
SUGAR
BERNICE L. McFADDEN
PLUME

『설화와 비밀의 부채』를 쓴 리사 시는 1890년대 로스앤젤레스에서 결혼하기 위해 당시의 차별적 법에 도전했던 중국계 남성과 백인 여성의 증손녀다.

에디션

1937년에 첫 선을 보인 조라 닐 허스턴의 『**그들의 눈은 신을 보고 있었다**』는 평이 엇갈렸고 판매량은 저조했다. 그 시절, 소설가 리처드 라이트는 이 작품이 "안일하게 사랑이야기나 한다"라고 비판했고 랠프 엘리슨은 "일부러 통속적으로 쓴 엉망진창 소설"이라고 혹평했다. 그렇지만 1970년대에 이르러(허스턴은 1960년에 사망했다) 새로운 독자들이 허스턴의 천재성을 알아보았다(앨리스 워커도 한몫했는데, 1975년 잡지 『미즈』에 「조라를 찾아서」라는 뛰어난 에세이를 기고했다). 주인공 재니 크로포드의 삶과 사랑, 그리고 허리케인 이야기는 이제 시대를 초월하여 영향력이 가장 큰 소설 가운데 하나로 꼽힌다. 워커는 "이 책보다 더 중요한 책은 없다"라고 말한 바 있고, 제이디 스미스는 "내가 최고로 좋아하는 책"이라고 밝혔으며, 오프라 윈프리는 "늘 좋아하는 사랑이야기"라고 말했다. 80년이 넘도록 다양한 디자인의 여러 에디션이 출간되었다.

J. B. 리핀콧
1937년
하드커버

최초의 에디션으로 책싸개에 폭풍 그림이 있다.

일리노이대학출판부
1978년
페이퍼백

50주년 기념판이다.

하퍼콜린스
1990년
페이퍼백
디자인 수잰 놀리
그림 데이비드 디아스

하퍼퍼레니얼
2003년
페이퍼백

하퍼퍼레니얼
2006년 페이퍼백

2005년에 오프라 윈프리는 이 소설을 원작으로 ABC 채널에서 방영된 TV 영화를 제작했다. 감독은 다넬 마틴이었고 주연 배우는 핼리 베일리였다. 이후 새로운 에디션이 더 많이 나오게 되었다.

비라고모던클래식스
UK 2008년
하드커버
그림
로이스 메일루 존스

존스는 할렘르네상스 시절 미국과 프랑스에서 작업한 예술가로 1998년까지 활동하다 92세의 나이로 생을 마감했다.

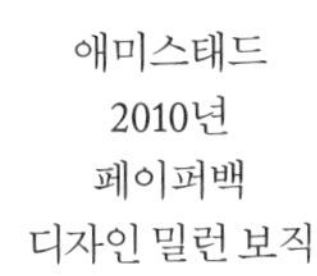

애미스태드
2010년
페이퍼백
디자인 밀런 보직

하퍼콜린스
2013년
페이퍼백

이 책은 75주년 기념판이다.

통은 이 책이 포함된 비라고모던클래식스 40주년 기념 시리즈 디자인으로 2019년 빅토리아&앨버트 일러스트레이션어워드 표지디자인 부문상을 받았다.

비라고모던클래식스
UK
2018년
디자인 예린 통

애미스태드
2021년
페이퍼백
디자인
스티븐 브레이다
그림 패트릭 도허

도허는 자신의 작품에 대해 "아프리카계 사람들의 고결한 아름다움과 신성한 본성을 고무하고 기리고자 하며, 도시의 아프리카계 미국 문화를 성스러운 아프리카 예술, 영성, 의식에 그 뿌리를 두고 잇기 위해 애쓰고자 한다"라고 말했다.

사랑받는 서점들

로열티 북스토어

Loyalty Bookstore

미국 메릴랜드주 실버스프링 / 워싱턴 D.C.
인스타그램 @loyaltybooks

팝업숍으로 시작하여 이제는 워싱턴 D.C. 지역에서 가장 소중한 서점 가운데 한 곳이 되었다. 로열티 북스토어는 메릴랜드주 실버스프링 시내와 워싱턴 D.C. 펫워스 인근에 자리하고 있으며 서점 주인은 흑인이자 퀴어인 해나 올리버 뎁이다. 뎁은 유색인과 퀴어 공동체의 힘을 키우는 데 보탬이 되기 위해 출판계의 다양성을 강조하는 일을 해왔다. 로열티 북스토어는 서점 주인이 직접 고른 책이며 선물을 판매하고 여러 소수자 지역 주민을 위한 행사를 열어, 전통적으로 주변부에 놓였던 목소리를 중심으로 끌어들이고자 한다.

카페 콘 리브로스

Cafe con Libros

미국 뉴욕 브루클린
인스타그램 @cafeconlibros_bk

카페 콘 리브로스(커피와 책)는 브루클린 크라운 하이츠에 자리한 페미니스트 서점이다. 2017년에 서점을 연 칼리마 드수스는 페미니스트 정체성이 확실한 공간을 원했다. 손님은 이곳에서 훌륭한 카페라테를 마시면서 여성womxn•을 위해 여성이 쓴 책으로 가득한 책장을 살펴볼 수 있다. 서점에서는 "페미니스트&책벌레"라는 이름의 책 구독 상자를 매달 독자의 집으로 배송한다. 상자는 여성과 소녀가 여성과 소녀를 주제로 다룬 교차성 페미니즘 책들로 구성된다. 드수스는 "우리 업계의 마음과 영혼은 우리가 지역사회에서 창조하는 공간에 깃들어 있다. 배움의 공간, 행동하고 공동체를 만들고 우정을 쌓으며 아이디어를 교환하는 공간이다"라고 전한다.

• 기존의 성별 구분에서 벗어나 다양한 여성들을 포괄하기 위해 만들어진 신조어.

마커스 북스

Marcus Books

미국 캘리포니아주 오클랜드
인스타그램 @marcus.books

마커스 북스는 가장 오래된 흑인 독립 서점이다. 서점의 설립자인 레예 박사와 줄리언 리처드슨 박사는 터스키기대학에서 만났고, 1960년에 마커스 북스를 만들었다(상호명은 정치운동가이자 작가인 마커스 가비Marcus Garvey의 이름에서 따왔다). 서점은 블랙파워운동 및 흑인인권운동 시절에도 영업을 계속했고, 지난 60년 동안 아프리카계 미국인이 직접 쓴 책이나 아프리카계 미국인을 주제로 삼은 책을 갖추어 샌프란시스코 베이 에어리어의 흑인 지역사회를 위한 문학과 문화의 이정표가 되었다. 토니 모리슨, 로자 파크스Rosa Parks, 무하마드 알리, 마야 안젤루, 월터 모슬리, 앤절라 데이비스, 니키 지오바니 같은 유명 저자도 초대했다. 맬컴X 또한 이 서점의 고객이었다. 오늘날 서점은 설립자의 자식인 블란체 리처드슨과 빌리 리처드슨, 그리고 캐런 존슨이 대를 이어 운영하고 있다.

'포피쇼' 나라의 모든 사람은 '코스'라고 불리는 마법적 능력을 갖추고 태어난다.

『아메리카나』는 정말로 꼭 읽어야 하는 뛰어난 책이다. 혹은 영국 배우 아조아 안도가 읽는 오디오북을 들어라! 아조아 안도는 사전적 소리를 아주 황홀한 소리로 만들어낼 줄 안다.

토미 오렌지는 오클라호마주의 샤이엔족과 어래퍼호족 주민으로, 작가가 성장한 캘리포니아주 오클랜드를 배경으로 『데어 데어』를 썼다.

『지상에서 우리는 잠시 매혹적이다』는 2019년 전미도서상 픽션 부문 후보작에 오른 시인 오션 브엉의 데뷔작으로 글을 읽지 못하는 엄마에게 보내는 아들의 편지로 구성되어 있다.

『우리는 하키 스틱을 탄다』. 1980년대 매사추세츠주, 고등학교 하키팀에서 승리를 위해 애쓰던 10대 소녀들은 마법에 기대게 된다.

『악을 말하지 말라』는 나이지리아 출신의 가족들에게 기대받는 가운데 자신의 성 정체성으로 번민하며 균형을 잡으려 애쓰는 흑인 소년 니루의 성장 이야기이다.

2019년 전미도서상 픽션 부문 수상작.

현대소설

"예술은 삶을 모방한다"라는 말은 실제 삶의 말썽거리와 사회적 문제를 대변하는 요즘의 현대소설에 딱 들어맞는 것 같다. 다음의 이야기들은 소설 속 인물들이 그들 자신과 타인, 그리고 변화무쌍한 세계에 관해 알게 되는 진실한 인간 경험을 다룬다.

브라이언 워싱턴Bryan Washington이 처음으로 골라서 읽은 책은 요리책이었다. 2017년에 워싱턴은 웹사이트에 음식에 관한 글을 쓰기 시작했다. 『디 올The Awl』에는 향신료 중 하나인 아치오테와 야카 멘에 관한 글을, 『해즐릿Hazlitt』에는 수프에 관한 글을 썼다. 데뷔 소설 『기념Memorial』은 출간되기 전에 TV쇼 계약을 했고 미국의 아침 방송 「굿모닝 아메리카」 북클럽에 선정되었다. 첫 단편집 『제비뽑기lot』로 워싱턴은 국립도서재단의 '35세 이하 최고의 작가 5인'에 선정되고, 버락 오바마 전 미국 대통령이 꼽은 2019년 좋아하는 책 목록에도 포함되었다.

야카 멘은 뉴올리언스에서 흔히 먹는 진한 소고기국수다.

잉그리드 페르사우드Ingrid Persaud는 법학교수로 활약하다 40대에 글을 쓰기 시작했다. 페르사우드는 『사랑 후의 사랑Love After Love』에 대해 "망명자가 집으로 보내는 사랑의 편지지만, 범죄와 관리라는 아주 현실적인 문제를 부인하지도 않는" 작품이라고 말한다. 만일 외딴섬에서 오도 가도 못하는 가운데 오직 하나의 단편만 읽을 수 있는 상황이라면, 페르사우드는 가브리엘 가르시아 마르케스가 쓴 「예고된 죽음의 연대기」를 읽을 거라고 말한다.

원 월드
2020년 하드커버
디자인과 그림
도나 챙

앤지 김Angie Kim은 엄마가 되어 세 아이 모두 병원에 계속 가야 하는 고충을 겪고 처음으로 글을 써볼까 생각했다. 한국인 이민자이자 한때 변호사로 일했으며, 실제로 고압산소치료(잠수함처럼 생긴 기기에 들어가서 치료를 받는다)를 받는 환자의 엄마라는 사실이 데뷔작 『미러클 크리크Miracle Creek』에 영향을 미쳤다. 이 스릴러 작품은 이민과 부모되기와 자폐에 관해 다룬다.

잠수함처럼 생긴 고압산소치료기의 한 예.

유년 시절 양쯔 추Yangsze Choo가 좋아한 책은 제럴드 더럴Gerald Durrell이 쓴 『나의 특별한 동물 친구들My Family and Other Animals』이었다. 희귀동물과 동물 보호를 다룬 더럴의 책을 좋아한 그녀가 자신의 책 『밤의 호랑이The Night Tiger』에 많은 동물을 등장시킨 건 당연하다. 그녀의 첫 소설 『유령 신부The Ghost Bride』는 넷플릭스 오리지널 시리즈로 만들어졌다. (리스 위더스푼의 북클럽에서는 2019년 4월에 『밤의 호랑이』를 선정했다).

나는 밤의 동물이야!

영향력 있는 책사랑꾼

밸런타인북스 2018 하드커버
디자인 샤라냐 더바술라
아트 알렉산드라 보먼

글로리 에딤

Glory Edim

'다독하는흑인여성' 설립자이자 대표

인스타그램 @wellreadblackgirl

'다독하는흑인여성'은 글로리 에딤이 2015년에 설립했다. 뉴욕 브루클린을 근거지 삼아 북클럽 활동을 비롯해 문학 축제도 개최한다.

"출판계에 담론을 일으키는 일, 작가부터 활동가와 극작가, 정책 담당자에 이르기까지 흑인 예술가들이 펼치는 새로운 작업에 힘을 실어주는 일을 목표로 삼고 있다. 나는 지지를 위한 도구로써 문학과 이야기를 활용한다. 흑인 소녀들과 여성들이 자신만의 언어로 성공을 정의하도록 북돋고 싶다. 조라 닐 허스턴이든 앨리스 워커든 토니 모리슨이든 이들의 책은 자신의 통찰을 절대 잃지 않은 강인한 작가의 말을 전할 것이다. 이들의 책은 종종 다시 읽게 되는데 읽을 때마다 그들의 재능과 정밀함과 무한한 상상력에 영감을 받는다. 내가 고른 책들은 각각 흑인 소녀와 흑인 여성이라는 광활하고도 놀라울 만큼 복잡한 정체성을 이해하기 위한 기본 입문서로 읽을 수 있다. 독서란 인간의 생활과 교육에서 가장 중요한 측면 가운데 하나라고 믿는다. 우리가 흡수해야 하는 다른 모든 지식의 토대가 된다. 나의 인생은 문학으로 인해 변모했다. 우리에게는 흑인 여성이 쓴 책이 항상 더 많이 필요하다. 각각의 이야기들은 우리에게 희망을 주고 우리의 풍부한 유산에 보탬이 되며, 궁극적으로 이야기를 꾸미는 행위는 우리가 살아남도록 돕는다. '다독하는 흑인 여성'의 발전은 흑인 여성의 이야기를 중심으로 끌어올 것이다."

루피타 아키노

Lupita Aquino

루피타 아키노는 배우이자 활동가인
조이 살다나Zoe Saldana가 설립한 미디어회사
BESE의 도서 큐레이터다.
『워싱턴 인디펜던트 리뷰 오브 북스』의
칼럼니스트이자 릿온에이치 스트리트북클럽의
공동설립자이기도 하다.

인스타그램 @lupita.reads
트위터 @Lupita_Reads

"나는 책이 내게 준 것들을 되짚어보고 말로 옮기려고 많은 시간을 보낸다. 이야기 한 편을 읽는 것만으로도 나 같은 사람은 여러 감정이 샘솟으며 내면의 치유를 얻는다. 아래에 언급한 책 목록은 이 세상에서 나라는 사람이 어떤 존재인지 정의하는 언어를 주었다. 그런데 가장 중요한 점은, 읽을 당시에는 내게 필요한지도 몰랐던 자아 성찰의 길을 열어주었다는 사실이다. 자아 성찰은 여러 방식으로 나를 구해주었다. 세상에 나라는 존재를 드러낼 때 도움이 되었고 이 책들을 읽음으로써 내가 진짜 삶을 살아갈 힘을 얻었다. 10대 때 읽은 아나 카스티요Ana Castillo의 『신은 너무 멀리 있고So Far from God』는 퀴어이자 멕시코 사람으로 존재하는 일이 가능하다는 것을 말 그대로 보여준 책이었다. 줌파 라히리의 『이름 뒤에 숨은 사랑』을 읽으면서는 나의 이민자 부모가 고국을 떠나 전혀 다른 세상을 헤쳐나가는 일이 어떠했을지 이해할 능력이 생겼다. 자아 성찰 말고도, 이 책들 덕분에 나는 지역사회와의 관계를 구축하게 되었고, 다른 사람에게 나 자신의 이야기를 공유하고픈 마음이 생겼다."

사랑하는 북클럽

오프라 윈프리는 1996년에 자신의 토크쇼에서 북클럽을 열면서 북클럽 세계에 혁신을 가져왔다. 독자들은 최신 베스트셀러 이야기를 나누기 위해 직접 만나는 전통적인 방식을 여전히 선호하는 한편, 소셜미디어와 가상 플랫폼은 세계 곳곳의 독자 수백만 명이 북클럽에 훨씬 쉽게 접근할 수 있도록 만들었다.

소설의 주인공 스포츠코트가 좋아하는 음료

『어메이징 브루클린』에서 독자들이 어떤 것을 배울 수 있다고 생각하느냐는 질문에 제임스 맥브라이드는 이렇게 답했다. "책을 통해 우리는 모두 비슷한 존재이고, 우리의 목표는 같으며, 우리는 서로 다르지만 그 이상으로 닮았음을 보여주고자 했다. 지금 우리는 인간성과 인류의 유산에 관해 다시 생각해보고, 용기와 겸손과 도덕성이 여전히 미국을 단결시키는 척추라는 사실을 상기해야 하는 시대에 살고 있다." (2020년 6월, '오프라의 북클럽'에 선정)

마테오 아스카리푸어Mateo Askaripour는 어느 스타트업의 판매개발팀 관리자로 일했으나 작가가 되기 위해 2016년 직장을 그만두었다. 데뷔 소설 『블랙 벅Black Buck』은 경력을 쌓는 과정에서 자기 자신을 잃는 것을 경고하는 이야기이면서도 성공에 대한 실제적인 조언을 담고 있다. 풍자적인 작품인데, 아스카리푸어는 이렇게도 말한다. "내 감정에 관한 한 완벽하게 사실이다. 소설 속 캐릭터들이 느끼는 모든 것을 나도 느꼈다." (2021년 1월, '제나와 읽자'에 선정)

호턴미플린하코트
2021년 하드커버
그림
루퍼트 미츠/루드

브릿 베닛은 데뷔작 『나디아 이야기』가 베스트셀러가 되는 성공을 거두었고, 큰 기대를 받으며 발표한 두번째 소설 『사라진 반쪽』 역시 『뉴욕타임스』의 베스트셀러 소설 목록에서 1위를 차지했다. 자신의 어머니가 들려준 이야기에서 영감을 받아 쓴 이 이야기는 여러 세대에 걸친 어느 가문의 역사를 담은 대하소설로, HBO에서 드라마로 만들어질 예정이며 베넷이 제작에 직접 참여한다. (2020년 6월, '굿모닝 아메리카 북클럽'에 선정)

리버헤드북스
2020년 하드커버
디자인과 그림
로런 피터스콜리어

파크 로
2020년 하드커버

낸시 주연 김Nancy Jooyoun Kim은 독립 서점이 지역사회에 얼마나 소중한 존재인지 경험으로 알고 있다. 1년 동안 시애틀에 있는 엘리엇베이북컴퍼니에서 일한 적 있는 김은 "서점과 도서관은 지역사회의 심장으로, 우리가 환대받는 존재이고 이 세상과 이어져 있다는 기분을 느끼게 하는 편안하고 활기 있는 필수적 사교 공간"이라고 믿는다. 김의 데뷔 소설 『미나 리의 마지막 이야기The Last Story of Mina Lee』는 이민자 엄마와 미국에서 태어난 딸 사이의 관계를 파헤치는 미스터리 스릴러다. (2020년 9월, '리스의 북클럽'에 선정)

실레스트 잉의 베스트셀러 소설 『작은 불씨는 어디에나』는 2020년 3월 케리 워싱턴과 리스 위더스푼 주연으로 미국 OTT 플랫폼 훌루에서 드라마로 제작해 선보였다.

『아이 엠 아두니』는 교육받을 권리를 쟁취하기 위해 싸우면서 자신의 목소리를 찾고자 하는 14세 나이지리아 소녀 아두니의 이야기다.

『도미니카나』는 2019년 '다독하는흑인여성 북클럽'에 선정된 책이다.

Such a Fun Age KILEY REID
THESE GHOSTS ARE FAMILY MAISY CARD
THE REMOVED BRANDON HOBSON
TAYARI JONES AN AMERICAN MARRIAGE
ALKA JOSHI The HENNA ARTIST
his only wife peace adzo medie
You Exist Too Much ZAINA ARAFAT
NAIMA COSTER WHAT'S MINE AND YOURS
Black Buck Mateo Askaripour
the PROPOSAL JASMINE GUILLORY
Deacon King Kong James McBride

『헤나 아티스트』는 1950년대 인도의 자이푸르를 배경으로 독립적인 삶을 얻고자 노력하는 헤나 아티스트의 이야기를 그렸다.

『이 유령들은 가족』은 2020년 3월 '순문학 북클럽'에 선정되었다.

『죽은 사람』은 15년 전 경찰이 쏜 총에 맞아 사망한 10대 아들 레이레이를 애도하는 체로키 가족 이야기다.

『그의 유일한 아내』는 중매결혼을 기대하는 가족의 바람과 달리 사회규범에 맞선 아피의 이야기를 담은 아주 재미있는 데뷔작이다.

『너는 너무 벅찬 존재』는 2020년 7월 '아메리의 북클럽'에 선정되었다.

『한계 없는 나라』는 아메리칸드림을 실현하고자 애쓰는 어느 흩어진 콜롬비아 가족 이야기이다.

『우유 피 열기』는 2021년 4월 록산 게이의 '대담한 북클럽'에 선정되었다.

MILK BLOOD HEAT DANTIEL W. MONIZ
EROTIC STORIES FOR PUNJABI WIDOWS BALLI KAUR JASWAL
LUSTER Raven Leilani

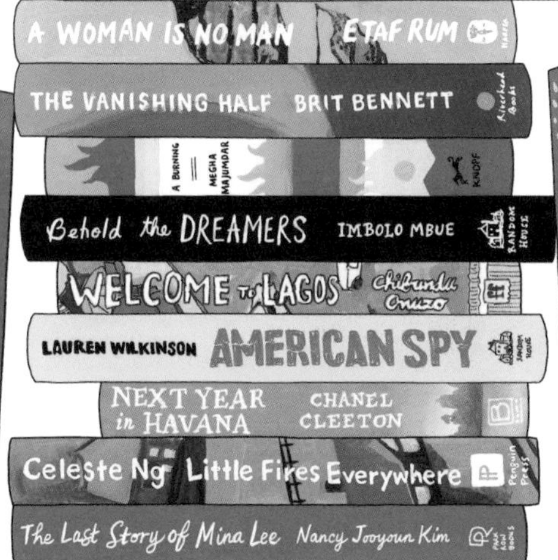

Little gods MENG JIN
PATSY NICOLE DENNIS-BENN
INFINITE COUNTRY PATRICIA ENGEL

작가가 사랑한 책들

브릿 베넷

『사라진 반쪽』과
『나디아 이야기』의 작가

인스타그램 / 트위터
@britrbennett

『정말 재미있는 시대』
Such a Fun Age
카일리 리드

퍼트넘 2019년 하드커버
디자인 비안 응우옌

"나는 카일리 리드의『정말 재미있는 시대』가 좋았다. 복잡하고 당황스러운 선의를 보이는 백인 고용주에 대처해나가는 흑인 육아도우미의 이야기를 담은 소설로, 영리하고 힘차며 재미있다. 리드는 인종과 노동 사이의 관계를 헤쳐나가는 일의 복잡성을 정확하고 재치 있게 포착했다. 읽고 있으면 마음이 불편해지지만 그런 점마저 좋고, 손에서 놓을 수 없었다.

먼저, 작가로서 내가 루만 알람의 문장을 얼마나 사랑하는지 말해야겠나. 그는 일상적이지 않은 단어들을 무척 고심해서 골라 쓴다. 나라면 긴 문장 셋으로 표현할 내용을 단 여섯 단어로 이루어진 문장 하나에 효율적으로 담아내기 위해서다. 독자로서 나는 디스토피아 소설을 좋아하고, 이 소설의 기본 전제에 완전히 반했다. 긴장감 넘치는 이야기로 '세상에 이다음에 무슨 일이 벌어지는 거야?!' 하며 밤새 읽었다. 책 자체는 전 세계를 강타한 유행병과 별 관계가 없으나, 우리 다수가 느낀 혼란과 불행, 고립의 감각에 완벽하게 어우러진다. 내가 아는 모든 사람에게 이 책을 추천했다!"

야밀레 사이에드 멘데스

『분노Furia』와『넌 어디에서 왔니?Where Are You From?』의 작가

인스타그램 / 트위터
@yamilesmendez

앤지 김

『미러클 크리크』의 작가

인스타그램 @angiekimask
트위터 @AngieKimWriter

『세상을 떠나』
Leave the World Behind
루만 알람

"이 책은 극찬을 멈출 수가 없다!

에코 2020년 하드커버
디자인 세라 우드, 그림 제시카 브릴리

『달 안에서』
The Moon Within
아이다 살라사르

아서 A. 레빈
2019년 하드커버
디자인 매브 노턴
그림 조 세페다

"이 환상적인 운문 소설은 첫 월경을 시작하며 유년 시절을 막 떠나게 된 어느 소녀의 여정을 그린다. 셀리는 사춘기로 인한 육체적, 정서적, 사회적 변화를 겪는 동안 자신이 어떤 사람인지 알아내야 한다. 그러다 달의 의식이라고 불리는 멕시코 전통 의식에

참여하기를 바라는 엄마의 바람에 맞서게 될지 모른다. 소녀들은 말할 것도 없고, 다른 독자 집단에게도 재미있고 감각적이며 중독적인 이야기를 선사한다. 인생의 거대한 질문들과 씨름하던 소녀 시절에 셸리의 이야기를 읽었다면 좋았을 것이다. 달의 의식도 치렀으면 좋았을 테고."

미라 제이컵

『좋은 대화Good Talk』와 『몽유병자의 춤 안내서The Sleepwalker's Guide to Dancing』의 작가

인스타그램 @goodtalkthanks
트위터 @mirajacob

미첼 S. 잭슨

『생존 수학Survival Math: Notes on an All-American Family』의 저자

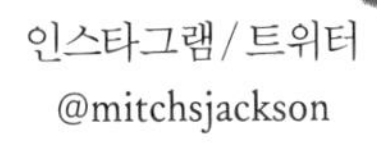

인스타그램 / 트위터 @mitchsjackson

리버헤드
2019년 하드커버
디자인 앨릭스 머토

『제비뽑기』
브라이언 워싱턴

"내가 좋아하는 세 권의 단편집이 있다. 데니스 존슨의 『예수의 아들Jesus' Son』, 에드워드 P. 존스의 『하거 아주머니의 모든 아이All Aunt Hagar's Children』, 주노 디아스의 『드라운』이 그것이다. 올해는 브라이언 워싱턴의 『제비뽑기』를 읽었는데 좋아하는 단편집 목록에 이 책도 넣자고 마음먹게 되었다. 작가가 자신의 고향 휴스턴과 그 풍부한 문화적 환경을 살피면서, 성장과 성애, 아메리칸드림을 향한 희망을 예술적으로 탐색하는 책이라서 좋았다. 워싱턴이 창조한 캐릭터들이 내 주변에 사는 사람이라도 되는 양 책 속 동네에 침입한 기분도 들었다. 『제비뽑기』는 나중에 또 읽을 책이고, 단편집을 좋아하는 독자들을 위한 책이며, 인상적인 소설을 환영하는 독자라면 누구나 반길 만하다."

『작은 것들의 신』
아룬다티 로이

랜덤하우스
2008년 페이퍼백
디자인 애나 바워

"읽은 책 가운데 내가 속한 공동체, 케랄라 지방의 시리아 기독교인을 중점적으로 다룬 첫번째 책이 아룬다티 로이의 『작은 것들의 신』이었다. 책이 나왔을 당시 나는 어렸고, 우리 공동체가 부차적이고 정복당한 존재로 소설화된 모습만 봤었다. 그렇기에 로이의 시선으로 그려진 우리의 모습, 특히 우리의 사회주의 역사와 엄격한 계급의식 사이의 갈등을 그린 부분을 읽었을 때는 마치 거울을 보는 듯한 기분이 들었다. 우리가 우리 자신과 타인에게 준 고통이 소환되고 호명되고, 새롭게 해석되니 얼마나 다행인지 모른다. 정말 멋진 선물이다."

『이름 뒤에 숨은 사랑』. 이 소설을 원작으로 해 2006년에 개봉한 영화는 미라 나이르가 감독을 맡았고, 이르판 칸, 타부, 칼 펜, 사히라 나이르가 주연을 맡았다.

『오랜 이동』은 아프리카 잠비아를 배경으로 네 세대에 걸쳐 세 집안에 일어나는 이야기를 다룬 서사물이다.

『루비 킹 구하기』는 시카고 남부를 배경으로 신뢰와 가족의 비밀, 그리고 우정을 탐색한 웨스트의 데뷔작이다.

『우리를 위한 곳』은 딸의 결혼식을 위해 모인 어느 인도계 미국 무슬림 가족을 그린 작품이다.

『휴식』은 열 명의 시점에서 진행되는 스릴러로, 백인과 캐나다 원주민 사이에서 태어난 메티스족의 대가족 여성들(남성 한 명도 포함) 이야기를 다룬다.

『당신이 나를 떠난다면』은 한국전쟁을 배경으로 다섯 명의 화자를 통해 가족 내 역학 관계와 세 남녀의 삼각관계를 그린 김의 데뷔작이다.

『덜 익은 마음』. 고등학생 자녀의 임신과 결혼을 계기로 브루클린의 두 가족이 한데 엮이는 이야기.

『잘 어울리는 소년』은 독립 직후 인도를 배경으로 사랑과 가족에 대한 이야기를 다룬다.

가족 대하소설

우리는 우리 자신의 가족 내 관계를 이해하고, 우리 행동 방식의 이유를 이해하기 위해 다른 가족에 관한 이야기를 읽는다. 특히 우리의 통제를 넘어서는 사건과 마주했을 때 그렇다. 여기에 소개하는 책들은 읽기 시작하면 어느새 푹 빠져들어 며칠 동안 책 속에 파묻혀 지낼 수 있고, 다 읽은 후에는 타인의 삶 전체를 살아본 것처럼 숨이 턱 막히는 듯한 느낌을 받을 것이다.

『파친코』는 일본에서 여러 세대를 걸쳐 살아온 어느 한국 가족의 이야기를 그리고 있다. 이민진은 "나는 예술을 통해 강한 공감을 이끄는 일에 관심이 있다"라고 썼다. 그리고 "(문학은) 인간이 서로를 인간으로서 바라보도록 진정으로 설득하는 몇 안 되는 것들 중 하나"라고 느끼며, 작가의 일이란 이야기를 잘 써서 독자를 예전보다 공감을 더 잘하는 사람으로 바꾸어, 다른 집단의 인간성을 더는 말살하지 못하는 존재가 되게 하는 것이라고 여긴다.

파친코는 기계식 게임기이자 일본에서 대중적인 도박 게임이다.

헬렌 오이예미는 소설의 출발점을 동화로 잡곤 하는데, 동화가 "때로는 외면하고 싶은 진실"을 보여주기 때문이다. 그런 다음 자신의 이야기를 더해 신선하고 유행을 타지 않으면서도 시의적절한 작품을 만들어낸다. 『보이, 스노, 버드Boy, Snow, Bird』에서 인종과 아름다움이라는 주제를 다룬 오이예미는 『백설 공주』를 끌어왔다. "백설 공주가 그 모든 일을 겪은 후에도 어떻게 그토록 온화하고 상냥할 수 있는지 너무나 이상하다고 생각했기" 때문이다. 오이예미의 여러 작품이 그렇듯, 이 책 또한 여성 중심이다. 제목의 세 단어는 주인공 세 여성의 이름이다. 이에 대해 오이예미는 "여성 한 명이 살아갈 수 있는 온갖 종류의 삶에 관해 알아보고 싶을 뿐이다. 나의 페미니즘은 한번도 남성에 대항한 적이 없다. 남성의 존재 삭제가 아니라, 그들에게 집중하지 않을 뿐이다"라고 말한다.

리버헤드북스
2014년 하드커버
디자인 헬렌 옌터스

『상어와 구원자의 시대Sharks in the Time of Saviors』의 주인공 소년 노아는 물에 빠졌다가 상어떼 덕분에 목숨을 구한다. 영감을 어디에서 받았느냐는 질문에 카와이 스트롱 워시번Kawai Strong Washburn은 이렇게 답했다. "머릿속에 이미지 하나가 떠올랐습니다. 물에 빠진 아이가 상어떼에 의해 잘 운반되어 뭍으로 가는 이미지요. 어디에서 그런 이미지가 왔는지는 잘 모르겠습니다." 워시번은 몇 년 동안 그 이미지에 대해 생각하다가 마침내 하와이에서 성장하며 느낀 감정을 이미지와 연결하여 소설을 썼다. 임볼로 음부에Imbolo Mbue는 『뉴욕타임스』 서평에 "(워시번은 독자가) 하와이를 총체적으로 이해해주기를 원한다. 자랑스러운 조상과 신과 영혼이 있는 곳이기도 하고, 허물어지는 가족과 절망, 가난이 있는 곳이기도 하다. 어디에나 미스터리와 아름다움이 깃들어 있다"라고 썼다.

이리 와, 내가 구해줄게.

작은 무료 다양성 도서관

세라 카미야는 매사추세츠주에 있는 백인 위주의 마을에서 성장했고, 열렬한 어린이 독서가로서 자신과 같은 어린이에 관한 책이 더 많았으면 하고 바랐다. 이제 카미야는 맨해튼 소재의 한 초등학교에서 상담사로 일하지만, 코로나가 전 세계에 유행하던 2020년에는 고향으로 돌아왔고 자신이 할 수 있는 간단한 일이 있음을 깨달았다. 그녀는 지역 내 '작은 무료 도서관'을 흑인과 유색인종이 주인공인 어린이책으로 가득 채웠다. 최초의 '작은 무료 다양성 도서관Little Free Diverse Library'(이하 LFDL)을 만든 것이다.

카미야는 인스타그램 @littlefreediverseliberaries 계정을 만들었는데, 처음에는 마을의 LFDL에 조금이나마 책을 기부해주었으면 하는 마음이었다. 그런데 이 놀라운 아이디어가 인기를 얻게 되면서(특히 「투데이쇼!」에 소개된 후) 책 기부가 끊임없이 이어지기 시작했다. 이후 카미야는 선별한 책 모음을 전국에 있는 도서관 수백 곳에 보냈고, 수많은 사람들이 자신들의 지역에 놓인 무료 도서관을 LFDL로 탈바꿈하는 데 영감을 주었다.

카미야는 말한다. "나는 책이 대화를 시작하고 변화를 끌어낼 힘을 가지고 있다고 믿는다."

"나는 흑인 아이들이 마땅히 자신이 등장하는 책을 봐야 한다고 믿는다." 그리고 "백인 아이들도 흑인 캐릭터를 보면서 스스로 공부하고 다른 문화와 배경을 경험하리라는 생각에 신난다."

매사추세츠주 알링턴

카미야는 매일 산책할 때마다 마주치는 이 도서관을 보며, 다양성을 담은 책으로 도서관을 채워야겠다고 마음먹게 되었다.

동네의 작은 무료 도서관을 다양성 도서관으로 바꾸고 싶은가? 다음은 카미야가 출발점으로 추천하는 어린이와 성인을 위한 12권의 책이다(그렇지만 더 많은 책이 있으니 부족하다 느끼지 말라!).

@littlefreediversedallas는 댈러스의 작은 무료 도서관마다 다양성을 담은 책을 채워넣고자 한다. 이것이 그 백번째 성취다.

소방서 도서관

텍사스주 댈러스

자. 유. 도서관

미네소타주 레이크빌

@f.r.e.e.library

공주 정원 도서관

캐나다 온타리오주 토론토

그렇다, LFDL은 캐나다에도 많다. @littlefreediverselibrariescan에서 확인해보자.

하나의 사랑, 하나의 세계, 많은 이야기 도서관

매사추세츠주 로웰

이 @littlefreediverselowelllibrary는 정말 사랑스럽다.

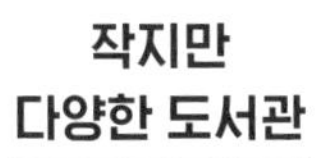

작지만 다양한 도서관

뉴저지주 매디슨

걸스카우트 리비와 샬럿 네브레스는 이 작지만 다양한 무료 도서관을 매디슨의 전통공예박물관에다 만들었다.

인종차별에 반대하는 작은 무료 도서관

노스캐롤라이나주 샬럿

@littlefreeantiracistlibrary

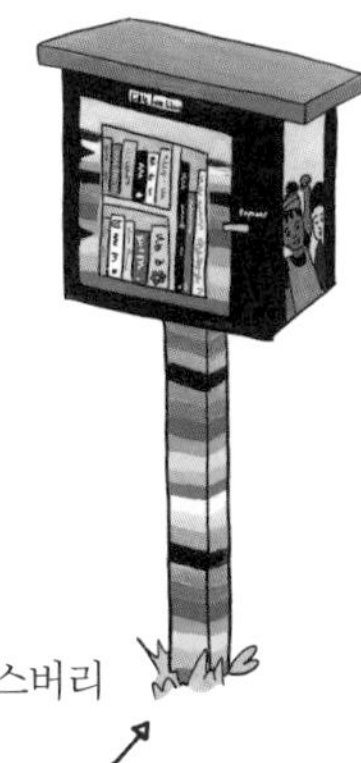

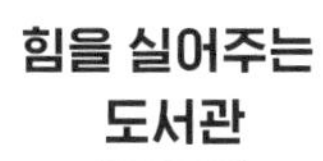

다양하고 작은 무료 도서관

일리노이주 노리지

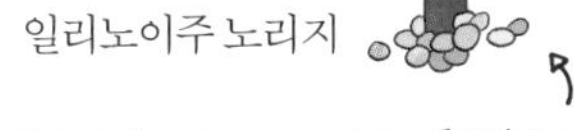

이 @littlefreediversenorridge 도서관은 언제나 책이 가득하다.

힘을 실어주는 도서관

매사추세츠주 웨스트 록스버리

@wrdiverselibraries에서 더 많은 지역 LFDL을 찾아볼 수 있다.

우리가 사랑한 책들

그랜드센트럴퍼블리싱
2020년 페이퍼백

크리 마일스

펭귄랜덤하우스의
흑인 문학 플랫폼
올웨이즈블랙의 인스타그램
계정 관리 담당자

인스타그램
@creemyles

『와일드 시드』
옥타비아 버틀러

“옥타비아 버틀러는 (백인) 남자들 사이에서 신 같은 존재였고, 버틀러가 창조한 모든 것은 과학 소설을 완전히 바꾸어놓았다. 그중에서도 『와일드 시드』는 가장 대단한 작품이다. 형상을 바꾸는 능력을 지닌 두 명의 초인은 노예무역에 맞서는 동안 공존 혹은 소멸하는 법을 배워야 하고, 결국에는 바다 건너 남북전쟁 전의 미국 남부로 가게 된다. 비범한 작품이다.”

크리스틴 볼로

로열티 북스토어의
프로그램과 마케팅 책임자

인스타그램
@readingismagical

『미국은 심장이 아니다』
America Is Not the Heart
일레인 카스티요

바이킹
2018년 하드커버
디자인 맷 비

“차분하지만 힘 있는 작품으로, 미국에서 새로운 삶을 살고자 하는 필리핀 이민자 헤로를 중심으로 이야기가 전개된다. 내가 속한 민족, 문화, 내 가족이 이 세상에 모습을 드러내기를 원하기 때문에 독자들에게 이 책을 권한다. 미국에 사는 필리핀 사람은 그동안 매체에서 거의 재현되지 않았는데, 우리의 이야기는 귀 기울일 만한 가치가 있다.”

밀크위드 에디션스
2021년 페이퍼백
그림 홀리 영

사샤 마리아 S.

오지브웨 북스타그래머

인스타그램
@anishinaabekwereads

『종자 관리인』
The Seed Keeper
다이앤 윌슨

“다이앤 윌슨(다코타인dakhóta)은 놀라운 작가로, 윌슨이 쓴 인물 중심의 데뷔작은 하나의 예술작품이다. 『종자 관리인』은 원주민과 원주민이 아닌 사람 모두 공유하고 있는 과거가 우리의 현재와 미래를 어떻게 만들어가는지 탁월하게 탐색해낸다. 독자들은 로절리 아이언 윙을 따라가며 다코타족의 정체성과 삶과 상실의 복잡성을 알게 되고, 개인적·집단적 차원에서의 귀향을 이해하게 된다. 마음을 울리는 이 작품을 읽으며 나는 역사와 식물과 땅에 관한 원주민의 지식을 상기하게 되었다. 우리가 고향을 떠나 관계를 끊어도 이 지식이 어떻게 우리가 집으로 다시 돌아오도록 돕는지에 대해서도. 아름다운 문장과 서정적이고 사색적인 이야기는 책의 마지막 장까지 독자를 이끈다.”

도나 존슨

독서모임 '갈색 소녀는 책을 읽는다'의 설립자이자 편집자

인스타그램
@thisbrownegirlreads

『솔로몬의 노래』
토니 모리슨

크노프
1977년 하드커버
디자인
R. D. 스쿠델라리

"『솔로몬의 노래』는 내가 좋아하는 토니 모리슨의 작품이다. 누군가 모리슨의 책 가운데 딱 한 권만 골라 읽는다면, 이 책이어야 한다고 생각한다. 모리슨의 세번째 작품으로, 우리가 사랑하게 된 이야기 장인의 면모를 드러낸다. 독자들이 작품 속 여러 인물에 빠져들 수 있는 것은 이야깃거리가 많아서가 아니라, 인물들 각자가 전체 이야기에 힘을 실어주기 때문이다. 이 성장 이야기는 모리슨의 비범한 재주를 통해 오랫동안 기억에 남을 작품이 되었고, 출간된 지 43년이 지난 지금까지도 여전히 회자되고 있다."

모건 하딩

폴리틱스 앤드 프로즈 북스토어의 점원

인스타그램
@morgan__gayle

『무거운』
Heavy
키스 레이먼

스크리브너
2018년 하드커버
디자인 나 김

"내가 이제껏 읽은 최고의 책 중 하나다. 키스 레이먼은 미국의 살아 있는 최고의 작가로 손에 꼽을 만큼 자기만의 독특한 목소리로 글을 쓴다. 레이먼은 미시시피주에서 흑인 소년으로 성장하는 일이 어떤지 2인칭 화자를 써서 엄마에게 말을 건넨다. 유년 시절 겪은 갈등에도 불구하고 레이먼이 그의 가족과 흑인 정체성, 그리고 흑인을 사랑한다는 점은 확실하다."

크리스털 포트

작가/교육 전문가

인스타그램
@melanatedreader

『교회 여성들의 비밀스러운 삶』
The Secret Lives of Church Ladies
디샤 필료

웨스트버지니아대학출판부
2020년 페이퍼백
디자인 스튜어트 윌리엄스
사진 소운 어파트

"독자를 완전히 사로잡아 다 읽은 후에도 몇 주 동안 계속 생각나고 책 속 인물의 마음속으로 빠져들게 하는 단편집을 읽어본 적 있는지? 디샤 필료의 『교회 여성들의 비밀스러운 삶』이 바로 그런 책이다. 단편을 하나씩 읽어나갈 때마다 이야기들이 점점 더 좋아진다. 독자로서, 어떻게 이런 일이 가능한지 궁금해질 것이다. 단편마다 순위를 매기고 싶을지도 모르지만, 이 단편집을 따로 떼어놓는 일은 불가능하다. 각각의 이야기는 믿음, 그리고 현대에도 이어지는 신화가, 깊이 스며드는 지혜와 뒤얽힌 독특한 주제를 전한다."

역사소설

역사소설은 타임머신의 차선책이다. 책 한 권을 고르면 언제나 새로 배울 것이 있다. 짜임새 좋은 다음 작품들을 읽는다면, 역사 사건에 관한 새로운 통찰을 구할 수 있으며 그동안 전혀 알지 못했던 이야기와 사람들에 대해 새롭게 발견할 수 있을 것이다. 역사소설은 현재에 빛을 밝혀주면서 과거로 떠나는 훌륭한 여행이 된다.

아카식
2016년 하드커버
디자인 제이슨 하비

버니스 L. 맥패든Bernice L. McFadden의 『할런의 책The Book of Harlan』은 2017년 전미유색인지위향상협회(NAACP)가 수여하는 이미지상의 우수문학 부문을 수상한 책으로 흑인 대이동, 할렘르네상스, 홀로코스트, 흑인민권운동 같은 기념비적인 역사 사건들을 살핀다. 맥패든의 가족사가 이야기에 녹아들었는데, 할런은 책 표지에 등장한 얼굴의 주인공인 맥패든의 할아버지에 기초한 인물이다. 맥패든은 제네바 홀리데이Geneva Holliday라는 필명으로 성애소설도 썼다.

케이틀린 그리니지Kaitlyn Greenidge의 두번째 소설 『자유Libertie』는 미국의 첫 흑인 여성 의사 중 한 명의 삶에 영감을 받은 작품이다. 데뷔작 『우리는 너를 사랑해, 찰리 프리먼We Love You, Charlie Freeman』은 2017년 화이팅상 픽션 부문을 수상했다.

앨곤퀸북스 2021년 하드커버
디자인 크리스토퍼 모이선
그림 라우린두 펠리시아누

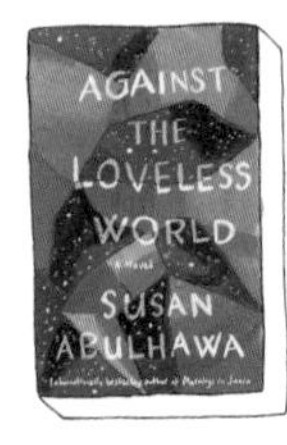

아트리아북스 2020년 하드커버
디자인 도나 쳉

수전 아불하와는 '팔레스타인 아이들에게 놀이터를'이라는 조직의 설립자다. 팔레스타인 아이들이 점령지에 있고 해외 피난민 캠프에 있는 처지라 해도 놀 권리가 있음을 지지하는 단체다. 『비정한 세상에 맞서Against the Loveless World』는 이스라엘의 독방에 감금된 상황에서 인생을 회상하는 팔레스타인 여성 나르의 이야기를 담고 있다. 데뷔작 『예닌의 아침』은 국제적인 베스트셀러가 되었고 30개 언어로 번역되었다.

수전 아불하와는 2013년에 시집 『내 목소리는 바람을 좇는다My Voice Sought the Wind』를 출간했다.

야 지야시의 놀라운 데뷔작은 가나의 두 자매 이야기를 여러 세대에 걸쳐 써내려간 소설이다. 에피아는 백인 노예 무역상과 결혼해서 케이프 해안의 성에서 살고 있다. 그 성의 지하 감옥에 자매 에시가 납치당해 감금당한 채 살고 있는데, 결국 에시는 노예로 팔려 대서양을 건너 미국으로 떠나게 된다. 지야시는 2016년 전미도서상 중 데뷔작을 낸 작가들에게 주어지는 '35세 이하 최고의 작가 5인'상을 수상했다.

크노프
2016년 하드커버
디자인
피터 멘델선드

『설탕의 맛』은 미국-스페인전쟁 중 푸에르토리코를 배경으로 70년을 아우르는 대하소설이다.

마거릿 워커는 흑인 노예의 딸이었던 증조할머니와 그 백인 노예 주인의 이야기를 토대로 미출간 소설을 썼고, 이는 박사학위 논문으로 제출되었다.

『예언자들』은 남북전쟁 전 미시시피의 농장에서 노예로 지낸 두 청년 이시야와 새뮤얼 사이의 금지된 관계를 그렸다.

『영광의 나라』는 1800년대 후반을 배경으로 미국 남부를 떠나 기병대에 합류하여 '버펄로 솔저'•가 된 한 청년이 새로 단장한 요세미티국립공원에서 마침내 평화를 찾는 이야기다.

• 전원 흑인 병사로 편성된 부대로, 미국 서부지역 개척을 위해 원주민과 전투를 벌였다.

『태양은 노랗게 타오른다』는 1960년대 나이지리아 내전을 배경으로 두 자매의 이야기를 담은 책이다.

『이 언덕들에는 금이 얼마나 있는지』는 골드러시 시대를 배경으로, 부모를 잃은 중국계 미국인 남매 루시와 샘의 생존 이야기를 그리고 있다.

라일라 랄라미는 스페인 정복자의 노예였고 스스로 탐험가가 된 무스타파 알자모리, 일명 에스테바니코의 회고록을 상상해서 썼다.

전설

옥타비아 E. 버틀러

Octavia E. Butler, 1947~2006

『새벽』

Dawn

그랜드센트럴퍼블리싱
2021년 페이퍼백
디자인과 그림
짐 티어니

『새벽』은 '완전변이세대' 3부작의 첫 권이다. 이 디스토피아 소설은 핵전쟁 이후 사람이 살 수 없게 된 지구에서 시작되는데, 남은 생존자들은 어느 외계인 우주선에 의해 구조된 상태다.

펭귄북스 2006년
페이퍼백
디자인
엘리자베스 야페
그림 캐시 김

에이미 탄

Amy Tan, 1952~

『조이럭 클럽』

중국계 이민자 어머니와 미국에서 태어난 딸들 사이의 관계를 다루고 있는 탄의 데뷔작으로 작가의 가족 경험이 녹아 있으며 30년 이상 독자들의 사랑을 받고 있다.

랜덤하우스 1952년
하드커버
디자인 에드워드
맥나이트 코퍼

랠프 엘리슨

Ralph Ellison, 1914~94

『보이지 않는 인간』

엘리슨은 상선에서 휴가를 나온 동안 『보이지 않는 인간』을 썼다. 완성하기까지 5년이 걸린 이 데뷔작으로 1953년 전미도서상 픽션 부문을 수상했다.

오드리 로드

Audre Lorde, 1934~92

『자미 — 내 이름의 새로운 철자』

Zami: A New Spelling of My Name

크로싱출판사 2020년
페이퍼백
디자인 리지 앨런
그림 알렉시스 이크

로드는 '자전신화'라는 새로운 장르를 만들어내며 흑인이자 여성, 레즈비언이라는 자신의 정체성을 탐색한다. 자전신화는 역사와 전기, 그리고 신화 창조를 결합한 장르다.

앨리스 워커

Alice Walker, 1944~

『컬러 퍼플』

하코트 브레이스
조바노비치 1982년
하드커버
디자인 주디스
캐즈딤 리즈

인생에 들이닥친 두려운 사건들을 헤치며 살아낸 셀리의 이야기로 워커는 1983년 퓰리처상 픽션 부문과 전미도서상 픽션 부문을 수상했다. 이 현대 고전 작품은 영화와 뮤지컬로도 만들어졌다.

밴텀 1973년
페이퍼백

마야 안젤루

Maya Angelou, 1928~2014

『죽기 전에 찬물 한 잔만 주오』
Just Give Me a Cool Drink of Water 'Fore I Diiie

퓰리처상 후보에 오른 안젤루의 첫 시집으로 사랑과 인종, 계급과 정치, 가난과 중독을 다룬 38편의 시를 담고 있다.

펭귄에센셜스
2016년 페이퍼백
그림 로랑 모로

가브리엘 가르시아 마르케스

Gabriel García Márquez, 1927~2014

『콜레라 시대의 사랑』

50년 이상의 시간에 걸친 이 삼각관계 이야기는 시대를 초월한 작품으로 1985년에 스페인어로 처음 출간되었다. 수많은 독자에게 사랑받은 소설로 영화화되기도 했다.

리처드 라이트

Richard Wright, 1908~60

『흑인 소년』
Black Boy

하퍼퍼레니얼
2008년 페이퍼백

노예의 후손이자 소작인의 아들인 라이트는 1945년에 낸 회고록 『흑인 소년』에서 인종 분리를 합법화한 '짐크로법'이 시행된 남부에서 힘들게 자란 경험을 자세히 풀어냈다.

『미안해요 고마워요』는 전미도서상 수상작으로 『인테리어 차이나타운』의 작가가 쓴 단편집이다.

이야기 수집

단편은 픽션 중에서도 밀도 높고 유쾌한 읽을거리다. 알 수 없는 이유로 오랜 시간 집중하기 어려울 때 장편소설은 우리를 주눅 들게 하는 반면 단편소설은 적절하게 느껴진다. 당신은 집중할 수도, 산만해질 수도 있겠지만 짧은 단편을 읽는 동안에는 그 세계가 허물어지지 않을 것이다.

캐넌은 『내게 두 날개가 있다면』이 출간된 직후 2020년 8월, 57세의 나이로 세상을 떠났다.

랜들 캐넌Randall Kenan이 1989년에 발표한 소설 『영혼의 출현A Visitation of Spirits』과 1992년 단편집 『죽은 자들의 장례는 죽은 자들에게 맡겨두라Let the Dead Bury Their Dead』, 그리고 2020년에 발표한 단편집 『내게 두 날개가 있다면If I Had Two Wings』 세 권 모두 노스캐롤라이나주의 '팀스 크리크'라는 허구의 시골 마을이 배경이다. 캐넌의 작품은 종종 마술적 리얼리즘으로 호명되었다. 캐넌은 그런 식의 분류가 '환원적'이라고 여긴 한편, 가르시아 마르케스, 푸엔테스, 아옌데 같은 작가들이 불러온 '라틴 붐'을 좋아했다. "그들 덕분에 나는 성장하면서 내가 지닌 시선으로 세상을 볼 수 있게 되었는데, 나의 시선은 20세기 내내 미국 남부 문학의 주류였던 엄격한 사회적 사실주의와는 반대였다."

노턴 2020년 하드커버
디자인 양 김

크리스티아나 카하쿠윌라Kristiana Kahakauwila는 "하와이 원주민 계통과 독일, 노르웨이 후손의 계통이 섞인 작가"라고 스스로를 소개한다. 카하쿠윌라는 캘리포니아에서 자랐으며 마우이의 가족을 방문했을 때, 본토를 찾은 여행객의 하와이와 일상을 사는 주민들의 하와이섬이 냉혹하리만치 다르다는 사실을 알게 되었다. 카하쿠윌라는 자신의 작품 『이곳은 천국This Is Paradise』에 대해 이렇게 말한다. "이 책은 매끈하게 씻긴 와이키키의 디즈니랜드라는 개념을 무너뜨리고 있다. 이 단편들은 복잡하면서도 그 복잡함 속에 아름다움이 깃든 하와이를 보여주고 있다고 생각한다."

나피사 톰프슨스파이어스Nafissa Thompson-Spires는 유년 시절 '게걸스럽게' 책을 읽어치우며 남부 캘리포니아에서 성장했다. "나는 사람 친구보다 책 친구가 더 많았다. 주디 블룸의 책에 푹 빠져 있었다. 그리고 '스위트 밸리의 아이들' 시리즈와 '베이비시터 클럽' 시리즈도 좋아했다." 『가디언』 인터뷰에서 『유색인의 머리Heads of the Colored People』를 쓰게 된 계기에 대해 묻자, 톰프슨스파이어스는 이렇게 대답했다. "나는 서툴고 괴짜인 흑인을 비롯해 특정 공간에 있는 유일한 흑인에 관한 이야기를 더 많이 보고 싶었다. 그리고 여러 가지 다양한 종류의 정체성 구축을 탐색하는 일이 어떤 의미인지도 알고 싶었다. 당신은 자신이 읽고 싶은 것을 쓰라. 주고받는 대화를 재구성하라."

37잉크 2019년 페이퍼백
디자인 에마 A. 반 든
그림 로드리고 커랠
디자인 주식회사

작가의 방

원월드 2019년
하드커버
디자인 샤라냐
두르바술라
그림 구스타보
리마다

칼리 파하르도안스틴

Kali Fajardo - Anstine

『사브리나와 코리나Sabrina & Corina: Stories』의 작가
인스타그램 @kalimaja / 트위터 @KaliMaFaja

"나는 1910년에 지은 덴버 시내의 빌딩에 자리한 층고 높은 로프트 아파트에 살고 있다. 긴 직사각형 모양의 공간으로, 큰 창문을 통해 밝은 빛이 가득 들어온다. 이 석조건축물에는 오랜 역사가 깃들어 있어 내게 영감을 준다(유령이 많이 살고 있다고 거의 확신한다). 나는 콜로라도 화가 대니얼 루나의 작품과 글쓰기 자료 조사 및 여행을 다니면서 모은 여러 예술품을 소장하고 있다. 내 작업용 책상 위에는 광부가 사용한 손전등, 남서부에서 구한 돌과 도자기, 과달루페의 성모 그림이 붙어 있는 양초를 올려두었다. 녹색 조명은 내 대모께서 주신 것인데, 불을 켜면 그 빛으로 책상이 환해지는 모습이 좋다."

에코 2018년
하드커버
디자인
앨리슨 솔츠먼

루만 알람

Rumaan Alam

『세상을 떠나』와 『그런 엄마That Kind of Mother』의 작가
인스타그램 @rumaanalam / 트위터 @Rumaan

"이곳은 작은 집의 꼭대기층 안쪽 방이다. 창문은 없어도 천장에 채광창이 있다. 내 책상은 방 한쪽 구석에 있고 평범한 작업용 책상 크기다. 의자는 낡고 오래된 식탁 의자로 시트를 아주 멋진 천으로 감쌌다(같은 천으로 감싼 2인용 안락의자도 있는데, 나는 종종 인스타그램에 올리는 책 사진의 배경으로 그 의자를 사용한다). 책상 위의 그림은 내가 열네 살 때 그린 것이고, 조각은 케힌데 와일리의 작품으로 투명 플라스틱 함에 두었다. 플라스틱 함에는 온갖 잡동사니가 가득하다. 내가 정신이 나가서 바닥에 다 집어 던지지 않는 한, 책상에는 언제나 책이 쌓여 있다. 의자 오른편 벽 쪽에는 노란 의자가 있고 그 위에 책더미가 있다. 에세이를 쓰기 위해 마음먹고 모아둔 책들인데, 아직도 쓰지 못했다.

책상 위쪽 벽에는 그림들을 걸어두었다. 흑인 여성이 휴대폰을 들고 있는 그림은 제스 나이트가 그렸다. 유년 시절의 친구가 그린 드로잉도 있고, 첫째 아들이 네 살 때 그린 고래 그림도 있다. 분홍색 바탕의 그림도 참 멋진데 작가 이름이 어쩐 일인지 기억나지 않는다. 어린 왕자가 그려진 50프랑 지폐는 액자에 끼워두었다.

오른쪽 벽에는 그림들이 더 걸려 있다. 사진들을 끼워넣은 오래된 거울도 있고 맨 위에는 두 아이가 그린 그림도 있다. 벽장 손잡이에는 언제나 토트백이 걸려 있다. 바닥 플러그들은 수습이 안 된다."

우리가 사랑한 책들

킴벌리 V. 넬슨

작가

인스타그램 @missberlyreads

『술라』
토니 모리슨

크노프 1973년
하드커버
디자인
웬들 마이너

"『술라』는 내가 해마다 다시 읽을 만큼 좋아하는 책이다. 모리슨의 시적이고도 효율적인 산문에 반했다. 넬과 술라의 평생에 걸친 우정의 부침을 살피는 이야기로, 흑인 여성 세대에게 가족과 자유가 무엇을 의미하는지 살핀 부분이 인상적이다."

노쿠칸야 응사루바

여행작가이자 북스타그래머

인스타그램 @pretty_x_bookish

『우달라 나무 아래』
Under the Udala Trees
치넬로 오크파란타

그란타 2017년
페이퍼백
그림 시님 에르카스

"아프리카에서는 아름다운 퀴어 이야기가 나온 적 없다는 말을 하는 사람이 있다면, 분명 그는 이 작품을 읽어보지 않은 것이다. 퀴어의 사랑, 우정, 가족, 여성성, 그리고 사랑 속에서 자기 자신을 찾는다는 것이 무엇을 의미하는지를 부드럽게 묘사한 대단한 작품이다. 이 책은 독자의 마음을 찢은 다음 다시 꿰매줄 것이다."

사치 아가브라이트

북스타그래머

인스타그램 @sachireads

『파친코』
이민진

그랜드센트럴퍼블리싱
2017년 하드커버

"『파친코』는 아시아계 미국 독자뿐만 아니라 내게도 큰 인상을 남겼고, 다른 사람들에게 꾸준히 추천하는 작품이다. 일본계 혼혈 여성으로서 나는 일본이 조선을 식민지 삼았다는 사실을 아는 것이 중요하다고 믿는다. 『파친코』는 내가 이 사실을 더 잘 이해할 수 있도록 도움을 주었고, 또한 여러 세대에 걸친 아름다운 가족 서사에 푹 빠지게 해주었다."

아나벨 히메네스

북스타그래머이자 전문 출판인

인스타그램 @inthebookcorner

『한계 없는 나라』
Infinite Country
퍼트리샤 엥글

애비드리더출판사
2021년 하드커버
디자인 그레이스 한

"읽어본 중에서, 미국 이민자의 경험을 가장 솔직하고 정확하게 묘사한 책 가운데 하나다. 그전까지 본 적 없는 방식으로 우리 가족 고유의 경험이 반영된 책이었다. 200쪽이 안 되는 분량이지만 엥글의 작품은 강력하다. 이민자 배경의 독자라면 이 책을 읽어보라. 우리가 겪은 고난과 사랑, 우리의 삶을 훌끗 보고 싶은 독자라면 이 책을 읽어보라."

밸런타인북스
2018년 하드커버
디자인과 그림
캐럴라인 티글 존슨

신디 올먼

'카리브해를 읽자'의
설립자(#readcaribbean)

인스타그램/트위터
@bookofcinz

『자메이카 사람을 사랑하는 방법』
How to Love a Jamaican
알렉시아 아서스

"내가 언제고 추천할 책이다. 자메이카 사람의 경험을 완벽하게 묘사한 단편 모음집이다. 책을 펼쳤을 때 나 자신과 가족, 친구들을 페이지에서 발견하는 일이란 일상적인 사건이 아니다. 이 작품은 책을 막 다시 찾는 사람에게 완벽하다. 사랑, 정체성, 이주, 가족, 슬픔 같은 보편적인 주제를 다룬다. 단편들은 모두 독특하고 캐릭터들은 다층적이며, 성가시게 계속 생각날 책이다."

패리스 클로스

『페이퍼백 파리』의 창간 편집자

인스타그램 @parisperusing

『진짜 인생』
Real Life
브랜던 테일러

리버헤드북스
2020년 하드커버
디자인 그레이스 한

"최고의 이야기는 독자에게 당신의 마음이 무너질 거라 미리 알려주지 않는다. 브랜던 테일러의 아름답고 미묘하며 고통스러울 만치 솔직한 데뷔작『진짜 인생』이 바로 그런 작품이다. 소설은 일주일이라는 시간 동안 벌어지는 일을 다루는데, 흑인 게이 대학원생 월리스는 눈에 보이지 않는 장애물과도 같은 구조적 인종차별, 모두 백인인 친구 집단이 계속 가하는 미묘한 차별, 인종이 다른 상대와 뜻밖의 관계를 맺은 후 그로 인해 생긴 부작용 등을 극복해야 한다. 많은 퀴어 흑인들이 그렇듯, 월리스 또한 백인들이 가득한 세상 속에서 자신의 존재가 보이지 않고 소리를 내도 들리지 않으며 뿌리내리지 못한 느낌을 받는다. 그저 장소 하나, 사람 한 명, 혹은 집에 거는 전화를 원할 뿐인데도. 나는 퀴어 흑인으로서『진짜 인생』을 읽으며 안심했고 구원받는 느낌이었다. 마침내 이런 작품이 다음 세대와 이후 세대를 위해 존재하게 되었다니 크나큰 기쁨이다."

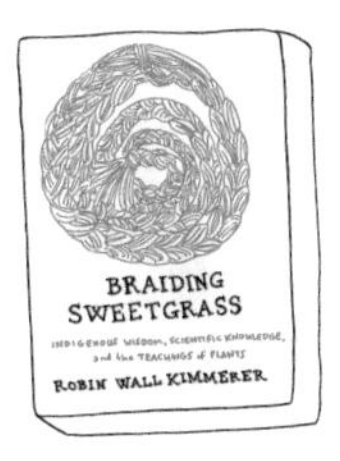

밀크우드 에디션스
2020년 하드커버
그림 토니 드레펄

빅토리아 캐스웰

북스타그래머이자 교사

인스타그램 @floury_words

『향모를 땋으며』
로빈 월 키머러

"『향모를 땋으며』에서 로빈 월 키머러는 식물과 동물에 대해 시적으로 글을 쓰면서 대지, 장소와 우리가 관계 맺는 일이 중요하다고 말한다. 풍부한 이야기들을 통해 작가는 전설과 신화, 토착 지식을 엮으면서 식물이 우리에게 최고의 선생이라고 힘주어 말한다. 식물, 동물, 인간, 땅 같은 자연의 모든 요소는 서로 깊이 얽혀 있다. 키머러가 말하듯 '우리는 땅을 복원하고, 땅은 우리를 복원한다.'"

사변소설: 우리들 세상

다음의 책은 모두 이곳 지구를 배경으로 한다. 작가들은 저마다 우리의 현실을 시작점으로 삼지만 현실을 변주해 또다른 양태를 보여준다. 인간의 현재 감각기관이 이런 대안적 현실을 지각할 수 없다고 해서, 대안적 현실 자체가 존재하지 않는다는 의미는 아니다.

N. K. 제미신은 생명이 깃든 도시 이야기 3부작 가운데 첫 작품으로 뉴욕이 생명을 얻는 『우리는 도시가 된다』를 썼다. "선과 악, 미와 추 등 작은 공간에 너무 많은 사람이 공존할 때 존재하는 모든 복잡한 요소들을 알리는" 작품이라고 말한다. 작품 속에서 뉴욕은 일정 규모 이상으로 커져 생명을 얻게 되고, 도시를 인격화한 인간 아바타들도 등장한다. 각 자치구를 대표하는 아바타들과 도시 전체를 대표하는 아바타가 있다. 도시가 살아남아 번성할 수 있도록 아바타들은 힘을 모아 공동의 적과 싸워야 한다. 고급화와 균질화를 불러오는 바이러스성 악이 그 적이다. 다양한 배경 출신으로 팀을 구성한 이유에 대해 제미신은 『반지의 제왕』과 비교하며 말한다. "기술로는 세상을 구할 수 없다… 우리는 문제를 인식하고 그것에 맞서 싸우고자 결심한 사람들과 함께 세상을 구할 수 있다. 그런 의미에서, 나는 아주 전통적인 판타지 작가다."

오비트 2020년 하드커버
디자인 로런 파네핀토

『야생의 제국Empire of Wild』은 깊고 진지한 사랑과 사랑에 뒤따르는 슬픔을 담은 풍부하고 은밀한 이야기이자 늑대인간과 비슷한 괴수 루가루에 관한 이야기다. 셰리 디멀라인Cherie Dimaline은 온타리오주의 조지아만 메티스족의 일원으로, 젊은 작가들에 관한 질문을 받자 이렇게 답했다. "내가 신예 작가들, 특히 흑인이나 원주민 혹은 다른 유색인 작가들에게 해줄 수 있는 조언은 자신의 목소리에 충실하게 머무르라는 것이다. 우리는 당신의 목소리가 간절하다. 우리는 당신의 이야기가 간절하다."

'루가루'(rogarou, rougarou라고도 쓴다)는 늑대인간을 뜻하는 프랑스어 'loup-garou'에서 유래했다.

『일라초Elatsoe』에서 다시 리틀 배저Darcie Little Badger는 열일곱 살 엘리의 이야기를 한다. 엘리는 리판 아파치족으로 무성애자이며 동물의 영혼을 불러내어 훈련하는 능력이 있다. 유년 시절 함께한 사냥개 유령의 도움으로 엘리는 사촌 살인 사건을 해결하러 나선다. 리틀 배저가 그린 엘리는 무척 인간적이고 "만화책을 즐기는 냉정한 괴짜"와 닮았으면서도 아주 현실감 있는 원주민 캐릭터다. "이 작품은 리판족 책이지 메스칼레로족 책이 아닌데, 우리가 단일부족이 아니기 때문이다. 이 땅에서 쭉 살아온 수백 종류의 부족 문화에는 여러 다양한 모습이 존재한다."

작가의 데뷔작으로, 2074년 미국에서 두번째 남북전쟁이 일어난다는 설정을 담고 있다.

뛰어난 디자이너가 만든 아름다운 표지

표지로 책을 판단한 적이 한번도 없다고 정말로 말할 수 있을까? 여기, 표지로만 책을 판단하도록 만들겠다는 아주 훌륭한 선언이 있다. 다음은 출신이 다양한 디자이너들이 만든, 진정 매력적인 표지다.

빈티지
2020년 페이퍼백

「아닙니다, 괜찮습니다」

Wow, No Thank You
서맨사 어비

디자인 조앤 웡

인스타그램
@jningwong

웡은 여러 디자인 형식 중에서 표지 디자인을 선호한다. "뭔가를 파는 데 도움을 주면서도, 아이디어와 서사, 문해력도 파는" 일이기 때문이다.

플랫아이언북스
2019년 하드커버

「밤의 호랑이」

양쯔 추

디자인 뭄타즈 무스타파

인스타그램
@mumtazmustafadesigns

무스타파는 하퍼콜린스출판사의 수석 아트디렉터로 멩 진Meng Jin의 『작은 신들Little Gods』과 응우옌 판 케 마이Nguyễn Phan Quế Mai의 『산이 노래한다The Mountains Sing』의 근사한 표지를 디자인했다.

패러, 스트라우스&지루
2018년 하드커버

「단절」

링 마

디자인 나 김

인스타그램
@na_son

성공적인 표지의 정의를 어떻게 내리는지 묻자, 김은 이렇게 말했다. "모든 사람이, 즉 편집자와 출판사와 저자 모두 만족하면 표지가 성공했다는 뜻이다. 우리는 책이 출간되기 1년 앞서 책을 디자인한다. 책이 출간되고 나서도 내가 여전히 책에 진심으로 만족할 수 있다면 작업을 잘했다는 뜻이다."

플랫아이언북스
2019년 하드커버

「도미니카나」

Dominicana
앤지 크루즈

디자인 아달리스 마르티네스

마르티네스는 이 표지에 대해 인스타그램에 글을 썼다. "도미니카 사람으로서 그 어느 때보다도 내가 재현되었다는 느낌을 많이 받은 작업이었다. 도미니카공화국은 카리브해의 작은 섬으로 수많은 이야기가 가득하다." 마르티네스는 2020년 불과 29세의 나이에 암으로 세상을 떠났다.

캐터펄트 2020년
하드커버

『태양이 살아 있도록』

To Keep the Sun Alive
라비아 자패리

디자인 도나 쳉

쳉은 사이먼&슈스터의 수석 디자이너로 캔디스 카티윌리엄스Candice Carty-Williams의 『퀴니Queenie』와 페티나 가파Petina Gappah의 『기억의 책The Book of Memory』의 표지를 디자인했다.

리버헤드북스
2021년 하드커버

『해외에서 보낸 시간』

My Year Abroad
이창래

디자인 그레이스 한

인스타그램 @heaeunhan

그레이스 한은 리버헤드북스의 부수석 아트디렉터다. 북디자인의 미래에 대해 한은 이렇게 말한다. "책은 탐나는 물건으로 존재해야 할 것이고, 디지털 세계에서는 섬네일로 계속 관심을 끌 수 있을 것이다." 한은 브랜던 테일러의 『진짜 인생』의 표지도 디자인했다.

토르닷컴 2020년
하드커버

『원을 그리며 외치다』

Ring Shout
P. 젤리 클라크

디자인 헨리 신 이

인스타그램
@henryseneyee_design

헨리 신 이는 30년 동안 표지를 디자인했다. 앨범 재킷 디자인에 관심이 사그라들던 무렵 우연히 책에 빠져들었다. 신 이는 푹 트란Phuc Tran의 회고록 『사이, 곤Sigh, Gone』의 표지도 디자인했다.

『흑인 소녀야, 집에 전화해』

Black Girl, Call Home
재스민 만스

디자인 도미니크 존스
사진 미가야 카터

인스타그램
@iamdominiqueee / @micaiahcarter

버클리 2021년
페이퍼백

존스는 블랙&브라운 디자이너스(Blackbookdesigners.com, 인스타그램 계정은 @bnbbookdesigners)의 설립자로 이곳은 '출판계의 흑인 디자이너들을 알리는 역할'을 맡고 있다.

빈티지 2018년
페이퍼백

『내 곁에 있어』

Stay with Me
아요바미 아데바요

디자인 린다 황

인스타그램 @spiritditty

북디자인에 대해 황은 이렇게 말한다. "표지 디자이너는… 잠재적 독자들을 끌어들이기 위해, 혹은 간단히 말해서 책을 광고하기 위해서 책의 정수를 뽑아낸다. 마케팅 도구일 뿐 아니라 시각적 문학비평의 일종이기도 하다… 표지란 책을 읽으면 어떤 느낌이 드는지 잠재적 독자에게 알려주는 역할을 맡고 있다는 생각을 점점 더 많이 한다."

사랑받는 서점들

벽화는 Sentrock이 그렸다!

세미콜론 북스토어 & 갤러리

Semicolon Bookstore & Gallery

미국 일리노이주 시카고
인스타그램 @semicolonchi

대니엘 멀린은 고급 회원제 클럽, 도서관과 공용 사무실을 여는 꿈을 접은 뒤 한가롭게 산책하다 우연히 비어 있는 가게를 발견했다. 공간을 어떻게 사용할지 정하지 못한 채 멀린은 좋아하는 물건들로 그 공간을 채우기 시작했다. 그렇게 시카고에서 흑인 여성이 소유한 유일한 서점 세미콜론 북스토어가 탄생했다. 책과 그림으로 가득한 이곳은 편안하면서 마음을 끈다. 멀린은 문학이론 박사학위를 가지고 있으며 미술관 전시 광고 문안을 써본 경험도 있다. '세미콜론'이라고 이름을 지은 이유에 대해 멀린은 이렇게 말했다. "저자가 세미콜론을 쓰면 문장이 계속 이어질 수 있다는 개념이 마음에 듭니다. 인생의 다른 측면에도 적용할 수 있는 개념으로, 내가 창조하는 공간을 완벽하게 만들어준다고 생각해요."

팔라브라스 바이링구얼 북스토어

Palabras Bilingual Bookstore

미국 애리조나주 피닉스
인스타그램 @palabras_bookstore

팔라브라스 바이링구얼 북스토어는 로사우라 '차와' 마가냐가 설립한 곳으로 애리조나주의 유일한 이중 언어 서점이다. 마가냐는 원래 2015년에 팔라브라스 서점을 일회성 행사로 열었다. 2016년에 정식으로 서점을 열 만큼 책을 충분히 구했다. 팔라브라스 서점은 문학과 언어, 예술 등의 분야에 지역 주민이 참여하게 하여 문화적 재현과 평등과 자유를 증진하는 데 힘쓰고 있다. 이곳에서는 스페인어와 영어로 된 피닉스 지역사회의 책뿐만 아니라 잡지, 장인이 만든 공예품, 옷, 지역 예술가들의 작품도 취급한다. 마가냐는 워크숍과 다양한 행사를 통해 문학, 미술, 음악 예술을 공유하는 기회를 지역민에게 제공함으로써 문화 간 교류를 위한 환경을 조성하고 있다고 믿고 있다.

매시 북스

Massy Books

캐나다 브리티시컬럼비아주 밴쿠버
인스타그램 @massybooks

매시 북스는 원주민 저자와 다양성 분야에서 최고의 서점이다. 이곳은 원주민이 100퍼센트 소유하고 운영하며, 스톨로협회의 회원이다. 서점 주인 퍼트리샤 매시는 크리족•과 영국인의 후손으로 7대에 걸쳐 서점을 운영한 집안 출신이다. 스티븐 매시의 경우 뉴욕 크리스티 옥션하우스의 책 부문 설립자다. 넓이가 140제곱미터인 이층집은 천장까지 닿는 책장에 과학소설, 페이퍼백, 빈티지 만화, 문학작품, 희귀본 모음이 가득하다. 캐나다 원주민이 직접 쓴 책, 캐나다 원주민에 관한 책을 모아놓은 책장도 찾을 수 있다. 책을 둘러보는 사이, 지역사회 신진 미술가들의 작품을 전시한 37제곱미터 넓이의 갤러리도 잊지 말고 방문하도록 하자.

• 캐나다에 주로 거주하는 원주민

니언 양의 '텐서레이트Tensorate' 시리즈는 종종 '실크펑크silkpunk'로 불린다. 이 용어를 만든 작가 켄 리우에 따르면 실크펑크란 "과학 소설과 판타지의 결합으로… 고대 동아시아의 유물에서 영감을 얻는다."

『달빛을 엮어』는 '잉카시사'라는 마법의 땅을 무대로 하는 아름다운 판타지로, 볼리비아 문화와 정치에 영향을 받은 작품이다.

『사라진 새들』은 광대한 시공간을 표류하는 여성이 어느 소년을 만나는 이야기로 시작한다.

『뼈 마녀』의 주인공 티는 자신에게 죽은 자를 부활시키는 능력이 있다는 사실을 알게 된다.

콜럼버스 이전 시대 원주민 문화에 기반을 둔 세계를 배경으로 하는 근사한 판타지 서사물이다.

『미인들』은 작가가 10대 시절 자신의 몸이 준 느낌에서 영감을 받은 작품이다.

『재의 불꽃』은 고대 로마 사회에 느슨하게 기반을 둔 작품이다.

열여섯 살이 된 데카에게서 금빛 피가 흐르자(금색 피는 데카의 마을에서 불결함의 상징이다), 데카는 같은 운명을 타고난 소녀들의 군대에 합류하기로 마음먹는다.

사변소설: 다른 세계들

우리 사회가 안고 있는 문제는 새로운 맥락에서, 혹은 완전히 다른 세계에 비춰보면 선명하게 보이거나 이해될 때가 있다.

이 책은 전체 시리즈의 두번째 책이다.

헨리홀트 앤드 컴퍼니
2019년 하드커버
디자인 맬러리 그리그
그림 세라 존스

토미 아데예미는 열여덟 살에 문뜩 깨달았다. 자신이 지난 12년 동안 쓴 모든 이야기 속 주인공이 백인 혹은 다른 인종 사이에서 태어난 사람이라는 사실을. "정말 어린 나이에 흑인은 이야기 속에 있을 수 없다는 사실을 내면화"한 것이었다. 그래서 아데예미는 흑인을 주인공으로 판타지 소설을 쓰는 일을 사명으로 정했다. "나는 자긍심에 확실히 문제가 있었고, 글쓰기를 통해 내 문제를 이해했습니다. 그러니 글쓰기를 통해 그 문제를 해소하고 치유할 수 있습니다." 『피와 뼈의 아이들』은 3부작 중 첫 작품으로 엄청난 성공을 거두었는데 책이 출간된 2018년, 아데예미는 불과 24세였다.

R. F. 쿠앙은 판타지 소설 『양귀비 전쟁』이 "『엔더스 게임Ender's game』 『아바타Avartar: The Last Airbender』 그외 수많은 중국 무협 드라마 등 유년 시절에 접한 여러 작품의 영향으로 탄생했다"라고 말한다. 주인공 린은 엘리트 사관학교에서 자신을 증명해 보이려고 애쓰는, 오만하고 모난 성격의 소유자다. 린의 이야기를 쓰기 위해 쿠앙은 "중국 역사, 특히 20세기 동안 일어난 전쟁을 공부했으며 도교 신화와 아시아 무속신앙도 빼놓지 않았다." 또, 조부모에게도 물어보았는데 그들은 제2차세계대전 동안 중국에서 살았기 때문이다.

하퍼보이저 2019년
페이퍼백
디자인 도미니크 포브스
그림 정 샨 창

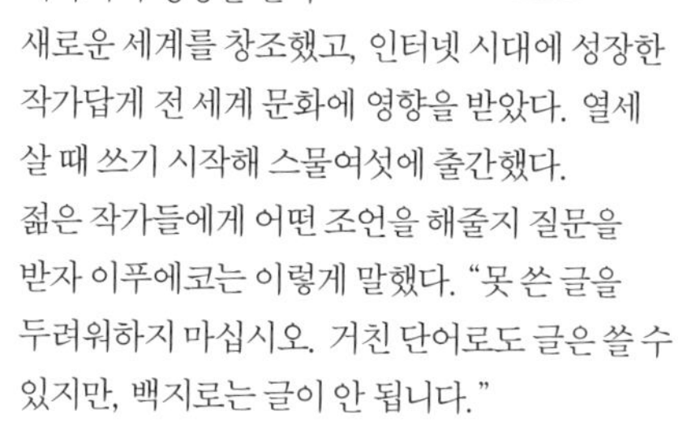

나이지리아 이민자 집안에서 성장한 조던 이푸에코Jordan Ifueko는 데뷔작 『광선전달자 Raybearer』에서 서아프리카 민속문화와 유럽 요정 이야기의 영향을 받아 새로운 세계를 창조했고, 인터넷 시대에 성장한 작가답게 전 세계 문화에 영향을 받았다. 열세 살 때 쓰기 시작해 스물여섯에 출간했다. 젊은 작가들에게 어떤 조언을 해줄지 질문을 받자 이푸에코는 이렇게 말했다. "못 쓴 글을 두려워하지 마십시오. 거친 단어로도 글은 쓸 수 있지만, 백지로는 글이 안 됩니다."

마크 오시로Mark Oshiro는 자기소개에 세상의 모든 개를 쓰다듬어주는 것이 목표라고 소개하고 있다. 음악을 계속 틀어놓고 『우리 각자는 사막Each of Us a Desert』을 썼다. 특히 머더 바이 데스, 플로렌스+더 머신, 파이어 프롬 더 고즈의 음악을 들었으며, "솔란지, 로라 말링, 미츠키의 음악도 함께 들었다."

수상작

다음의 수상작은 독자들에게 다양성을 담은 이야기를 소개하는 연결고리다. 역사적 장벽을 깬 작품도 많다.

스크리브너 2018년
페이퍼백
디자인 헬렌 옌터스
그림 자야 미셸리

「묻히지 못한 자들의 노래」

제스민 워드

2017년 전미도서상 픽션 부문

전미도서상은 국립도서재단이 미국 내 뛰어난 문학작품에 수여하는 상이다. 워드는 전미도서상 픽션 부문을 두 번 수상한 최초의 여성 작가로, 2011년에 『바람의 잔해를 줍다』로 받은 바 있다.

「인테리어 차이나타운」

Interior Chinatown
찰스 유

2020년 전미도서상 픽션 부문

유는 네 권의 책을 쓴 작가로, 이 수상작은 훌루 텔레비전 시리즈로 만들어지고 있다.

빈티지북스 2020년
페이퍼백
디자인 린다 황

하퍼틴 2018년 하드커버
디자인 에린 피츠시먼스
그림 가브리엘 모레노
사진 어맨다 리버스

「시인 X」

엘리자베스 아체베도

2019년 카네기상

영국도서관정보전문가협회의 카네기상은 어린이 도서관 사서들이, 아동과 청소년을 대상으로 영어로 쓰인 책 가운데 뛰어난 책에 수여한다. 아체베도는 영국에서 83년 역사의 가장 오래된 이 상을 최초로 수상한 유색인 작가다.

「소녀, 여자, 다른 사람들」

버나딘 에바리스토

2019년 부커상

부커상은 영국이나 아일랜드에서 출간된, 영어로 쓰인 최고의 소설에 수여하는 명예로운 문학상이다. 에바리스토는 부커상을 수상한 최초의 흑인 여성 작가다.

펭귄 UK 2020년
페이퍼백
디자인 리처드 브레이버리
그림 카란 싱

「미국식 결혼」

타야리 존스

2019년 여성 픽션상

여성 픽션상은 영국에서 해마다 여성 작가가 쓴 픽션을 기념하는 뜻으로 수여하는 상이다.

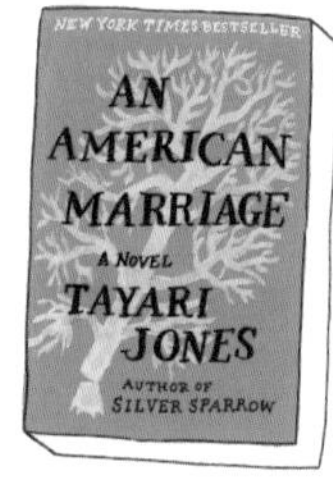

앨곤퀸북스 2018년
하드커버
디자인 자야 미셸리

W. W. 노턴
2017년 하드커버
디자인과 그림
자야 미셸리

『우리에겐 아무것도 없다고 말하지 말아요』

Do Not Say We Have Nothing
매들린 티엔

2016년 스코샤뱅크 길러상

스코샤뱅크 길러상은 전해에 영어로 장편소설이나 단편 소설집을 낸 캐나다 작가에게 수여하는 문학상이다.

『다섯 번째 계절』

N. K. 제미신

2016년 휴고상 최우수 장편소설 부문

오비트 2015년 페이퍼백
디자인 로런 파나핀토

휴고상은 과학소설계에서 가장 유명한 상이다. 제미신은 휴고상을 3년 연속으로 수상한 최초의 작가로, '부서진 대지' 3부작 모두 최우수 소설의 명예를 얻은 것도 최초다.

마리너북스
2019년 페이퍼백
디자인 마사 케네디
이미지 도널드 해밀턴 프레이저

『축복받은 집』

줌파 라히리

2000년 펜/헤밍웨이상 데뷔작 부문

펜/헤밍웨이 문학상 데뷔작 부문은 장편 분량의 픽션을 그전에 출간한 적 없는 미국 작가의 데뷔작 가운데서 선정한다. 라히리는 같은 소설로 2000년 퓰리처상 픽션 부문을 수상하기도 했다.

『니클의 소년들』

콜슨 화이트헤드

2020년 퓰리처상 픽션 부문

더블데이
2019년 하드커버
디자인 올리버 먼데이
사진 닐 리버트

퓰리처상 픽션 부문은 탁월한 작품을 쓴 미국 작가에게 수여하는 상으로, 미국의 삶을 다룬 작품을 선호한다. 화이트헤드는 퓰리처상 픽션 부문을 두 번 수상한 경력이 있는 네번째 작가다. 2017년에는『언더그라운드 레일로드』로 수상했다.

리버라이트
2017년 페이퍼백
디자인과 그림
제니퍼 호이어

『여기 해가 뜬다』

Here Comes the Sun
니콜 데니스벤

2017년 람다 문학상 레즈비언 픽션 부문

람다 문학상('라미'라고도 불린다)은 해마다 레즈비언, 게이, 바이섹슈얼, 트렌스젠더를 다룬 최고의 책에 주어진다. 데니스벤은 람다 문학상을 두 번 탔는데, 두번째 소설『팻시Patsy』 또한 수상작이다.

미스터리 & 호러

다음의 책들은 다양한 하위 장르를 다루지만 독서 과정은 비슷하다. 독자는 궁금증을 품고 질문을 던지고 상황을 파악하고 골똘히 생각하고 걱정하다가, 결국에는 어떤 방식으로든 해결책을 구하게 될 것이다.

시와 단편소설로 이름을 알린 오인칸 브레이스웨이트는 완벽한 장편소설을 쓰기 위해 1년 동안 상당한 스트레스를 견뎌야 했다. 그러다 그냥 "재미난 것"을 쓰자고 생각을 바꿨고, 결심이 서자마자 한 달 만에 훗날 베스트셀러가 된 『언니, 내가 남자를 죽였어』의 초고를 단숨에 써냈다. 장편과 단편을 쓰는 일에 어떤 차이가 있느냐는 질문에 (『내 곁에 있어』를 쓴 아요바미 아데바요가 던진 질문이다) 브레이스웨이트는 이렇게 답했다. "장편은 체력과 담력이 필요합니다. 4만 자 이상을 써내기 위해서는 스스로에 대한 믿음, 내가 진행중인 작업에 대한 믿음이 필요해요."

더블데이
2018년 하드커버
디자인
마이클 윈저

『멕시칸 고딕』은 1950년대 식민지 구릉 도시에 자리한 으스스한 저택을 배경으로 하는 실비아 모레노 가르시아 소설의 가제였지만, 결국 출간 제목이 되었다. 작가가 이 제목이 재미있다는 것을 깨달았기 때문이기도 하다. "라틴아메리카 작가라면, 무엇을 쓰든지 기본적으로 마술적 리얼리즘으로 불립니다. 그리고 그것만 써야 해요. 이 제목은 내 작품이 마술적 리얼리즘이 아니며 우리가 다른 작품도 쓸 수 있음을 명확히 보여준다고 생각합니다."

『엿보는 자들의 밤』은 공포로 넘실대는 현대판 동화로 아버지 되기, 뉴욕, 그리고 인터넷 세상에서 호감을 사고 싶은 우리의 욕망을 다루고 있다. 어디서 영감을 받았느냐는 질문에 빅터 라발은 종종 아버지들이 자리에 있기만 해도 과한 신뢰를 얻는 상황에서 착안했다고 답했다. "이런 상황의 부도덕한 지점이란, '좋은 아빠' 되기는 쉽고 '좋은 엄마' 되기란 현실적으로 불가능하다는 것입니다. 아빠에게는 기준이 말도 안 되게 낮고, 엄마에게는 너무나 높은 것이죠."

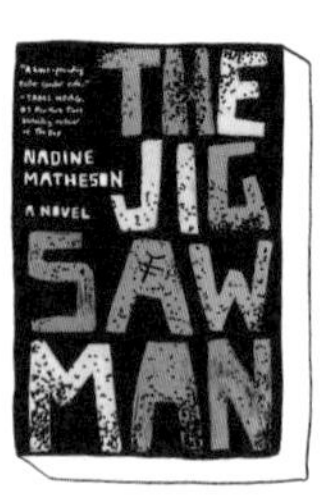

하노버스퀘어출판사
2021년 하드커버

네이딘 매더슨Nadine Matheson은 런던을 기반으로 일하는 형사변호사다. 만화책에 사로잡혀 있으며 여성 소설과 과학소설을 즐겨 읽는데, 가장 좋아하는 장르는 범죄소설이다. 『직소 맨The Jigsaw Man』은 매더슨의 데뷔작으로 2009년에 살해된 제프리 하우 살인 사건에서 영감을 받았다. 안젤리카 헨리 수사관은 시리즈 두번째 권으로 돌아올 것이다.

『내 영혼을 위해』를 쓴 타나리브 두에는 글쓰기 외에도 UCLA에서 '블랙 호러'와 '아프로퓨처리즘'을 가르친다.

『작은 비밀들』은 마린의 네 살 난 아들 서배스천이 크리스마스를 사흘 앞두고 산타 복장의 누군가에게 납치되는 사건을 다루고 있다.

스티븐 그레이엄 존스는 블랙피트족 출신 작가로, 『엘크 머리를 한 여자』에서는 엘크와 사슴 신화를 다룬다.

『두려운 나라』에서는 미국 남북전쟁 사망자가 좀비가 되어 나타나고, 그들과 싸우기 위해 한 소녀가 훈련받는다.

1990년에 처음 출간된 현대고전으로, 모슬리의 첫 책이다.

사우스다코타주의 로즈버드 원주민 보호구역을 무대로 펼쳐지는 스릴러 소설. 어느 자경단원이 보호구역 내로 들어온 헤로인의 배후를 파헤친다.

로스앤젤레스에 두 가족이 있다. 한 가족은 아프리카계 미국인이고 다른 가족은 한국계 미국인이다. 어느 흑인 소년이 경찰의 총에 맞아 사망한 후 두 가족이 충돌한다.

작가가 사랑한 책들

버니스 L. 맥패든

『설탕Sugar』과
『할런의 책』의 작가

인스타그램
@bernicelmcfadden
트위터 @queenazsa

『낯선 땅을 헤매며』
Wandering in Strange Lands:
A Daughter of the Great Migration
Reclaims Her Roots
모건 저킨스

하퍼 2020년
하드커버
디자인 로빈 빌라델로

"이 작품은 잘 엮은 오디세이로 모두가 읽어야 할 책이다. 가계도를 조사해볼까 생각해본 사람이라면 특히 그렇다."

브랜디 콜버트

『마을의 흑인 소녀는 둘 뿐이야The Only Black Girls in Town』와 『리틀과 라이온Little & Lion』의 작가

인스타그램 / 트위터
@brandycolbert

사이먼&슈스터 2020 하드커버
디자인 루시 루스 커민스, 그림 아드리아나 벨렛

『흑인 아이들』
The Black Kids
크리스티나 해먼즈 리드

"크리스티나 해먼즈 리드의 『흑인 아이들』은 좋아할 점이 많다. 재치 있고 솔직한 흑인 소녀가 주인공인 성장소설이고, 10대들이 실제로 어떻게 행동하고 말하고 생각하는지 정확한 묘사를 담고 있으며, 1992년의 소요를 예리하게 살피며 로스앤젤레스를 향해 보내는 사랑의 편지와도 같은 책이다. 이 작품은 세상 어디에도 잘 어울리지 못한다고 느끼지만 자기 자신에게 진실하려고 최선을 다하는 흑인 소녀들에게 바치는 시다. 내가 10대였을 때 이 책이 있었으면 좋았을 것이다. 지금이라도 읽어서 감사한 마음이다."

사움야 데이브

『예의 바른 인도 여성Well-Behaved Indian Women』의 작가

인스타그램 / 트위터
@saumyajdave

『소녀는 번역 중』
Girl in Translation
장 곽

리버헤드북스
2010년 페이퍼백
디자인 리사 파이프,
사진 플레인 픽처 /
밸리스캔런

"이 책의 빼어난 문장과 감동적인 이야기에 바로 반했다. 킴벌리 장과 어머니는 홍콩에서 브루클린으로 이주한다. 킴벌리는 낮에는 공부 잘하는 학생으로, 밤에는 힘든 작업장의 노동자로 지낸다. 성장소설의 요소부터 다정한 모녀 관계, 킴벌리가 가난한 사정과 사립학교 생활을 헤쳐나가는 방식까지 모두 마음에 들었다. 처음부터 끝까지 응원하고 싶은 캐릭터의 이야기를 원하는 독자에게 강력히 추천한다."

멜리사 리베로

『팔콘 가족이 겪은 일들 The Affairs of the Falcóns』의 작가

인스타그램 @melissarivero_author
트위터 @melissa_rivero

그랜드센트럴퍼블리싱 2021년 하드커버
디자인 세라 우드

『내 것과 당신의 것』
What's Mine and Yours
나이마 코스터

"『내 것과 당신의 것』을 정말 좋아한다. 이 소설은 일찍이 죽음에 영향을 받은 두 가족이 이야기의 중심축을 이루는데, 훗날 노스캐롤라이나 공립학교의 통합에도 영향을 받는다. 이야기는 시간과 지역, 대서양을 교차하며 진행되고 등장인물들은 결혼과 인종과 가족이 얽힌 복잡한 상황을 겪는다."

드숀 찰스 윈즐로

『서쪽 방앗간에서In West Mills』의 작가

인스타그램 @deshawncharleswinslow

『오팔과 네브의 재결합』
The Final Revival of Opal & Nev
도니 월턴

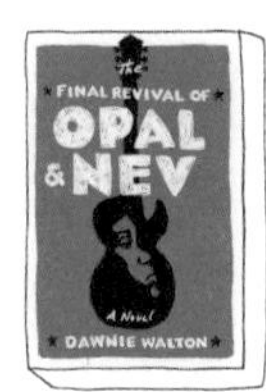

37잉크 2020년 하드커버
디자인 데이비드 리트먼

"도니 월턴의 데뷔작『오팔과 네브의 재결합』에는 성장 환경이 아주 다르지만 재능 있는 두 명의 가수, 아버지의 과거에 대한 답을 찾으려고 애쓰는 젊고 야심 찬 기자가 등장한다. 오팔과 네브는 음악을 향한 열정 때문에 결합한다. 하지만 인종차별과 성차별로 인해 인물들은 어떤 선택을 내려야 할 상황에 놓인다. 대체로 인터뷰 형식으로 이루어진 이 작품은 여러 가지를 환기하는 멋지고 대담한 소설로, 후반에는 충격적 사실도 폭로한다. 나는 이 책에 완전히 빠져들었다."

낸시 주연 김

『미나 리의 마지막 이야기』의 작가

인스타그램 / 트위터 @njooyounkim

키친테이블 1988년 페이퍼백
디자인 앤 캐멋
캘리그래피 야마다 요시카즈

『17음절』
Seventeen Syllables and Other Stories
야마모토 히사에

"1921년에 태어난 야마모토 히사에는 자신이 '작가가 아니라 주부'라고 건조하게 말했는데, 그런 건조함은 일본계 미국인의 삶을 그린 작가의 단편에서도 똑같이 찾아볼 수 있었다. 우아한 절제미와 짙은 연민이 돋보이는 작품이다. 『17음절』을 맨 처음 읽은 때는 대학 시절로, 그 당시 논문 같은 글에서 벗어나 나만의 글쓰기를 생각해내려고 애쓰던 나에게 이 책은 밤의 은밀한 불이 되어주었다. 가족 내부의 얽히고설킨 침묵과 자기 자신을 창조하고자 애쓴 여성들의 투쟁을 다룬 야마모토의 작품을 읽으며 내가 이 세상에 어떻게 존재할 수 있을지, 주부로 살 것인지 아닌지, 그 불씨를 잡았다."

‘플레이북’ 시리즈 두번째 권에서는 고교 시절 연인이었으나 훗날 인생 경로가 어긋난 두 사람이 등장한다. 알렉사 마틴은 남편이 과거 미식축구선수였다.

Not the Girl You Marry
ANDIE J. CHRISTOPHER
BERKLEY
ADRIANA HERRERA
FINDING Joy
The Happy Ever After Playlist
USA TODAY BESTSELLING AUTHOR
ABBY JIMENEZ
FOREVER

니컬라 윤이 쓴 이 근사한 책을 원작으로, 야라 샤히디와 찰스 멜턴이 주연을 맡은 영화 「운명의 하루」가 2019년에 개봉했다.

케빈 콴의 『크레이지 리치 아시안』은 대단한 인기를 얻었고 2018년에 개봉한 영화도 흥행했다. 1993년 「조이럭 클럽」 이후 할리우드 주류 스튜디오에서 다수의 아시아인을 주연으로 제작한 첫번째 영화였다.

정치인이자 유권자 등록 운동을 이끈 스테이시 에이브럼스가 셀리나 몽고메리라는 필명으로 로맨스 소설을 쓴다는 사실을 알고 있는지?

『별들과 그 사이의 암흑』은 10대 소녀 두 명의 성장 이야기로 한 명은 트리니다드 출신이고 다른 한 명은 미니애폴리스 출신이다.

『딤플이 리시를 만났을 때』는 넷플릭스 오리지널 시리즈 「우린 제법 안 어울려요」로 만들어졌다.

사랑 & 로맨스

"사랑은 사랑이고 사랑이며 사랑이자 사랑이어서 사랑이니 사랑이라서 사랑이다. 그러니 죽일 수도 없고 밀어놓을 수도 없다"라고 린 마누엘 미란다가 말했다. 다음의 책들은 온갖 종류의 사랑을 찬양하며, 멋진 연애담이 가득하다.

딸이 자폐 스펙트럼이라는 사실을 알게 된 헬렌 호앙은 추가로 더 살펴본 끝에 자신 또한 자폐임을 알게 되었다. 이런 사실을 바탕으로 호앙은 『키스의 지수』를 구상했고, 출판 경험이 있는 작가가 원고를 선택하고 출판을 도와주는 온라인 멘토링 프로그램 '피치 워스Pitch Wars'에 원고를 올렸다. 2018년에 출간된 호앙의 데뷔작은 나오자마자 즉시 성공을 거두었다.

소날리 데브Sonali Dev는 7학년 때, 『오만과 편견』을 인도에서 각색한 TV 시리즈 「트리시나Trishna」를 보고 제인 오스틴을 알게 되었다. 이제 데브는 좋아하는 오스틴의 네 편의 소설, 『오만과 편견』『이성과 감성』『설득』『에마』의 주제와 교훈을 바탕으로, 캘리포니아 출신의 인도계 미국인 가족인 라제 집안을 중심으로 하는 현대 로맨스 소설 4부작을 쓰고 있다. 『설득을 위한 요리법』은 그녀의 두번째 소설이다. 데브는 "『설득을 위한 요리법』은 특히 제인 오스틴의 『설득』에 경의를 표하는 작품으로, 『설득』을 통해 우리는 실수를 할 수 있지만 언제나 두번째 기회가 온다는 사실을 배웠다"라고 말한다.

주인공 아시나 라제는 리얼리티 TV 요리 프로그램에 참여하는 요리사다.

윌리엄모로
2020년 페이퍼백
디자인과 그림
킴벌리 글라이더

버클리
2020년 페이퍼백
디자인
에밀리 오즈번
그림 파티마 베이그

제인 이가로Jane Igharo는 도서관에서 제인 헬러Jane Heller의 『용기를 내어Some Nerve』를 읽은 후, 소설을 쓸 결심을 했다. 이가로는 로맨스 소설에 푹 빠졌고 일찍부터 작가가 되고 싶었음을 깨달았다. 자신의 소설을 열다섯 자로 표현해달라고 하자 이가로는 『그 밧줄을 묶어Ties That Tether』를 두고 "따뜻하고도 속 쓰린 문화 충돌 로맨스"라고 답했다. 그리고 "나와 닮았고 나와 비슷한 경험을 겪은 여성에 관한 이야기를 쓰면서 이민자로서 내 정체성을 비롯해, 내 민족성을 넘나들며 남자들과 데이트한 경험도 다루고, 내 가족이 품은 기대를 다루고 싶은" 마음에서 작품을 쓰게 되었다고 했다.

탈리아 히버트Talia Hibbert는 "책이 가득한 침실에서 살고 있다"면서 "소외된 정체성을 지닌 사람들은 솔직하고 긍정적으로 재현될 필요가 있기에 감각적이고 다양성을 고려한 로맨스를 쓴다"라고 말한다. 히버트의 데뷔작 『인생을 즐겨, 클로이 브라운Get A Life, Chloe Brown』은 브라운 자매 3부작 시리즈의 첫번째 로맨틱 코미디로, 만성 질환자이자 컴퓨터 광 주인공이 죽을 뻔한 경험을 계기로 자신의 삶을 돌아보는 이야기를 담고 있다.

에이번
2019년 페이퍼백
디자인과 그림
애슐리 캐스웰

작가의 방

재스민 길로리

Jasmine Guillory

『결혼 날짜The Wedding Date』와
『우리가 데이트하고 있던 동안While We Were Dating』의 작가
인스타그램 @jasminepics / 트위터 @thebestjasmine

버클리 2021년
페이퍼백
디자인 리타 프랜지
그림 아양 셈파카

"침대에서 글을 쓰면 무척 안 좋다는 사실은 안다. 자세에도 안 좋고 '일/일상의 균형'도 찾기 어렵다. 그렇지만 어쨌든 나는 그러고 있다. 작은 책상과 의자를 갖춘 자그마한 사무실이 있긴 하지만 나는 침대에서 글을 쓴다. 익숙하고, 내 어깨를 감싼 담요는 포근하고, 스트레스를 받거나 어쩔 줄 모르는 상태가 되면 베개 위로 풀썩 쓰러져 쉴 수 있기 때문이다. 내 침대 옆에는 친구가 준 자수 작품 두 점이 있다. 하나는 내가 좋아하는 자그만 삽화와 내가 좋아하는 동화책(『넌 할 수 있어, 꼬마 기관차』)의 문구가 수놓아져 있다. 또다른 하나는 비욘세의 노래 가사 '나는 계속 달린다, 승자는 스스로 멈추지 않기 때문이다'를 수놓았다. 내가 계속 작업하도록 해준다."

로데일북스
2016년 하드커버
사진 샨텔 커네모엔

몰리 예

Molly Yeh

『농장의 몰리Molly on the Range』의 작가이자 푸드네트워크 프로그램 「소녀, 농장을 만나다」의 주인공
인스타그램 / 트위터 @mollyyeh

“이 부엌은 내 남편의 조부모가 1960년대에 지은 농가 안에 있다. 우리는 2014년에 이곳으로 이사와서 원래 짙은 색이었던 나무장을 밝은 색으로 페인트칠했고 합판 조리대를 두꺼운 나무로 교체했다. 그래도 전과 거의 비슷한 상태다. 스토브도 원래 쓰던 것으로, 자그마한 전기제품이지만 성능만은 강력하다! 냉장고 근처 뒷벽에 걸어놓은 계량스푼 또한 내 시할머니의 물건이다. 식료품 저장실은 좀 비스듬한 작은 선반으로 되어 있어서, 통조림들을 일렬로 정리해 넣어두었을 때 앞쪽 통조림을 치우면 그 뒤의 통조림이 앞으로 굴러왔다. 작년까지 여러 종류의 크림수프를 분류하는 용도로 손수 쓴 라벨이 선반에 붙어 있었는데 촬영하다 뜻하지 않게 떨어져버렸다. 특별히 손본 몇 군데 중 내가 좋아하는 부분은, 처음으로 책의 원고를 넘긴 날 남편 닉이 만들어준 자석 칼걸이다. 뽑아 쓰는 삼각형 모양의 향신료 통도 닉이 만들어주었다. 그리고 내가 「소녀, 농장을 만나다」를 촬영하며 서 있던 곳 아래에 있는 작은 선반은 ‘빵 자리’로 내 커피와 간식(주로 빵)을 숨겨놓는 장소다.”

우리가 사랑한 책들

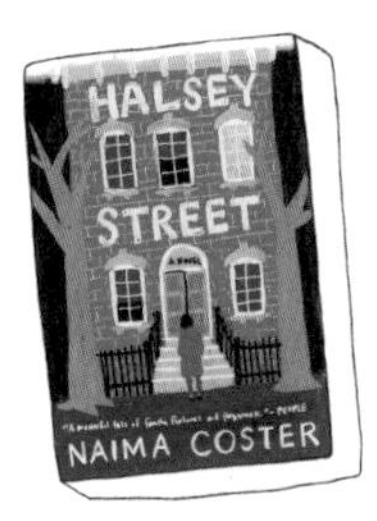

리틀A 2018년 하드커버
디자인 페페 니미

앤절라 마리아 스프링

두엔데 디스트릭트 서점 사장

인스타그램
@duendedistrict

『할시 스트리트』
Halsey Street
나이마 코스터

"내가 좋아하는 소설계의 새 목소리 가운데 한 명이 아름답게 써낸 『할시 스트리트』는 나이든 아버지를 돌보러 유년 시절 고향 브루클린으로 마지못해 돌아가는 젊은 여성의 이야기를 담고 있다. 아버지는 전설적인 지역 레코드가게를 소유했는데 그 동네는 젠트리피케이션이 진행되어 과거의 모습이 거의 남아 있지 않다. 주인공과 아버지는 도미니카공화국으로 돌아가기 위해 몇 년 전 가족을 떠난 어머니의 여전한 그림자와 씨름하면서, 남겨진 친숙한 것들은 무엇이든 붙잡으려고 애쓴다.

시마 베넘

서평가

인스타그램 @diversifyyourshelf

『내가 너를 구할 수 있을까』
루스 오제키

바이킹 2013년
하드커버
디자인 짐 티어니

"언제나 좋아하는 소설이다! 층층이 복잡한 구성으로 되어 있으면서 뽐내는 구석이 없이 신선하다. 인물들은 아주 현실적이고, 책은 가족과 신의, 철학과 상실, 기억과 소멸, 윤리적 기술과 전쟁, 기후 변화와 영성, 시간과 존재(그리고 비존재) 등의 주제를 다룬다. 여러 어두운 요소를 품고 있지만 읽는 재미가 있다. 유쾌하고 명석하며 밝다. 이런 수많은 이유로 열 번은 더 읽을 수 있고 여전히 새로운 연결지점을 찾을 수 있을 것 같다. 루스 오제키는 탁월한 작가다."

밸런타인북스 2020년
디자인 레이철 에이크

세라 코키아트

보건 연구자이자 책벌레

인스타그램 @bookishandblack

『좋아, 혹은 미국에서 당신의 영혼을 구하는 방법』
Here for It; Or, How to Save Your Soul in America: Essays
R. 에릭 토머스

"논픽션을 읽을 때는 회고록이나 에세이집에 끌리는 편인데 이 책은 이 둘을 완벽하게 섞었다. 토머스의 에세이집을 읽은 독자는 웃고 울고, 자신의 삶을 돌아볼 것이다. 토머스의 글은 재치 있고 솔직하며 통찰력이 뛰어나다. 그는 우연히 입소문을 타는 일부터 개인의 진정한 정체성을 쭉 수용하는 일까지 많은 주제를 다룬다. 첫눈에 푹 빠진 일을 기억하며 민망해하는 사람이라면, 도와주려고 애썼으나 오히려 상황을 더 악화시킨 적 있다면, 내가 배정된 공간에 속하지 않았다는 느낌을 받은 적 있다면, 분명 이 책에 공감할 것이다."

맬러리 화이트덕

원주민 정치사상 분야
교수이자 북스타그래머

인스타그램
@nativegirlsreading

『사랑의 묘약』
루이스 어드리크

홀트, 라인하트앤드윈스턴
1984년 하드커버
디자인 호니 베르너

"『사랑의 묘약』은 보호구역의
삶을 독자의 책장으로 가져온다. 표지를 넘기면
지역사회의 소문들을 소곤거리는 소리와 나이든
여성의 웃음소리가 들릴 것이다. 여러 세대에 걸친
가족 서사를 구성하는 일상의 원주민들을 만나게
될 것이다. 원주민 문학계의 고전으로, 이 분야
최고의 거장 가운데 한 명이 썼다."

37잉크 2015년 페이퍼백
디자인 레이완 권
사진 엘턴 앤더슨

섀넌 블랜드

블랙라이브러리언스 설립자

인스타그램 @blacklibrarians

『어색한 흑인 여자의 좌충우돌』
The Misadventures of
Awkward Black Girl
이사 레이

"정말 재미있다! '어색한 흑인 여자의 좌충우돌' 웹
시리즈에 등장하는 캐릭터 제이나, HBO의
「인시큐어」에 원래 이름 그대로 등장하는
캐릭터에서 맛본 이사 레이의 순발력 넘치는
재치와 풍자가 이 책에 그대로 담겼다. 이 책은
이사 레이의 실제 삶을 담은 에세이집으로, 사실
책이 훨씬 더 재미있다. 나 자신도 어색한 흑인
여자이고, 이사 레이처럼 세상과 어울리려고
노력한 데다 1990년대 팝 문화에 대한 사랑과 채팅,
해방감을 주는 짧은 머리, 점점 심해지는 또다른
불안 문제까지 품고 있으니 이 책에 완벽하게
공감할 수 있다. 어색한 흑인 여자에 속하는
소녀 독자들 말고도, 언제나 일반 대중과 좀
다르다고 느끼는 소년들에게도 권한다."

니컬러스 알렉산더 브라운

프린스조지카운티
기념도서관 시스템에 있는
'소통과 봉사활동' 부서 최고
책임자

인스타그램 @frenchhorn88

에코 2014년 하드커버
디자인 앨리슨 솔츠먼

『개똥벌레 왕자』
The Prince of Los Cocuyos:
A Miami Childhood
리처드 블랑코

"리처드 블랑코는 버락 오바마 대통령의 두번째
취임식에서 축시를 낭독한 첫 라틴계 LGBTQIA+
시인으로 화제를 모았다. 『개똥벌레 왕자』는
마이애미에서 쿠바계 미국인으로 살았던
독특한 유년 시절을 그린 매혹적이고 가슴 아픈
회고록이다. 블랑코는 여러 문화가 교차하는 유년
시절을 보내며 어떻게 꿈을 실현했고, 어떻게
자기 자신과 타인을 사랑할 수 있었는지 솜씨 좋고
재미나게 묘사한다."

퀴어 이야기

지난 10년간 사회는 성애와 성별 문제에 더 개방적이고 배워나가는 자세를 갖게 되었고, 사회적으로나 법적으로나 퀴어적 특성을 더 용인하게 되었다. 그렇지만 모든 것이 다 괜찮다고 속아서는 안 된다. 개인적 경험을 말하고 새로운 이야기들을 엮는 작업은 퀴어 이야기에 일상성을 더하며 퀴어적 경험과 주변화된 삶을 중심으로 끌어온다.

『우리의 삶을 위해 투쟁하는 방법How We Fight for Our Lives』은 사이드 존스Saeed Jones가 남부에서 흑인이자 게이라는 정체성을 갖고 성장하며 고투한 시절을 돌아보는 강력한 회고록이다. 또 사랑하는 어머니 이야기이고, 남자 되기가 무엇을 의미하는지에 관한 연구이며, 정체성을 구축하는 방법에 대한 생각을 담고 있다. 작가로서 어떤 신념을 가지고 있느냐는 질문에 존스는 이렇게 답했다. "이 나라의 특성상 외롭다고 느끼는 사람들이 있고, 나는 그들에게 유용한 사람이 되고 싶습니다. 시인이든 남부에 사는 퀴어 꼬마이든 상관없이 그들이 외롭지 않다는 것을, 시든 팟캐스트든 혹은 다른 어떤 매체를 통해서든 알게 해주고 싶습니다."

활동가이자 학자인 글로리아 E. 안살두아Gloria E. Anzaldúa는 최초의 오픈리 퀴어 치카나 작가 가운데 한 명으로 멕시코 바로 북쪽인 텍사스주에서 태어났다. 이주민을 어느 정도 용인하는 장소에서 수용 가능한 정체성을 찾아 살아가면서, 주변화된 삶이 어떤 느낌인지 알게 되었다. 1987년에 출간한『경계지대들 / 경계선에서 Borderlands / La Frontera: The New Mestiza』에서 저자는 경계지대란 선을 긋고 담을 올리는 곳이 아니라 혼성과 교차로 구성된 비옥한 장소라고 말한다. 이 책에서 작가는 시와 산문을, 영어와 스페인어를, 기억과 역사를 섞으며 모든 경계를 지운다.

앤트루트북스
1987년 페이퍼백
그림 패멀라 윌슨

모건 로저스Morgan Rogers는 데뷔작『허니 걸Honey Girl』에 대해 "나는 내가 본 대로의 세상을, 또한 현실적인 세상이 어떤 모습인지를 쓰고 있었다. 그 세상이란 성소수자, 특히 유색인 성소수자가 최선을 다해 살아가고 숨 쉬고 버티는 곳이다"라고 말한다. 로저스는 '선택 가족'은 성소수자의 다양한 경험에 중요한 요소인데, "가족처럼 느껴지는 성소수자 친구들이란 각자 걸어가는 인생의 여정에서 기대고 배움을 구하고 지지받을 수 있는 존재이기 때문이다."

파크로 2021년
페이퍼백
디자인 지지 라우
그림 포피 마그다

『꿈의 집에서In the Dream House』는 2인칭 화자가 이끄는, 장르를 뒤튼 회고록으로 카먼 마리아 마차도가 인디애나주의 작은 마을에서 폭력적인 전 여자 친구와 지낸 시절의 궤적을 추적하는 작품이다. 장마다 여러 가지 은유가 등장하는데, 「자신의 모험 선택하기Choose Your Own Adventure」라는 놀라운 제목이 붙은 장도 있다. 여기서는 독자가 행동을 선택하게끔 호명하면서, 상황 조작으로 독자를 깎아내리는 소위 '가스라이팅'이 등장한다. 이 책은 학문과 민담을 섞어가며, 거의 다뤄진 적 없는 퀴어 내 가정 폭력을 드러낸다.

『우리는 항상 여기에 있었다』는 퀴어 무슬림 이민자로 존재하면서 이 세상에 자신을 위한 공간을 만들고자 애쓴 시절을 돌아보는 책이다.

그들은 죽는다, 그렇지만 우리도 다 죽는다.

플로리다주 보카러톤에서 퀴어이자 다인종 10대로서 살아간 시절에 관한 회고록.

게이이자 원주민인 미국 소년이 정체성을 찾아가는 청소년소설.

『조반니의 방』은 볼드윈의 두번째 소설로 작가가 프랑스에서 지내는 동안 대부분을 집필했다. 파리의 어느 바에 간 미국인 남자가 이탈리아인 바텐더를 만나는 이야기다.

재닛 모크는 2019년에 넷플릭스와 역사적 계약을 체결하며, 메이저 스튜디오와 계약한 첫번째 트랜스젠더 활동가가 되었다.

괴물과 친구가 되어준 트랜스 소녀에 관한 청소년소설.

서로 경쟁하는 사이인 헤나 아티스트들의 사랑을 다룬 청소년소설.

여름 캠프와 성애, 정체성의 수용을 다룬 그래픽노블.

아름다운 그림이 담긴 표지

디자이너는 흔히 특정 이미지와 스타일을 담은 표지를 마음속으로 그려본다. 이미 그려진 삽화를 찾아 표지 사용 허락을 구할 수도 있고, 혹은 적절한 삽화가를 찾아 작업에 꼭 맞는 이미지를 만들어달라고 의뢰할 수도 있다.

자카란다북스 2019
페이퍼백

『호박 도둑들』

The Marrow Thieves
셰리 디멀라인

UK 에디션
그림 추장 레이디 버드

인스타그램 @chiefladybird

추장 레이디 버드Chief Lady Bird는 치페와족과 포타와토미족 출신의 화가이자 삽화가, 교육자, 지역사회 활동가로 온타리오주 토론토에서 살고 있다.

리틀, 브라운 2018
하드커버

『타일러 존슨이 여기 있었다』

Tyler Johnson Was Here
제이 콜스

디자인 마시 로런스
그림 샬럿 데이

인스타그램
@marcielawrence.design
@charlottepaints

로런스는 에이브럼스의 선임 아트디렉터로 "업계에서 아프리카계 미국인 표지 디자이너는 나를 포함해 한 손으로 셀 수 있을 정도로 그 수가 적다. 편집 부분뿐만 아니라 판매나 마케팅, 광고 분야에서도 더 많은 이들이 나타나야 한다고 생각한다."

『아무것도 아닌 존재의 수호성인』

Patron Saints of Nothing
랜디 리베이

디자인 데이나 리
그림 조 로스

인스타그램
@danalidesign / @jor.ros

코킬라 2020년
하드커버

리는 캐터펄트/카운터포인트출판사의 디자이너다. 또 내털리 C. 앤더슨의『성인들과 도둑들의 도시City of Saints & Thieves』의 표지와 셀리아 C. 페레스의『펑크의 첫번째 규칙The First Rule of Punk』의 표지를 디자인했다.

『차를 마시며 미래를 꿈꾸는 어느 쿠바 여성의 안내서』

A Cuban Girl's Guide to Tea and Tomorrow
로라 테일러 네이미

디자인 카린 S. 리
그림 앤디 포레타

인스타그램
@karynslee / @andi.porretta

리 본인도 삽화가다!

아테네움 2020년
하드커버

패러, 스트라우스&지루
2020년 하드커버

『모든 소년이 파랗지는 않다』

조지 M. 존슨

디자인 캐시 곤잘레스
그림 찰리 파머

인스타그램 @casacassie

곤잘레스는 "표지의 주요 목적이란 책의 핵심을 뽑아내어 눈에 비로 들어오는 네모난 틀에 담는 것"이라고 말한다.

『물 밑의 노래』

A Song Below Water
베서니 C. 모로

디자인 레슬리 워럴
그림 앨릭스 카발

인스타그램
@lesleyworrell / @acaballz

토르틴 2020년
하드커버

워럴은 섀넌 기브니의 『어떤 색도 보지 못해See No Color』와 유카베스 오디암보의 『우마의 달리기Auma's Long Run』의 표지도 디자인했다.

잉크야드출판사
2019년 하드커버

『안녕 아이티, 사랑해 알라인』

Dear Haiti, Love Alaine
마이카 몰티 / 마리차 몰티

디자인 지지 라우
그림 로드 크푸리

인스타그램
@lau. gigi. lau / @lord_kpuri

라우는 할리퀸의 아트디렉터다. 모건 로저스의 『허니 걸』 표지와 프랜시나 시몬의 『성공해Smash It!』 표지도 디자인했다.

『불가능해, 찰리 베이가』

Fat Chance, Charlie Vega
크리스털 말도나도

디자인 첼시 헌터
그림 에리카 루고

인스타그램
@seehunter / @erilu. jpg

홀리데이하우스
2021년 하드커버

헌터는 처음에는 논픽션 책들을 디자인했으나 청소년소설로 대상을 바꾸었다. 루고는 푸에르토리코를 중심으로 활동한다.

다이얼북스 2019년
하드커버

『다리우스 대왕은 괜찮지 않다』

Darius the Great Is Not Okay
아딥 코람

디자인 사미라 이라바니
그림 애덤스 커발로

인스타그램
@suchdainties / @adamscarvalho

이라바니는 새로운 작업을 시작할 때 "편집자가 표지에 대한 생각이 분명하고, 내가 정말로 열중할 수 있는 이야기라면" 좋다고 말한다.

『히자비스탄』

Hijabistan
세이빈 자베리

디자인 아미트 말로트라
그림 삼야 아리프

인스타그램 @samyaarif

하퍼 인도 2020년
페이퍼백

말로트라는 하퍼콜린스 퍼블리셔스 인도의 수석 디자이너다. 아리프는 카라치를 기반으로 활동하는 화가이자 삽화가다.

NIC STONE Dear Martin CROWN
GABBY RIVERA JULIET TAKES A BREATH DIAL
RANDY RIBAY PATRON SAINTS OF NOTHING Kokila
ACEVEDO WITH THE FIRE ON HIGH HARPER TEEN
SLAY MORRIS
THE MARROW THIEVES CHERIE DIMALINE
CANDICE ILOH EVERY BODY LOOKING DUTTON
Medina • Robinson • Jennings I AM ALFONSO JONES TU BOOKS
CHRISTINA HAMMONDS REED The BLACK KIDS SIMON & SCHUSTER
ZOBOI SALAAM PUNCHING THE AIR B+B
Choi YOLK Simon & Schuster
BROWN BLACK GIRL UNLIMITED HENRY HOLT
JOHNSON YOU SHOULD SEE ME IN A CROWN SCHOLASTIC PRESS
DAVID YOON FRANKLY in LOVE Putnam
BOULLEY FIREKEEPER'S DAUGHTER HENRY HOLT
SMITH Hearts UNBROKEN CANDLEWICK PRESS
MÉNDEZ FURIA
JASON REYNOLDS LONG WAY DOWN
JACKSON GROWN
THOMAS THE HATE U GIVE B+B
CHEE WE ARE NOT FREE
KIM JOHNSON THIS IS MY AMERICA RANDOM HOUSE
ADIB KHORRAM DARIUS THE GREAT IS NOT OKAY
MALORIE BLACKMAN Noughts + Crosses
MAHOGANY L. BROWNE CHLORINE SKY CROWN
SAMIRA AHMED INTERNMENT LITTLE, BROWN
Stacey Lee THE DOWNSTAIRS GIRL Putnam
A VERY LARGE EXPANSE OF SEA TAHEREH MAFI HARPER
Apple Skin to the Core BY ERIC GANSWORTH LQ LEVINE QUERIDO
S. K. ALI LOVE FROM A TO Z
열일곱 살 고등학생이자 온라인게임 개발자 키라의 이야기다. 키라가 만드는 게임을 다들 하고 싶어질 것이다.
리베라의 책은 셀리아 모스코트가 그림을 맡아 그래픽노블로도 각색되었다!
거리를 두고 살아온 두 자매는, 한 명이 암 진단을 받고 타인의 건강보험이 필요해지면서 서로 신분을 바꾸어야 하는 상황에 놓인다.
데이비드 윤은 소설가 니컬라 윤의 남편이고, 니컬라 윤의 『뉴욕타임스』 베스트셀러 『에브리씽 에브리씽』의 삽화를 그리기도 했다.
『바다의 광대함』에서 16세 무슬림 소녀 시린은 9.11 테러 이후 편견에 사로잡힌 시선에 악전고투하며 삶을 살아내고 사랑을 탐색한다.
신시아 레이티치 스미스는 머스코기(크리크)족 주민으로 이 책은 '원주민으로서 연애하기'를 다룬다.
어느 흑인 가족이 인종차별, 그리고 미국의 사법제도와 싸우는 이야기를 담은 킴 존슨의 데뷔작.

그렇게 어른이 된다

10대란 우리 자신이 어떤 사람인지 파악하기 시작하는 때이자 아이에서 어른으로 변화하는 시기로 기묘하게 요동치는 시간이다. 언제나 강렬한 이 시기를 거치는 동안 때로는 즐겁고 때로는 괴롭다. 특히 마음이 그렇다.

『롱 웨이 다운』의 제이슨 레이놀즈는 해마다 수십 번씩 청소년을 만나 책을 읽고 사인을 해주는 행사를 가지는 편이다. "내 생각에 나는 그들이 공감할 방식으로 직접 말을 건넬 수 있다. 나도 그들의 일부이고 여전히 그들과 같은 기분을 느끼기 때문이다." 2020년 미국 어린이문학 대사로 임명된 레이놀즈는 전 세계에 전염병이 돌지 않았다면 훨씬 더 많은 일을 해냈을 것이다. 대신 그는 국회도서관과 함께 '쓰자, 제대로, 의식으로'라는 제목의 영상 시리즈를 만들었다. 격주로 올라오는 이 영상은 '창조성, 연결, 상상력' 같은 주제를 다루며 창조 행위에 영감을 줄 만한 재미있고도 도전적인 일을 제시한다.

앤절린 볼리Angeline Boulley는 불과 열여덟 살이었을 때 데뷔작에 담을 이야기를 구상했다. 그렇지만 많은 시간이 흐르고 나서야 쓰기 시작했고, 원고를 끝내는 데 10년이 걸렸으나 결과는 좋았다. 출판사 열두 곳에서 원고를 사겠다고 나섰는데, 수백만 달러를 낸 맥밀런에 최종 낙찰됐다. 2021년, 55세의 볼리는 『불 관리인의 딸Firekeeper's Daughter』을 냈고 버락 오바마와 미셸 오바마의 제작사 하이그라운드가 넷플릭스 오리지널 시리즈를 만들기 위해 판권을 샀다.

헨리홀트
2021년 하드커버
디자인 리치 디어스
그림 모지스 런햄

스콜라스틱출판사
2020년 하드커버
디자인 스테퍼니 양

레아 존슨Leah Johnson은 "'블랙 조이'•는 내가 하는 일의 핵심에 있다. 나는 흑인 소녀들을, 특히 흑인 퀴어 소녀들을 온전하게 담아내고 싶다."『왕관을 쓴 나를 봐You Should See Me in a Crown』는 고등학교 시절과 프롬, 꿈, 첫사랑의 즐거움이 가득한 작품으로 결말에 이르면 독자는 행복한 눈물을 흘리게 될 것이다.

『A에서 Z까지의 사랑Love From A to Z』은 10대 무슬림 청소년 두 명의 이야기다. 한 명은 파키스탄계 부모와 서인도제도계 부모 사이에서 태어난 미국인이고 다른 한 명은 중국계와 핀란드계 사이에서 태어난 캐나다인이다. 이 두 사람이 카타르 도하로 가는 비행기에서 만난다. 히잡을 쓰는 저자 S. K. 알리는 2016년 처음으로 히잡을 쓰고 올림픽에 출전하여 동메달을 딴 첫 미국인 여성인 이브티하즈 무하마드와 함께 어린이 그림책 『히잡을 처음 쓰는 날』을 쓰기도 했다. 히잡을 쓴다는 이유로 따돌림을 당했지만 당당하게 성과를 낸 소녀가 주인공이다.

사이먼&슈스터
2020년 페이퍼백
디자인 루시 루스 커민스
그림 메리 케이트 맥더미트

• Black Joy, 흑인에게 침묵을 강요하는 사회에서 저항의 의미로 기쁨을 선언하는 용어.

영향력 있는 책사랑꾼

샤나이 고든

'히어 위 리드' 사의
다양성 & 융합 전문가

인스타그램 @HereWeeRead

"다음 세대 아이들을 위해 보다 나은 평등한 세상을 만들고자 한다면, 아이들이 더 다양한 범주의 사람들을 만나고 경험하고 기량을 발휘해보고 여러 인종과 문화를 접하도록 도와야 할 것이다.

부모로서 내 목표는 나의 아이들이 다양한 책에서 폭넓은 범주의 흑인들을 만나도록 하는 것이다. 유색인, 오프라 윈프리와 버락 오바마와 미스티 코플랜드와 미셸 오바마처럼 아이들이 되고 싶어하는 인물, 혹은 동일시할 수 있는 허구적 인물을 책에서 만났으면 한다.

책에서 재현은 실로 중요한 문제다. 유색인 아이들이 비백인 작가가 쓴 책을 읽고 비백인 삽화가가 그린 그림을 보면, 책 페이지에 담긴 자신들의 아름다운 형상을 눈으로 확인하게 된다. 눈으로 봐야 그 존재가 될 수 있다는 사실이, 이렇게 힘을 얻게 된다. 백인 아이들이 비백인 인종 작가가 쓴 책을 읽으면 그들은 피부색과 문화가 다른 사람들의 내면을 엿보고 그들에 대해 배울 창을 얻는 셈이다. 이는 공감을 구축할 뿐 아니라, 유색인 또한 승리할 수 있고 이야기의 주인공이 될 수 있음을 보여준다."

알리시아 타피아

자전거도서관의 설립자

인스타그램 @bibliobicicleta

"샌프란시스코를 돌아다니는 팝업 자전거도서관은 2013년, 접근하기 쉬운 책과 자전거와 지식의 아름다움을 믿는 여러 사람으로부터 크라우드펀딩을 통해 지원받았다. 책은 우리의 정신을 확장해준다. 우리의 상상력을 열고, 우리 자신과 타인에 대한 이해를 더 깊게 하며, 과거에 접했거나 현재에도 씨름 중인 인류의 문제를 직면하도록 한다. 책은 더 나은 미래를 향한 토대를 제공한다.

우리는 어디에서 왔고 어디로 가는가? 책 몇 권을 읽어본 다음 우리가 보는 것에 적용해보자. '가장 좋은' 길은 없다. 백인과 서구 중심의 가부장사회가 해온 말과 달리, 모든 사람에게 맞는 만능 해결책도 없다.

다음의 책은 하와이에서 자라서 지금은 원주민 구역에 사는 필리핀-멕시코계 사람인 나의 세계관에 영향을 미쳤다. 나는 원주민의 앎의 방식과 다양한 관점을 깊이 존중한다.

자전거도서관의 최고 장점은 도서관이 끌어오는 사람들이다. 모든 사람은 폭넓은 경험과 앎의 방식과 세계에 대한 이해를 품은, 깊은 지식의 우물과도 같다. 무지개는 색의 다양성과 깊이 때문에 아름답다. 그렇게 아름다운 독서를 꼭 해보도록 하자. 아니면 놓칠지도 모른다."

청소년소설

우리가 스스로 고른 첫 책은 다른 책들보다 우리 곁에 더 오래 머무른다. 그러므로 세상을 있는 그대로 진실하게 보여주는 책을 고르는 것이 중요하다. 온갖 종류의 사람이 등장하는 온갖 종류의 이야기로 가득해야 한다. 다음은 다 읽고 나면 꼭 품게 되는 책들이다.

콰미 알렉산더Kwame Alexander가 시 형식으로 쓴 소설『크로스오버Crossover』는 농구를 사랑하는 두 형제를 그린 작품으로 2015년 뉴베리상을 탔다. 읽기 쉽고 매력적인 방식으로 글을 쓰는 이유에 관해 묻자 알렉산더는 이렇게 말했다. "나는 중학교 시절 (글 읽기를) 혐오했습니다… 억지로 해야 했기 때문입니다… 내 생각에 책이란 놀이공원과 같고, 때로는 아이들이 탈 것을 직접 선택하도록 해야 합니다. 나는 탈것을 선택할 기회가, 내 리듬을 찾을 기회가 없었습니다."

책을 싫어하던 시절 알렉산더는 농구와 축구를 많이 했고, 무하마드 알리의 자서전『가장 위대한—나의 이야기』 등 운동에 관한 책을 읽으면서 결국 독서를 향한 열정을 찾았다.

초등학교 시절 유일한 아시아인 학생이었던 그레이스 린은 자신이 아시아인임을 잊기 위해 많은 시간을 보냈다. 이제 작가이자 삽화가로서 린은 자신이 어렸을 때 읽었으면 좋았을 책을 만든다. 린이 보기에, 아이들의 책장에 외부 세계를 향한 창문이 되어주는 동시에 아이들이 얼마나 아름다운지 보여주는 거울 같은 책이 꽂혀 있는 일이 중요하다. 린의 설명처럼 "책은 편견을 지우고, 흔치 않은 하루를 만들며, 일상을 이국적으로 바꾼다. 책은 모든 문화를 보편적으로 만든다."

리틀, 브라운
2009년 하드커버
그림 그레이스 린

'미세와 사가Misewa Saga' 3부작의 첫 권『불모지The Barren Grounds』를 쓸 때 데이비드 A. 로버트슨David A. Robertson은 C. S. 루이스의『나니아 연대기』에서 영감을 받은 한편, 크리족의 옛이야기를 끌어와 작업했다. 위탁 가정에서 지내는 크리족 두 어린이 모건과 엘리는 다른 세계로 이어주는 문을 통해 '아스키'라는 춥고 황량한 땅으로 간다. 그곳에는 도움이 필요한, 말하는 동물들이 산다.

자전적 청소년소설『모든 슬픈 것은 거짓이다Everything Sad Is Untrue』에서 작가 대니얼 나예리Daniel Nayeri는 이란에서 미국까지 가족과 여정을 함께한다. 유년 시절을 보낸 이란에서 어머니가 기독교로 개종했는데 그것은 범죄 행위였기에 가족은 이란을 떠나야 했다. 가족은 망명 상태로 지내다가 오클라호마주로 이주한다. 나예리는 작가가 된 이유에 대해 "결국 내게 주어지는 첫번째 질문은 '너는 여기에서 무엇을 하고 있나?'다. 그러면 나는 이야기를 계속하게 되고 그렇게 스토리텔링을 향한 나의 사랑이 시작되었다." 이 작품은 2021년 마이클 L. 프린츠상 최우수 청소년 문학 부문을 수상했다. 한때 제빵사로 일했던 나예리는 맥밀런칠드런스출판그룹 내 독립브랜드인 '오드닷Odd Dot'의 발행인이기도 하다.

Jewell Parker Rhodes GHOSt BOYs Little, Brown
NAYERI EVERYTHING SAD IS UNTRUE LQ LEVINE QUERIDO
JACQUELINE WOODSON Before the Ever After Nancy Paulsen Books PENGUIN
Willing McManis Sorrell INDIAN NO MORE TU BOOKS
BRANDY COLBERT THE ONLY BLACK GIRLS IN TOWN LITTLE, BROWN
YANG AMERICAN BORN CHINESE
ROBERTSON THE BARREN GROUNDS
Grace Lin WHERE THE MOUNTAIN MEETS THE MOON Little Brown
CELIA C. PÉREZ THE FIRST RULE OF PUNK VIKING
TAE KELLER When You Trap a Tiger RANDOM HOUSE
Lai Inside Out & Back Again HARPER
WATSON WAYS TO MAKE SUNSHINE
TAHEREH MAFI FURTHERMORE Dutton
CRAFT NEW KiD HARPER
DAY I CAN MAKE THIS PROMISE
Higuera LUPE WONG WON'T DANCE LQ LEVINE QUERIDO
Williams Genesis Begins Again
ORTEGA GHOST SQUAD SCHOLASTIC PRESS
RYAN Esperanza Rising
reynolds TRACK 1 GHOST
ALEXANDER THE CROSSOVER HMH
WILLIAMS-GARCIA ONE CRAZY SUMMER
MEJIA PAOLA SANTIAGO AND THE RIVER OF TEARS
PARK PRAIRIE LOTUS CLARION BOOKS
WARGA OTHER WORDS for Home
Aisha Saeed AMAL UNBOUND Nancy Paulsen Books PENGUIN
DRAPER STELLA by STARLIGHT
YANG FRONT DESK
Roll of Thunder, Hear My Cry TAYLOR DIAL
CALLENDER KING AND THE DRAGONFLIES SCHOLASTIC PRESS
Ramée A Good Kind of Trouble
OH SPIRIT HUNTERS HARPER
GLASER THE VANDERBEEKERS of 141st STREET HMH
BROWNE / TAYLOR WOKE A YOUNG POET'S CALL TO JUSTICE
CHANANI Pashmina :01 First Second
재클린 우드슨은 2018년에서 2019년, 미국 어린이문학 대사로 활동했다.
『펑크의 첫번째 규칙』에서 열두 살 말루는 중학교 부적응자로 가득한 펑크 밴드 활동을 시작하고 자기 자신으로 존재하는 법을 배운다.
어느 소녀가 한국의 옛이야기에서 뛰쳐나온 '마법 호랑이'와 협상하려 한다.
포틀랜드에 사는 주인공 리안 하트는 비벌리 클리어리가 창조한 캐릭터 라모나로부터 영감을 받았다.
『왕과 잠자리들』은 2020년 전미도서상 청소년 문학 부문을 수상했다.
이 책의 첫 문장은 "내 체육복 반바지가 겁 먹은 마멋처럼 내 엉덩이 틈으로 파고든다"이다.
모텔에 살면서 안내 데스크 일을 돕는 미아 탕의 이야기

놀라운 삽화가들

그림책은 어린이용이든 성인용이든, 이야기를 말로만, 혹은 그림으로만 전하는 것보다 더 강렬하게 전달하기 위해 말과 그림을 함께 활용한다. 그림에는 실제 내용에다 이야기를 실감 나게 하는 정서적 정보가 추가되기도 한다.

숀 퀄스

인스타그램
@sean_qualls

『만델라 할아버지』
Grandad Mandela
진지 만델라 대사,
자지 만델라, 지웰렌 만델라

프랜시스링컨
2018년 하드커버

퀄스는 작가이자 삽화가로 활동하는 아내 셀리나 알코와 종종 협업한다. 2015년에는 어린이책『사랑을 위해서—다른 인종 간 결혼을 위한 투쟁The Case for Loving: The Fight for Interracial Marriage』을 공동으로 작업했다.

라파엘 로페스

인스타그램
@rafael_lopezillustration

『너의 이야기를 들려줘』
재클린 우드슨

낸시폴슨북스
2018년 하드커버

로페스는 샌디에이고의 이스트빌리지에서 '도심 예술길' 운동을 주도했다. 학교나 병원 같은 공공 공간과 고속도로 아래에 큰 벽화를 그리는 작업이다. F. 이사벨 캠포이와 테레사 하웰의 책『회색 도시를 바꾼 예술가들』은 이런 작업이 지역을 어떻게 화합하게 하는지 이야기하는데, 이 책의 삽화도 로페스가 맡았다.

오차드북스
2020년 하드커버

브라이언 콜리어

『그저 네가 중요하기 때문에』
All Because You Matter
타미 찰스

콜리어는 스토리보드로 작업을 시작하는데, 최종 결과는 시작과 사뭇 다르다. "그림을 그리는 과정에서 뭔가 다른 생각이 떠오릅니다… 더 중요해 보이거나 텍스트를 더 깊이 담아낼 새로운 아이디어가 떠오르지요. 나는 그 아이디어를 따릅니다… 그렇게 되도록 문을 열어둡니다… 그때그때 떠오르는 생각을 반영하며 작업하고 싶습니다."

로링브룩출판사
2020년 하드커버

미카엘라 고드

인스타그램
@michaelagoade

『워터 프로텍터』
캐롤 린드스트롬

고드는 알래스카의 틀링기트와 하이다 원주민 부족의 주민으로 2021년『워터 프로텍터』로 칼데콧상을 수상한 최초의 원주민 삽화가다(또한 최초의 BIOPOCBlack, Indigeneous and People of Color 여성 삽화가이기도 하다).

하템 알리

인스타그램
@metahatem

『히잡을 처음 쓰는 날』
이브티하즈 무하마드,
S. K. 알리

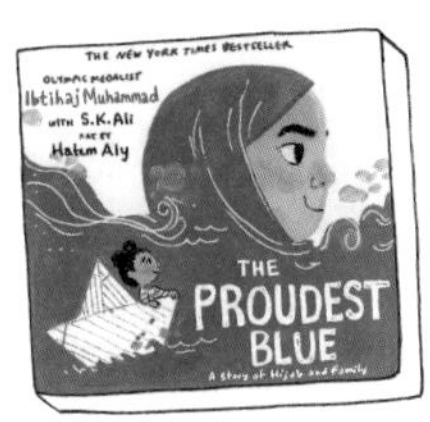

리틀, 브라운
2019년 하드커버

알리는 이집트에서 태어났으며 지금은 캐나다 뉴브런즈윅에서 살고 있다.

대니엘 대니얼

인스타그램
@danielledaniel

『너는 나를 지지해』
You Hold Me Up
모니크 그레이 스미스

오카북퍼블리셔스
2017년 하드커버

삽화를 그리고 책도 쓰는 대니엘 대니얼은 2019년 '보다 포용적인 사회를 위해 아이들의 문해력을 향상하고자 하는' 마이티 빌리지를 설립했다. (mightyvillage. ca)

레오 에스피노사

인스타그램
@studioespinosaworks

『로지타라는 소녀』
A Girl Named Rosita: The Story of Rita Moreno: Actor, Singer, Dancer, Trailblazer!
아니카 알다무이 데니즈

하퍼콜린스
2020년 하드커버

에스피노사는 콜롬비아 보고타 출신으로 지금은 유타주 솔트레이크시티에 살고 있다.

루이사 우리베

인스타그램
@lupencita

『너의 이름은 노래』
Your Name Is a Song
자밀라 톰킨스비글로

디이노베이션출판사
2020년 하드커버

작가 톰킨스비글로에게 『너의 이름은 노래』의 표지에 담긴 루이사 우리베의 그림을 처음 본 순간 어떤 기분이었느냐고 묻자 비글로는 이렇게 답했다. "기쁨. 완벽한 기쁨을 느꼈습니다."

고든 C. 제임스

인스타그램
@gordoncjamesfineart

『나는 멋진 사람이야』
I Am Every Good Thing
데릭 반스

낸시폴슨북스
2020년 하드커버

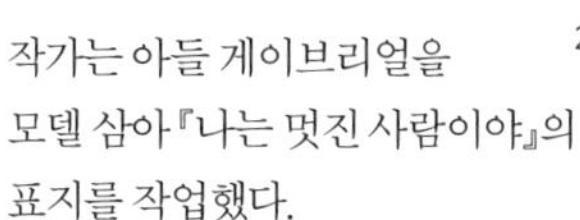
작가는 아들 게이브리얼을 모델 삼아 『나는 멋진 사람이야』의 표지를 작업했다.

닝기우쿨루(닝기오쿨루크) 티비는 이누이트 화가이자 작가로 킨가이트(케이프 도싯)에서 태어났다.

『프리야는 마리골드와 마살라 꿈을 꾼다』는 할머니 바비 바를 비롯해 원주민 전통과 관계를 맺는 미국인 소녀 이야기다.

하프리트는 기분에 따라 색깔이 다른 파트카(시크교 터번)를 두르는 시크교 소년이다.

나를 구성한 것들과 나를 사랑하는 법을 배우는 일을 담은 아름다운 책.

이 책의 오디오북은 비욘세와 제이지의 딸 블루 아이비 카터가 읽어준다.

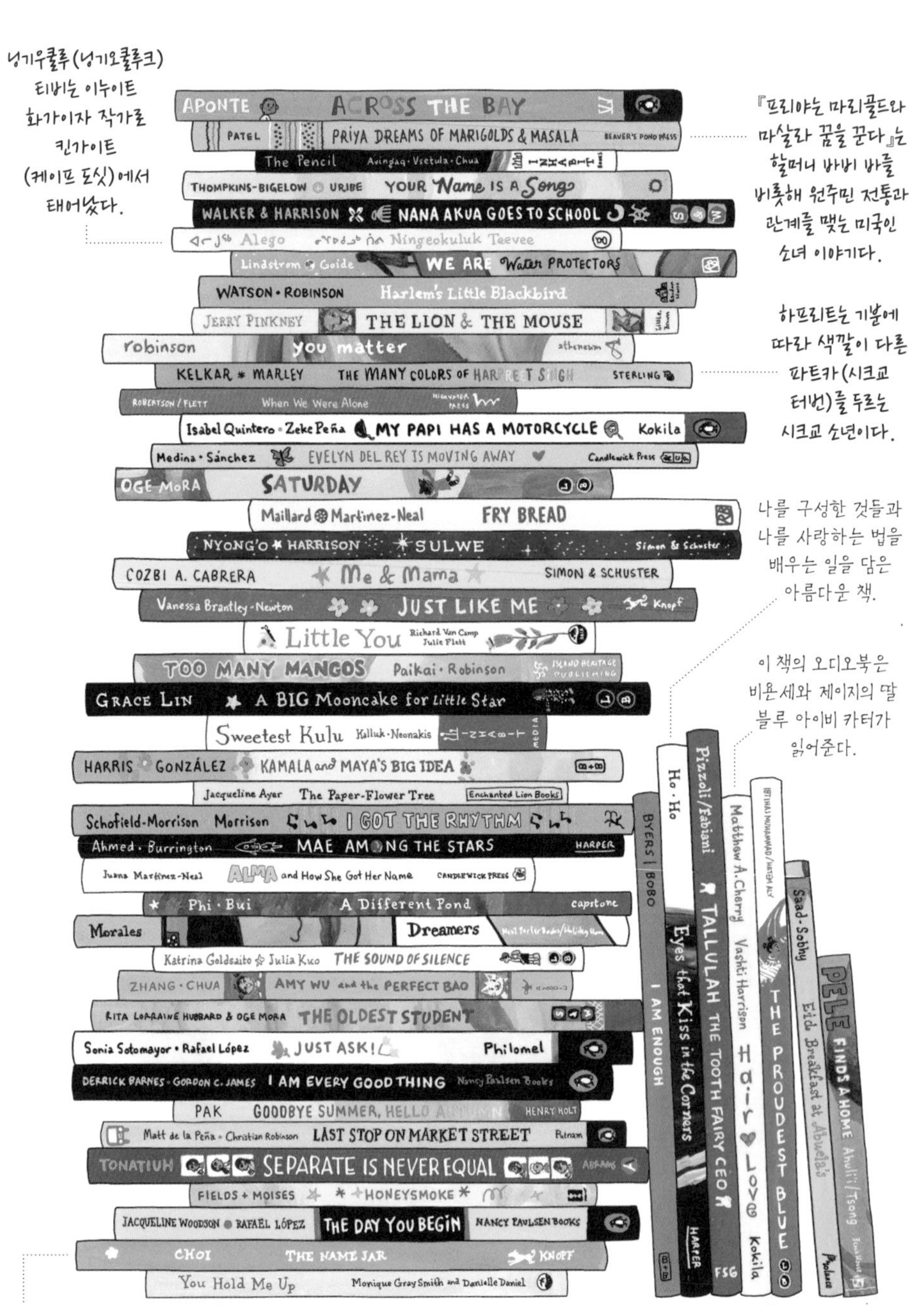

은혜는 친구들이 자기 이름을 낯설게 느낄까 걱정한 나머지 새 이름을 골라달라고 친구들에게 부탁한다.

개브리엘 아훌리는 하와이 전설을 기반으로 보드책 시리즈를 썼다.

어린이 그림책

모든 어린이는 책 속에서 자신을 알아볼 수 있어야 한다. 위스콘신대학의 협동어린이책센터에서는 해마다 어린이와 청소년 도서를 대상으로 다양성 조사를 수행한다. 2019년 조사를 살펴보면 다양성과 관련해서는 지표가 더 좋아졌지만, 그 속도는 상당히 느리다. 3717권의 책 가운데 백인 주인공은 41.8퍼센트를 차지했고 동물(혹은 그외)은 29.2퍼센트였다. 흑인 주인공은 11.9퍼센트, 아시아인은 8.7퍼센트, 라틴계는 5.3퍼센트에 불과했으며 원주민 주인공은 1퍼센트밖에 되지 않았다.

『꿈을 찾는 도서관』은 유이 모랄레스가 쓴 시적인 그림책으로 멕시코에서 미국까지 어린 아들과 함께 이주한 경험을 돌아보는 내용이다. 영어를 계속 배우는 중이었던 모랄레스는 아기 켈리에게 그림만 보고도 그림책을 읽어줄 수 있다는 사실을 알게 된다. “마법과도 같았습니다. 마법이었어요! 독자들 또한 내 책의 글을 완전히 이해하지 못해도 이야기를 따라갈 수 있기를 원합니다.” 모랄레스는 동화책들 가운데 여러 권을 그림으로 그려서 자신의 책에 삽화로 넣었으며, 마법사와도 같았던 동화책 작가들에게 경의를 표했다.

모랄레스는 『꿈을 찾는 도서관』 속 삽화를 한때 모리스 샌닥의 소유였던 펜으로 그렸다. 펜은 모리스샌닥재단의 대표이자 재무담당자인 린 카포네라가 준 것이었다.

인챈티드라이언
2017년 하드커버

재클린 아예르Jacqueline Ayer는 1930년 브롱크스, 자메이카 부모에게서 태어났다. 아예르는 파리에서 패션계 삽화가로 일했고, 남편과 아시아를 여행하다가 방콕에 정착했으며 두 딸을 두었다. 그곳에서 어린이책 여덟 권을 출판했다. 이후 인도, 뉴욕, 런던에서 직물과 제품 디자이너로 일했다. 아예르의 책은 계속 절판 상태였다가 2017년 인챈티드라이언출판사가 재출간했다.

『카멀라와 마야의 큰 계획Kamala and Maya's Big Idea』을 쓴 미나 해리스Meena Harris는 다양한 사회 문제에 대한 인식을 증진하는 생활 브랜드 '피노미널'의 대표다. 변호사이기도 하며, 페이스북에서 기술계 경력을 시작했다. 마야 해리스의 딸이자 미국의 부통령 카멀라 해리스의 조카이기도 하다.

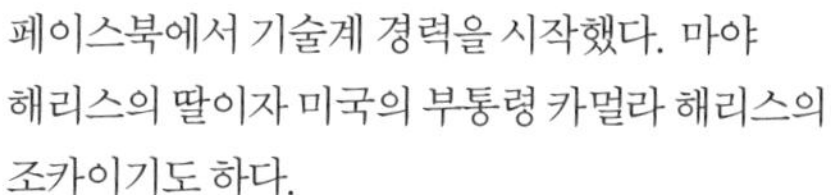

케빈 노블 마야르Kevin Noble Maillard는 법학 교수이자 기자이고 세미놀족 메쿠수키 단체의 일원이다. 그는 어린 아들에게 읽어줄 원주민 작가의 책을 찾을 수 없어 직접 『튀긴 빵Fry Bread』을 썼다. 나이 지긋한 이모들이 그의 가족에게 튀긴 빵을 만들어주곤 했는데, 그들이 세상을 떠나자 그가 직접 배우게 되었다.

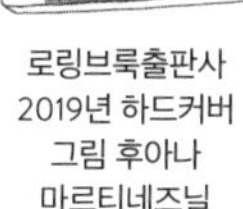

로링브룩출판사
2019년 하드커버
그림 후아나 마르티네즈닐

튀긴 빵은 둥글납작한 밀반죽을 황금빛이 나게끔 기름에 폭신하게 튀긴 음식이다. 빵 위에 향신료나 달콤한 재료를 올리는데 콩이나 고기, 잼, 꿀을 얹기도 한다.

어메이징, 작가 겸 삽화가

다음의 시각 천재들은 다른 작가를 위해 삽화를 그릴 뿐 아니라 직접 글과 그림을 맡기도 한다. 대체로 어린이책을 만들지만, 성인을 위한 그림책을 만드는 작가들도 많다. 그렇지만 기억하자. 성인이 어린이책을 구매하고 즐겨 읽어도 정말 괜찮다.

크리스티안 로빈슨

인스타그램
@theartoffun

『넌 중요해』

아테네움북스
2020년 하드커버

로빈슨은 책에 필요한 이미지를 만들기 위해 색칠과 콜라주 기법을 함께 쓰기도 한다. 색칠한 종이를 자른 조각으로 콜라주 작업을 한다.

리틀, 브라운
2009년
하드커버

제리 핑크니

인스타그램
@jerrypinkneystudio

『사자와 생쥐』

핑크니는 그림책 삽화계의 전설로, 옛 우화와 동화를 현대에 맞게 다시 그린 작품으로 유명하다. 『사자와 생쥐』의 표지는 제목과 작가의 이름이 없고 표정이 풍부한 사자의 얼굴만 있어서 눈길을 끈다.

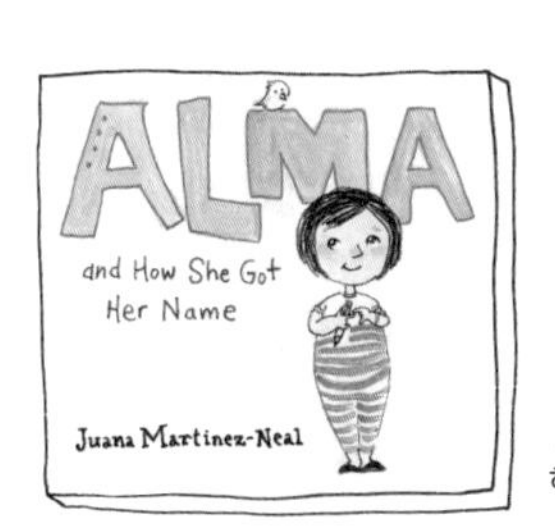

캔들윅
2018년
하드커버

후아나 마르티네즈닐

인스타그램
@juanamartinezn

『나의 이야기, 알마』

마르티네즈닐은 페루 리마에서 태어났으며 지금은 애리조나주에서 살고 있다. 아크릴물감, 색연필, 흑연으로 작업한다.

오게 모라

인스타그램
@oge_mora

『할머니의 식탁』

리틀, 브라운
2018년 하드커버

모라는 로드아일랜드 디자인스쿨을 다녔는데 4학년 때 첫 책을 계약했다.

바시티 해리슨

인스타그램
@vashtiharrison

『역사를 만든 흑인 여성들』
Little Leaders: Bold Women in Black History

리틀, 브라운
2017년 하드커버

해리슨은 캘리포니아 인스티튜트오브아츠에서 영화와 영상 전공으로 석사학위를 받았으며 실험 영화를 여러 편 찍은 후 책의 삽화를 그리게 되었다.

크노프
2020년 하드커버

버네사 브랜틀리뉴턴

인스타그램
@vanessabrantleynewton

『꼭 나처럼』
Just Like Me

브랜틀리뉴턴은 자신의 책뿐 아니라 다른 작가들의 책에도 삽화를 그리는데, 데릭 반스의 『유치원의 왕The King of Kindergarten』의 삽화도 맡았다.

JAVAKA STEPTOE
RADIANT CHILD
THE STORY OF YOUNG ARTIST JEAN-MICHEL BASQUIAT

리틀, 브라운
2016년 하드커버
디자인 필 카미니티

자바카 스텝토

인스타그램
@javakasteptoe

『빛나는 아이 — 천재적인 젊은 예술가 장 미셸 바스키아』

스텝토는 2017년 이 책으로 칼데콧상을 수상했다.

코즈비 A. 카브레라

인스타그램
@cozbi

『엄마랑 나랑』

카브레라는 '무네카스'라는 사랑스러운 봉제인형도 만든다.

사이먼&슈스터
2020년 하드커버

줄리 플렛

인스타그램
@julie__flett

『나의 친구 아그네스 할머니』

그레이스톤키즈
2019년 하드커버

플렛은 크리족과 메티스족 출신의 작가이자 삽화가로 여러 상을 탔는데, 2017년에는 캐나다의 연방총독상 청소년 문학 부문을 수상했다.

발저+브레이
2011년 하드커버

카디르 넬슨

인스타그램
@kadirnelson

『마음과 영혼』
Heart and Soul: The Story of America and African Americans

넬슨은 30권이 넘는 어린이책의 삽화를 그렸으며 콰미 알렉산더가 글을 쓴 『우리는 패배하지 않아』의 삽화를 맡아 2020년에 칼데콧상을 수상했다.

사랑받는 서점들

엉클 보비스 커피 & 북스

Uncle Bobbie's Coffe & Books

미국 펜실베이니아주 필라델피아
인스타그램 @unclebobbies

엉클 보비스는 모두를 위한 곳이다. 커피숍과 서점은 무료 저자 강연, 워크숍과 매주 어린이를 위한 이야기 시간을 개최하며 학용품 기부 행사도 연다. 손님들은 바에 앉아 맛있는 커피와 음식을 맛보거나, '집처럼' 편안한 느낌의 라운지에서 쉴 수 있다. 애정을 쏟을 부분이 무척 많은 공간이다. 필라델피아 저먼타운에 위치한 엉클 보비스는 2017년 마크 러몬트 힐이 지역 주민들 모두가 책에 쉽게 다가갈 수 있고 존중받는 느낌을 주는 공간을 만들기 위해 설립한 서점이다.

레드 플래닛 북스 & 코믹스

Red Planet Books & Comics

미국 뉴멕시코주 앨버커키
인스타그램 @redplanetbnc

라구나 푸에블로족의 일원인 리 프랜시스 4세는 2016년 앨버커키에서 원주민 코믹콘을 성공적으로 개최한 후 2017년에 레드 플래닛을 열었다. 레드 플래닛 코믹스는 원주민 만화를 내는 독립 출판사이자, 전 세계에서 유일한 원주민 만화책 서점이다. 프랜시스는 "우리는 원주민들을 부정적인 방식으로 재현하는 매체는 일체 취급하지 않습니다"라고 말한다. 또 마블코믹스에서 원주민 캐릭터들과 작가들을 모은 작품집『마블의 목소리들Marvel Voices: Indigenous Voices #1』에 참여할 작가들을 모을 때, 그는 전도유망한 원주민 작가들을 찾는 일을 도왔다.

아이시미 아프리칸 아메리칸 칠드런스 북스토어

EyeSeeMe African American Children's Bookstore

미국 미주리주 세인트루이스
인스타그램 @eyeseeme_bookstore

아이시미 서점의 사장이자 설립자 패멀라와 제프리 블레어 부부는 초등학생 아이들을 집에서 교육하며 한 가지 깨달았다. 아프리카계 미국인의 역사, 그들의 영웅, 그들의 성취를 다루는 책이 교육과정에 없다는 사실이다. 광범한 조사 끝에 그들은 문화 격차를 잇는 일에 도움이 되도록 2015년에 아이시미 서점을 열었다. 아프리카계 미국인 아이들이 그들 자신과 그들의 문화, 가족을 존중하는 태도로 재현하는 문학을 접하여 유익함을 얻도록 하기 위해서였다. 블레어 부부는 "아이들이 자신이 누구인지 이해하고 자존감을 세우려면 모범이 될 흑인과 역사에 대한 감각이 필요하다. 자신과 비슷한 사람들이 성과를 이루고 세상에 도움이 된 사실을 알면, 아이들은 자신만의 무한한 잠재성을 믿기 시작한다"고 믿는다.
아이시미는 긍정적인 아프리카계 미국인 이미지와 역사를 선보이는 유일한 어린이 서점이자, 학업 성취를 돕는 곳이기도 하다. 학기 동안, 서점은 모든 아이가 아프리카계 미국인의 공헌에 긍정적인 관점을 가지도록 책 축제를 연다.

요리하기 & 빵 만들기

다음은 독자가 매일 봐서 책 가장자리에 얼룩이 지고 군데군데 찢어지고 구겨질 요리책들이다. 치유를 위한 베이킹이 필요할 때 쓰임이 닿을 책도 있고, 건강한 집밥 느낌이 나는 요리를 알려주는 책도 있다.

에드나 루이스Edna Lewis는 저온에서 오랜 시간에 걸쳐 요리하고 제철재료를 농장에서 직거래하며 그에 대해 글을 쓴 거의 최초의 요리사다. 루이스는 할아버지를 비롯하여 해방 노예들이 만든 버지니아의 작은 마을에서 태어나, 뉴욕에서 유명한 요리사이자 식당 주인이 되었으며, 훗날 남부로 돌아왔다. 『풍미를 찾아서In Pursuit of Flavor』는 루이스가 낸 세번째 요리책으로 1988년에 처음 출간되었고 2019년에 재출간되었다.

샌프란시스코의 아프리칸 디아스포라박물관 상주 요리사인 브라이언트 테리Bryant Terry는 채식주의가 모두를 위한 것임을 보여주고자 한다. 테리는 "딸들에게 질 좋고 영양이 풍부한 음식을 먹는 평생의 식도락을 알려주기 위해서" 『채소 왕국Vegetable Kingdom』을 썼다. 그는 "자신만의 독특한 요리법을 만들기 위해 주요 식재료며 요리법, 전 세계적으로 유명한 전통 혹인 요리들을 모으고, 자르고, 바르고, 다시 섞는 일종의 콜라주주의자"라고 자신을 소개한다. 자신이 비건이 된 이유 중 하나는 유명 힙합 그룹 부기다운프로덕션의 노래 「비프」 때문이었다는 테리는 각각의 레시피를 노래와 짝지어 맛있는 플레이리스트를 만든다.

『채소 왕국』에서 소개한, 캐러멜화한 리크와 구운 버섯을 얹고 머스터드 잣스프레드를 바른 토스트는 테리의 어린 딸이 특히 좋아하는 요리다.

나디아 후세인Nadiya Hussain은 영국의 베이킹대회 TV쇼 「더 그레이트 브리티시 베이크 오프」 시즌 6에서 우승을 차지했을 때 이런 소감을 남겼다. "나는 스스로에게 다시는 한계를 짓지 않겠습니다. 못한다는 말은 절대 하지 않겠습니다. '아마도'라는 말도 절대 하지 않겠습니다. '할 수 없을 것 같아'라고 말하지 않겠습니다. 나는 할 수 있고, 할 것입니다." 이후 후세인은 TV시리즈 아홉 개를 맡았고 여러 프로그램에 출연했으며 요리책 다섯 권과 어린이책 네 권, 소설 세 권, 그리고 자서전을 썼다.

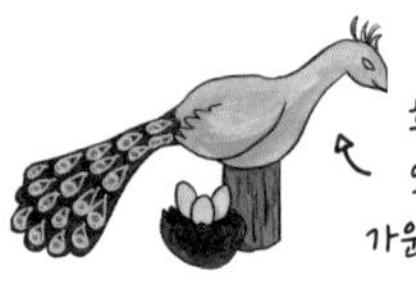

후세인이 「더 그레이트 브리티시 베이크 오프」 대회에서 이길 수 있었던 메뉴 가운데 하나가 초콜릿으로 만든 공작이다.

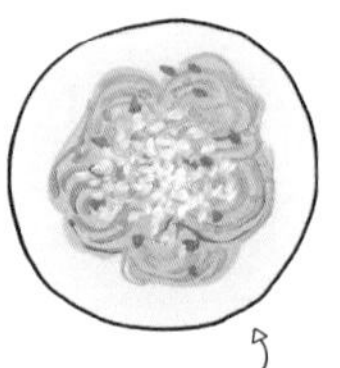

티건에 따르면, 매운 미소 파스타는 모두가 좋아하는 요리다.

크리시 티건Chrissy Teigen은 자신의 요리책 『열망Craving』에 이렇게 썼다. "이 책 속 요리법의 절반은 위조된 의료용 마리화나 카드를 지닌 사람들이 만든 것처럼 느껴진다." 2019년에 티건은 요리책 두 권에다 쉬운 요리법을 추가하기 위해 웹사이트(cravingsbychrissyteigen.com)를 열었는데 남편이자 음악가인 존 레전드와 두 아이가 함께한 가족생활 풍경과 티건의 어머니 페퍼가 특별 출연한 모습도 공개되었다.

『흑인 여성의 베이킹』을 쓴 제렐 가이는 요리 저널리스트 토니 팁턴마틴의 책 『기념일』의 사진가이기도 하다.
서맨사 세네비라트네는 "베이킹을 배우는 것은 나 자신을 기쁘게 하는 법을 배우는 일이다"라고 말한다.
『집에서 만드는 멕시코 요리』는 멕시코 전역의 전통적인 가정 요리법을 담았다.
다이애나 쿠안은 요리사이자 요리책 작가이고 많은 뉴욕 사람들에게 만두 만드는 법을 가르친 요리 강사다.
나이지리아에 뿌리를 두고 런던에서 성장한 벤저미나 에부에히의 아름다운 케이크들.
조이 윌슨은 뉴올리언스에 사는 독학 제빵사다. 2008년부터 근사한 블로그를 운영하며 인기를 얻었고 이후 요리책 세 권을 냈다.
『소금 지방 산 열』을 쓴 사민 노스랏은 책과 같은 제목의 훌륭한 넷플릭스 음식 다큐멘터리도 맡았다. 미셸 오바마가 진행하는 어린이 요리쇼 「와플이랑 모치랑」에도 한 회 출연했다.
terry Vegetable Kingdom
BLACK GIRL BAKING Jerrelle Guy
NGUYEN VIETNAMESE FOOD any day
THE JOYS OF BAKING Seneviratne
ZAIKA Vegan Recipes from India Romy Gill
EDNA LEWIS IN PURSUIT OF FLAVOR
THE MEXICAN HOME KITCHEN Martinez
DIANA KUAN RED HOT KITCHEN
EAST MEERA SODHA
GRANDBABY CAKES Delk Adams
THE NEW WAY TO CAKE BENJAMINA EBUEHI
SHARMA Season
Everyone's Table Global Recipes for Modern Health GREGORY GOURDET
SABRINA GHAYOUR SIMPLY EASY EVERYDAY DISHES
Cravings CHRISSY TEIGEN
WILSON JOY THE BAKER OVER EASY
O'BRADY SEVEN SPOONS
MOLLY ON THE RANGE MOLLY YEH
SWEET POTATO SOUL JENNÉ CLAIBORNE
Yossy Arefi snacking cakes
AYESHA CURRY THE FULL PLATE
At Home with Madhur Jaffrey
Living Lively HAILE THOMAS
Southern Living Soul TODD RICHARDS
CHANG flour Spectacular Recipes from Boston's Flour Bakery + Cafe
Tandoh crumb
READY OR NOT! nom nom paleo TAM + FONG
THE FOOD LAB J. KENJI LÓPEZ-ALT Better Home Cooking Through Science
SOLO ANITA LO
SALT FAT ACID HEAT SAMIN NOSRAT
NADIYA BAKES NADIYA HUSSAIN

『더 푸드 랩』을 쓴 J. 켄지 로페즈알트는 온갖 조사를 다 했다.

작가의 방

닉 샤르마

Nik Sharma

『계절Season』과 『풍미를 결정짓는 공식Flavor Equation』의 저자
인스타그램 / 트위터 @abrowntable

“나의 부엌은 내가 가족을 위해 요리하는 공간일 뿐 아니라 작업을 위해 요리법을 개발하고 실험하는 장소이기도 하다. 지금 부엌의 배치는 내가 디자인하지는 않았지만, 이곳은 훌륭한 작업 공간이다. 빛이 잘 들고, 내가 요리에 쓸 여러 재료를 키우는 정원도 보인다. 내 부엌의 분위기란 내가 요리에서 구현하고 싶은 이상을 갈고닦게끔 해주는 에너지의 중요한 요소다.”

크로니클북스
2020년 하드커버
디자인 리지 본
사진 닉 샤르마

닉 스톤

Nic Stone

크라운 2020년 하드커버
사진 나이절 리빙스턴

『디어 마틴』과 『디어 저스티스Dear Justyce』의 저자
인스타그램 @nicstone / 트위터 @getnicced

"캐릭터의 여정을 그려나가는 일의 힘과 중요성을 이해하는 이야기꾼으로서, 내가 아이디어를 떠올리고 심사숙고하여 글을 쓰고 고치는 공간이란 이야기꾼으로서의 내 여정에 아주 중요하다. 코로나바이러스로 인해 전 세계에 전염병이 돌아 변덕스러운 창작자들 모두 자택에 머무르며 창작해야 했던 2020년에는 특히 그러했다. 나의 재택근무 사무실은 공상을 창조하는 안락한 곳, 내가 원하는 물건을 즉석에서 만드는 공간, 독서실, 내가 아끼는 물건들을 전시한 자그마한 박물관(마블 피규어와 레고 브릭헤즈)으로 변신해야 했다. 전신거울 앞에 둔, 표면이 우둘투둘한 금속 커피 탁자는 줌을 이용할 때 컴퓨터를 놓는 곳이 되었다. 분홍색 소파, 회색과 검은색과 흰색 쿠션, 척 스타일스의 회화 세 점은 화상 회의 및 행사를 치를 때 변치 않는 배경이 되어주었다. 내가 집에서 더 많은 시간을 보낼수록, 집을 떠나지 않아도 괜찮다고 느끼게 되었다."

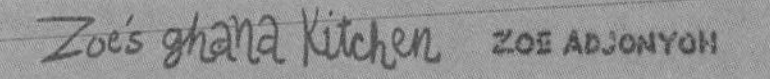

현대 푸드 트럭의 원조 가운데 한 명으로 알려진 로이 최는 한국식과 멕시코식을 혼합한 타코 트럭 '코기Kogi'의 창시자다.

마우이에서 자란 알라나 키사르는 하와이섬들에서 좋아하는 요리법을 모았다.

라라 리는 인도네시아의 전통 요리법을 살피며, 그곳을 여행하고 지역 가정에서 식사하고 요리를 배운 경험을 더한다.

『요리 유전자』는 요리 역사가 마이클 W. 트위티가 남부 요리의 기원을 추적하는 책이다.

프리야 크리슈나는 어머니 리투의 인도식과 미국식을 섞은 요리에 찬사를 보낸다.

TV프로그램 「톱 셰프」 결승전에 두 번이나 진출한 바 있는 시먼은 마우이에서 포장 가능 식당 '틴루프'를 운영하고 있으니 마우이를 방문하는 사람은 꼭 이곳에 가봐야 한다. 이 요리책은 시먼이 가족과 친구들을 위해 만드는 전통 요리를 소개한다.

에스테반 카스티요는 캘리포니아 산타아나에서 자랐으며 이 책은 미국의 영향을 받은 멕시코 요리로 가득하다.

앨빈 케일런은 로스앤젤레스에서 '에그슬럿'을 만든 필리핀계 미국인이다.

150가지의 요리법을 소개하며, 요리법마다 흑인 요리사와 작가 혹은 활동가에게 경의를 표한다.

음식은 나를 만든다

음식은 문화이고, 타인을 이해하는 가장 재미있는 방법 가운데 하나다. 사회에서 소외된 집단의 음식 문화는 종종 무시당하고 열등한 것으로 여겨졌으며, 삭제당하거나 심지어 도둑맞기도 한다. 전통요리를 재발견하고 되찾아 재활성화하려는 요리사와 음식 작가들이 있는가 하면, 이주민 조상의 음식이 현재 그들이 사는 나라의 음식과 어떻게 섞이는지 탐색하는 이들도 있다.

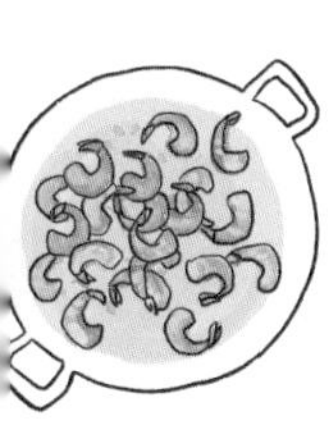

『기념일』에 소개된, 루이지애나 바비큐 새우 요리.

요리 저널리스트 토니 팁턴마틴Toni Tipton-Martin은 첫 책『제미마 코드The Jemima Code』에서 지난 200년에 걸쳐 흑인 저자들이 쓴 150권이 넘는 요리책을 다루며 미국의 숨겨진 흑인 요리 역사를 전한다.『기념일Jubilee』은 그 책들로부터 여러 요리를 모아서 시간의 흐름에 따라 요리사들 사이에서 어떻게 전승되고 변화했는지 비교하고, 여전히 저력 있는 요리들을 소개하는 책이다. 팁턴마틴에 따르면, 미국의 다른 이민자 그룹은 음식 문화가 잘 알려진 한편 흑인들은 "의지에 반해서 이곳으로 오게 되었고 흑인다움을 증명하는 일이 법으로 금지되었으며 죽이겠다는 위협도 있었다… 그래서 다른 집단의 문화는 미국으로 들어와 그들의 전통음식을 잘 이어왔지만, 우리는 그럴 수 없었다."

온두라스 이민자의 아들 브라이언 포드는 뉴욕과 뉴올리언스에서 자랐고, 지금은 마이애미에서 산다. 포드의 책『Sourdough 사워도우』는 유럽식 빵에만 쓰인 '사워도우'라는 용어를 되살린다. 세계적으로 대부분의 문화에는 빵을 자연스럽게 발효해서 굽는 전통이 있다. 포드는 그런 문화적 전통들이 똑같이 고려되기를 원하고, 빵을 구워낸 각 문화의 의도를 존중하고자 한다. 신선한 버터를 넣고 최고급 소금을 뿌리는 방식만이 아니라, 빵 사이에 뭔가를 끼워넣거나 커피에 적시는 방식까지도 챙기는 것이다. 이 책에서 소개하는 빵 굽는 방법은 현실적이고 해볼 만한 것들로 '아티장 브레드'보다 훨씬 폭넓은 전망을 제시한다.

포드는 뉴올리언스 보데가스에서 온두라스식 '판 데 코코'를 먹으며 자랐고 초콜릿을 넣은 판 데 코코를 책에 소개했다.

오글라라 라코타 수Sioux족 요리사 션 셔먼Sean Sherman은 '푸드52'와의 인터뷰에서 이렇게 말했다. "조부모가 드시고 또 그 조부모의 조부모가 드신 음식으로 가계도를 되짚어볼 수 있습니다. 미국과 캐나다의 여러 원주민 사회에서 그런 전통적 음식은 강제적으로, 구조적으로 지역사회에서 사라졌습니다. 그 결과 끔찍한 보건 통계와 마주하게 된 것이죠." 션 셔먼과 파트너 데이나 톰슨은 '수 셰프'를 설립했다. 설탕이나 유제품, 흰 밀가루 같은 것들 없이 원주민 중심의 독립적이고 가공되지 않은 요리법을 가르치는 단체다.

옥수수죽을 곁들인 들소 고기 냄비 요리

들소 개체 수는 1800년대에는 백인 정착민들로 인해 심하게 줄었으나 이후 다시 회복되었다. 이 요리에서 셔먼은 대평원의 전통적인 풍미를 담아낸다.

우리가 사랑한 책들

발저+브레이
2020년 하드커버
디자인 크리스 권
그림 앨릭스 카발

토야 스캑스 박사

유기화학자, 북스타그래머

인스타그램 @thereadingchemist
트위터 @reading_chemist

『펠릭스 이야기』
Felix Ever After
케이센 캘린더

“펠릭스는 흑인이자 퀴어이고 트렌스젠더다. 펠릭스는 자신이 사랑받을 수 없다고 굳게 믿었는데 너무나 소외된 존재라서 그렇다. 이 책은 사랑과 수용, 자기 발견을 다룬 강렬한 성장 이야기다. 꼭 읽어야 할 이유는 너무나 많지만 (다 헤아려볼 시간이 없으니) 세 가지만 소개하겠다.

1) 성별이 이미 정해진 상태라고 해도 자신의 성별 정체성에 의문을 가질 수 있다고 제대로 논한다. 성별 정체성은 유동적임을 사람들이 아는 일은 대단히 중요하고, 작가는 이 점을 멋지게 설명한다.

2) 낭만적 사랑 이상의 사랑(예를 들면 가족애나 우정)이 중요하고 필요하며, 이런 종류의 사랑이 수용과 자기 발견에 영향을 미치는 모습을 알려준다.

3) LGBTQIA+ 공동체 내부의 차별에 관해 논한다.

카먼 알바레스

톰스&텍스타일스 설립자

인스타그램
@tomesandtextiles

『로사 산토스와 만나지 마』
Don’t Date Rosa Santos
니나 모레노

하이페리온
2019년 하드커버
디자인 메리 클레어 크루즈
사진 마이클 프로스트

“10대 시절 이 책을 읽었다면 좋았을 것이다. 이 현대 소설에서 주인공 로사는 가족에게 내려진 저주를 직면하고, 자신이 원하는 대학에 갈 수 있도록 할머니를 설득하고, 금지된 사랑도 알게 되며, 이주 문제와도 씨름한다. 모레노는『길모어 걸스』를 쿠바의 여러 문화적 전통으로 비틀면서 쿠바계 미국 여성 세 인물 사이의 균형을 잡는다. 내 유년 시절의 모습을 비추어주는 거울 같은 작품으로, 10대의 나라면 이 책에서 내 모습을 보며 무척 기뻐했을 것이다.”

하퍼
2019년 하드커버
디자인 밀란 보직

주비나 파텔

인스타그램 @zubscovered

『여자는 남자가 아니다』
A Woman Is No Man
에타프 럼

“이런 종류의 책은 독자의 마음과 생각을 사로잡기 위해 설정이 과할 때가 있다는 오해를 항상 산다. 이런 식의 이야기며 고통은 사실 책을 더욱 흥미롭게 만들려고 ‘꾸며냈다는’ 것이다.

내가 바로 '데야' 같은 딸의 살아 있는 증거라고 말하면, 똑같은 취급을 당한 데야의 엄마 이스라와 나의 엄마가 같았다고 말하면 어떨까?"

록산 구즈망

사서

인스타그램
@thenovelsanctuary

『내가 푸에르토리코인이었을 때』
When I Was Puerto Rican
에스메랄다 산티아고

빈티지 1994년 페이퍼백
디자인 메건 윌슨
사진 잭 델라노

"이 책처럼 나와 고향을 연결해준 책은 없었다. 나의 어머니가 읽고 추천해준 것으로, 책장을 넘길 때마다 섬의 시원한 바람이며 구아바 과즙의 달콤함이며 푸에르토리코에서의 유년 시절의 아름다움과 마법이 느껴지는 듯했다."

제리드 P. 우즈

팟캐스트 「책은 팝 문화다」
공동 진행자

인스타그램
@ablackmanreading

헤드라인 2019년
페이퍼백
표지 디자인과 그림
리처드 브레이버리

『씨앗을 뿌리는 사람의 우화』
옥타비아 버틀러

"옥타비아 버틀러의 『씨앗을 뿌리는 사람의 우화』는 책 속 인물들을 통해 우리 인간이 신과 소통하는 방식을 분석해보라고 요구하는 책이다. 나는 작가의 요구를 받아들였고 창조자가 자애로운 존재인지, 아니면 그저 우리가 똑딱이는 모습을 바라보려고 우리를 움직이게끔 설정한 시계 제조공 같은 존재인지 확신하지 못했다. 버틀러는 우리가 우리 경험의 총합이자, 성경과 코란, 바가바드기타 등 수많은 경전에서 유래한 중요 이야기들을 맡은 신뢰받는 관리자임을 환기한다. 버틀러의 글은 독자들이 머무는 안전 구역에 도전하며, 책 속에서 여정을 떠난 이들의 내면과 아주 많이 닮아 있다."

레지 베일리

팟캐스트 「책은 팝 문화다」
공동 진행자

인스타그램 @reggiereads

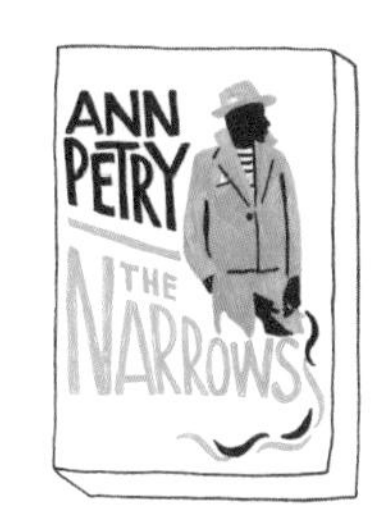

『좁은 수로』
The Narrows
앤 페트리

마리너 2021년
페이퍼백
그림 네이선 버튼

"이 책은 우리가 한번도 읽어본 적 없는 최고의 소설들 가운데 하나다. 1953년에 처음 출간되었을 때는 화제가 되지 못하고 곧 묻혔으나 요즘 읽어도 여전히 대단한 무게감을 지닌 걸작이다. 페트리는 인종 간의 연애로 이야기를 시작해 인종차별 문제며 흑인 거주지와 생활양식 및 신체가 백인 매체에서 다루어지는 방식을 담아낸다. 백인의 고발, 존경성의 정치•에 뒤따르는 고투를 보여주면서 흑인 신체에 가해진 위해를 조명하는 것이다."

• 사회적 약자에게 주류적 관점에서 '존중받을 만한' 행동을 할 것을 요구하는 분위기.

사적 이야기

다음의 회고록에 담긴 내용은 개인적이지만 이를 둘러싼 환경은 일반적이며, 책에 실린 감정은 보편적이다. 우리는 타인의 삶을 이해하고 우리 자신의 삶을 알기 위해 회고록을 읽는다.

록산 게이는 회고록 『헝거』가 "가장 쓰고 싶지 않았던 책"이라고 말했다. 정말 솔직해야 하고, 자기 자신을 많이 드러내야 했기 때문이다. 그래서 작업이 미뤄지다보니 출간이 1년이나 늦어졌다. "이 책은 써야 할 책이라고 느끼면서도 쓰기가 두려웠기" 때문이었다.

자키라 디아스Jaquira Díaz는 『평범한 소녀들Ordinary Girls』에서 불안정한 가정에서 자란 경험을 털어놓는다. 마약상 아버지와 조현병 어머니 아래서 자라, 분노와 자기 파괴적인 성향을 보이면서 싸움도 하고 마약도 하고 심지어 11세의 나이에 첫 자살을 시도했다. 성공적인 작가가 된 지금과 과거를 비교하면서 디아스는 NPR 「모닝에디션」 인터뷰에서 다음과 같이 털어놓았다. "나는 언제나, 맨 처음부터 내 인생을 바꾸려고 한 것 같아요. 아주 많은 사람을 겪고 아주 많은 장애물에 넘어지고 아주 많은 실수도 저질렀지요. 그리고 마침내 실수를 거의 하지 않게 되었습니다."

앨곤퀸북스
2020년 페이퍼백
디자인 아달리스
마르티네스

빌리레이 벨코트Billy-Ray Belcourt는 회고 에세이 『나의 짧은 몸의 역사A History of My Brief Body』를 "유토피아라는 말을 들으면 행동에 나서라는 목소리로 듣는 사람들에게" 헌정했다. 온라인 문학잡지 『럼퍼스』에서 유토피아에 대한 생각을 묻자 그는 이렇게 말했다. "나는 현재에서 유토피아의 조각들을 봅니다. 나의 부족민들이 국가 폭력에 저항하고 원주민의 삶을 기념하는 모습에서, 퀴어와 트랜스 주민들이 성별과 전형성을 새로 만드는 모습에서, 자본주의가 내리는 명령에도 불구하고 우리가 서로를 사랑하는 모습에서 그 조각들을 발견합니다."

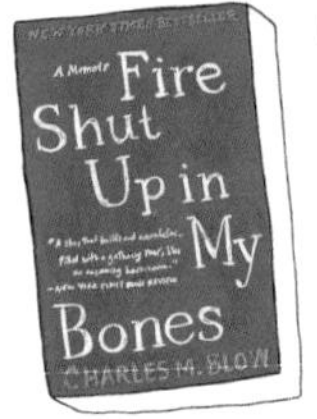

마리너북스
2015년 페이퍼백
디자인 크리스토퍼
모이선

『불이 내 뼈에 갇혀Fire Shut Up in My Bones』는 『뉴욕타임스』 칼럼니스트 찰스 M. 블로Charles M. Blow의 회고록으로, 루이지애나 시골에서 자라며 유년 시절 성적 학대를 당한 기억을 담았다. 그는 『내셔널 지오그래픽』 아트디렉터 시절, 뉴욕에서 워싱턴으로 통근하며 글을 쓰기 시작했다. "나는 시간 낭비를 싫어합니다. 그래서 내 인생에 대해 잡지사에 보낼 만한 짧은 에세이를 쓰면서 시간을 보냈습니다. 나중에 보니 내가 책을 쓰고 있더군요."

블로는 BNC 뉴스의 앵커로, CNN과 MSNBC에도 종종 출연한다.

키스 레이먼의 이 강력한 회고록(소설처럼 읽힌다)은 미국에서 흑인으로 사는 그 "무거운" 무게를 나누는 책이다.
HEAVY KIESE LAYMON
Bird of Paradise Raquel Cepeda
『천국의 새』는 가족의 역사와 DNA 검사를 살피며 자기 발견을 하는 여정을 담았다.
NOTES FROM A YOUNG BLACK CHEF KWAME ONWUACHI JOSHUA DAVID STEIN
JOY HARJO CRAZY BRAVE
BECOMING – MICHELLE OBAMA
미셸 오바마의 이 회고록은 출간 후 15일 만에 판매 부수가 200만 권을 넘으며 2018년 미국에서 가장 많이 팔린 책으로 기록됐다.
A DREAM CALLED HOME REYNA GRANDE
HAYES THE TAO OF RAVEN
하이킹 경험이 없는 어느 뉴욕시 흑인이 애팔래치아 산책로를 정복하기로 한다.
NATIVE COUNTRY OF THE HEART CHERRÍE MORAGA
ZORA NEALE HURSTON Dust Tracks on a Road
THE UNLIKELY THRU-HIKER AN APPALACHIAN TRAIL JOURNEY DERICK LUGO
LOVE IS AN EX-COUNTRY RANDA JARRAR
스물두 살에 백혈병 진단을 받은 술라이카 저우아드는 오랜 투병 생활을 하다 자신이 다른 세계에 있음을 알게 된다.
SIGH, GONE A MISFIT'S MEMOIR OF GREAT BOOKS, PUNK ROCK, AND THE FIGHT TO FIT IN PHUC TRAN
MALAKA GHARIB I WAS THEIR AMERICAN DREAM
ONE DAY I WILL WRITE ABOUT THIS PLACE BINYAVANGA WAINAINA
1970년대 후반 뉴욕시에서 제임스 볼드윈, 마야 안젤루, 토니 모리슨, 니나 시몬 같은 친구들과 함께한 제시카 B. 해리스의 인생이 담긴 책.
Dear Scarlet TERESA WONG
All You Can Ever Know NICOLE CHUNG
A HISTORY OF MY BRIEF BODY BELCOURT
JESSICA B. HARRIS MY SOUL LOOKS BACK
WHAT I TALK ABOUT WHEN I TALK ABOUT RUNNING MURAKAMI
HUNGER A Memoir of (My) Body ROXANE GAY
Dear Girls Ali Wong
NO ASHES IN THE FIRE DARNELL L. MOORE
HEART BERRIES Terese Marie Mailhot
CHARLES M. BLOW Fire Shut Up in My Bones
BERTINEAU The MASON HOUSE
ESMERALDA SANTIAGO WHEN I WAS PUERTO RICAN
JIMMY O. YANG HOW TO AMERICAN
MICHELLE ZAUNER CRYING IN H MART
BETWEEN TWO KINGDOMS SULEIKA JAOUAD
DAVID CHANG EAT A PEACH
ORDINARY GIRLS JAQUIRA DÍAZ
Padma Lakshmi Love, Loss, and What We Ate
ELIZABETH MIKI BRINA SPEAK, OKINAWA
미셸 자우너는 밴드 '재패니즈 브렉퍼스트'에서 활동하며 곡을 직접 만들고 연주한다.

사랑받는 서점들

마호가니북스

MahoganyBooks

미국 워싱턴 D. C.
인스타그램 @mahoganybooks

나는 약속의 땅을 주제로 열린
가상 북클럽에 참석했는데,
이 책을 쓴 버락 오바마 대통령이
깜짝 출연으로 대화에 참여했다.

2007년 데릭과 라문다 영 부부가 문을 열었다. 이들은 문화와 지역사회, 관계 맺기에 열정적이다. 처음에는 온라인으로만 운영하면서, 흑인 문화에 관한 책을 누구나 쉽게 살 수 있도록 했다. 2017년, 그들은 워싱턴 D. C. 의 역사적인 지역 애너코스티어에 처음으로 오프라인 서점을 냈는데, 이곳에는 20년이 넘도록 서점이 없었다. 라문다 영에 따르면 서점을 찾는 사람들은 "난 우리 아이들의 얼굴이 나오는 책을 계속 찾았고, 그런 책을 아이들에게 줄 수 있는지 궁금했는데… 이 서점은 아이들의 자존감과 정체성, 자기애에 도움이 될 겁니다"라는 말을 전한다고 한다.

서점이 있는 지역은 중학생의 20퍼센트만이 제 나이에 맞는 책을 읽는다. 그래서 서점은 지역 아이들을 위한 책 기부 프로그램 '북스 포 더 블록Books for the Block'도 진행한다.

서점 이름은 영 부부의 열여섯 살 난 딸의 이름을 따서 지었다. 딸은 2020년에 환경친화적인 수제 양초를 파는 회사 '그린 싱즈(@thegreen. things)'를 연 사업가다.

벨 칸토 북스

Bel Canto Books

미국 캘리포니아주 롱비치
인스타그램 @belcantobooks

벨칸토북스는 2017년 한 달에 한 번 여는 북클럽으로 시작했다. 필리핀계 미국 시인 조애너 벨퍼는 독립 서점을 열고 싶은 꿈을 좇아 접객 매니저 업무를 그만두었다. 이후 2019년에 캘리포니아주 롱비치에 벨 칸토 북스를 연 벨퍼는 문학과 논픽션, 어린이책 분야를 취급하며 여성과 유색인 주제에 관심을 기울인다.

에필로그 북스 초콜릿 브루즈

Epilogue Books Chocolate Brews

미국 노스캐롤라이나주 차펠힐
인스타그램 @epiloguebooksch

에필로그 북스는 2019년 제이미와 미란다 산체스 부부가 설립했다. 이들은 소매점에서 일하다 만난 사이였다. 서점을 방문하면 커피와 추로스, 그리고 진한 초콜릿 디저트와 달콤한 멕시코식 빵을 즐기며 어마어마하게 많은 책을 살펴볼 수 있다. 산체스 부부는 다양성을 포용하는 분위기를 키운다. 제이미는 "여성, 소수자, LGBTQ+ 작가들의 이야기를 널리 전하고 싶다"라고 말한다.

뉴올리언스와 가족과
정체성, 그리고 빈곤한
이스트엔드 구역의
사랑하는 집을 돌아보는
회고록이다.

『태어난 게 범죄』는
아파르트헤이트 정책이
시행된 남아프리카
공화국에서 자란 경험을
담은 강렬한 성장 이야기로
백인과 흑인 사이에서 태어난
존재가 그 자체로 얼마나
많은 법을 어기게 되는지
알린다.

오지브와족
작가 리처드
와가미즈의
회고록으로,
그는 여러 상을
수상한 『인디언
호스』로 널리
알려졌다.

구식 연방의약품법
때문에 종신형을
받은 사람들에게
자유를 찾아줌으로써
사법제도를 바꾸고자
하는 브리트니 K. 바넷의
헌신을 그린, 희망을 담은
흥미로운 이야기.

1800만 명
이상의 사람이
2016년
버즈피드에
게시된 샤넬
밀러의 '피해자
의견 진술서'를
읽었다.

이 책의 부제는
"북아메리카의 도둑맞은 땅
6000마일 마라톤"이다.

자신이 저지르지 않은 범죄 때문에 사형 집행을 기다리며 감옥에서
30년을 보낸 앤서니 레이 힌턴의 이야기.

출간 첫 주 만에 170만 권 넘게 판매됐다.

대우주적 회고록

아주 내밀한 회고록이 있는 한편, 개인의 진짜 경험을 이용해서 이 세상의 어떤 양상을 탐색하거나 설명하는 회고록도 있다. 다음의 책들은 후자에 속한다.

그레이울프출판사
2020년 하드커버
디자인
킴벌리 글라이더

『용, 거인, 여자들The Dragon, the Giant, the Women』은 와예투 무어Wayétu Moore의 회고록으로, 작가의 가족은 1989년 라이베리아 내전 동안 안락한 삶이 파괴되어 아주 고통스럽게 그곳을 탈출했다. 무어의 아버지('거인')는 반대파('용')로부터 가족을 안전하게 지켰고, 어머니는 가족을 이주시키고자 뉴욕 컬럼비아의 학교에서 돌아왔으며, 젊은 여성 군인('여자들')의 도움을 받았다. 회고록을 쓰는 일이 어떠했는가에 대한 질문에 무어는 이렇게 말한다. "내가 아는 사람을 기반으로 캐릭터를 창조하는 일은… 분명 자제해야 하는 부분이 있고 겁도 나고 불안하다." "소설에서 캐릭터를 분석하듯이 우리 자신의 특징과 습관을 분석하는 일은 무지막지하게 내밀하다."

미라 제이컵Mira Jacob은 『좋은 대화』에서 자기 자신과 가족의 대화를 묘사하기 위해 그림을 이용하는데, 대체로 피부색에 관한 그림이다. 제이컵과 아들은 갈색 피부로, 아들은 미국에서 성장하며 의문을 품게 된다. 물론 가슴 아플 때도 있지만, 아주 재미있는 대목도 있다. 제이컵은 "나는 고통스러우면 더 재미있어지는 유형의 사람이다. 그래서 정말 웃음 터지는 지점에서, 나는 무엇이 옳은지 안다"라고 말한다.

원월드
2019년 하드커버
디자인
레이철 에이크

『소지하다Carry: A Memoir of Survival on Stolen Land』는 회고록이면서 여성과 땅, 특히 원주민 여성과 땅을 향한 총기 폭력에 관해 잘 탐색한 에세이집이다. 그렇지만 토니 젠슨Toni Jensen은 책에서 총기 난사를 아주 많이 다루지는 않는다. 실제로 총기 난사는 미국에서 총기 사상의 1퍼센트만 차지할 뿐이기 때문이다. 젠슨은 『숀다랜드』와의 인터뷰에서 다음과 같이 말했다. "총기 폭력을 저지르는 사람들 대부분은 우리 주위의 누군가입니다. 아버지, 형제, 삼촌, 직장 동료, 가장 친한 친구의 남편이죠. 그런 사람들 중 한 명이 저지릅니다."

밸런타인북스
2020년 하드커버
디자인 에밀리 머혼
그림 카미 그라우

'칼루나트Qallunaat'는 이누이트가 아닌 사람들을 가리키는 이누이트 말이다. 혹은 이 책에서처럼 북극해 제임스만 이누이트 지역사회의 남쪽에 사는 사람들(대체로 백인들)을 가리키는 말이기도 하다. 미니 아오들라 프리먼Mini Aodla Freeman은 제임스만의 이누이트 지역사회에서 자랐고, 1957년에 캐나다 원주민 및 북부 개발부의 통역사가 되기 위해 오타와로 이주했다. 『칼루나트 사이에서 살기Life Among the Qallunaat』는 그런 이주의 경험과 전후의 기억을 담은 회고록이다.

매니토바대학출판부
2015년 페이퍼백
디자인 마이크 캐럴
그림 엘리사피 이숄루타크

영향력 있는 책사랑꾼

우리에게는 다양성을 담은 책이 필요하다

인스타그램 @WeNeedDiverseBooks

'우리에게는 다양성을 담은 책이 필요하다(WNDB)'는 비영리 풀뿌리 단체다. 어린이책을 아끼는 사람들로 구성된 WNDB는 모든 청소년의 삶을 반영하고 존중하는 문학이 생산되고 키워지도록 출판계의 근본적 변화를 추구한다.

"아이들은 자신의 세계를 반영하는 책을 읽을 필요가 있으며, 자신의 세계와 아주 다른 세계의 사람들에 관해서도 알아야 한다. 다양성을 담은 책은 이 두 가지를 가능케 한다. 처음에는 책에 자신이 반영된 모습을 보게 되고, 또 그들의 이웃과 선생님과 친구들과 지구에 사는 사람들에게 공감하게 된다. '우리에게는 다양성을 담은 책이 필요하다'는 다양성을 담은 책을 모든 아이의 손에 더 많이 쥐어주자는 취지에서 시작했고, 아이들에게 책을 권할 때 우리의 선정 도서가 도움이 되기를 바란다. 주변의 어린이와 청소년이 다양한 배경의 저자가 쓴 다양성 책들을 읽을 수 있도록 하자. 그리고 어린 나이부터 계획적으로 책을 고르도록 권하자. 책은 우리의 세계관, 우리 자신과 주변 세계에 대한 믿음을 결정짓는다. 이런 책들은 그저 출발점이며, 우리는 사람들이 언제든 다양성에 근거한 이야기와 다양한 저자들을 찾아보도록 장려한다. 모든 아이가 책에서 자기 자신의 모습을 볼 수 있는 세계를 만들어가자."

에타프 럼

'북스 앤드 빈스' 설립자이자
『여자는 남자가 아니다』의 저자

인스타그램 @booksandbeans

"대학에서 문학을 가르치며 과목 대부분이 백인 중심의 경험과 서사를 중점으로 다룬다는 사실을 깨닫고 나는 인스타그램에 '북스 앤드 빈스Books and Beans' 계정을 만들어 소외된 집단들, 특히 유색인 여성 및 소수자에 집중한 이야기에 목소리를 부여하고자 했다. 우리의 이야기는 때로는 문학계에서 잘 드러나지 않는다. '북스 앤드 빈스'는 잘못 전해지거나 상투적인 목소리를 내거나 혹은 침묵한 사람들의 이야기를 강조함으로써 이런 상황에 대응하는 시도였다. 여기서 소개한 책들은 잘 드러나지 않은 공동체 및 배경을 조명하며, 저자들의 경험은 작품 속 이야기만큼이나 다양하고 풍부하다. 나는 이 책들을 모두 사랑하며 이 책들이 독자의 마음에 반향을 불러일으키길 바란다."

지젤 플레처

'유색인 소녀 북클럽' 설립자

인스타그램 @forcoloredgirlsbookclub

'유색인 소녀 북클럽For Colored Girls Book Club'은 2018년 인디애나주 인디애나폴리스에서 만들어졌으며 문학계의 흑인과 유색인 여성들 및 성별 이분법에서 벗어난 작가들의 목소리를 키우는 일을 목적으로 삼는다.

"여기 소개하는 책들은 흑인 여성을 비롯해 성소수자 여성, 성별 이분법에서 벗어난 사람들을, 미국에서 사는 이들만이 아니라 아프리카 대륙에서 다른 지역으로 흩어진 후손들까지 포함해서 그 목소리와 이야기를 힘껏 키우고자 하는 우리의 뜻을 보여준다. 오드리 로드가 말하듯 '흑인 여성들은 균질화된 초콜릿 우유가 담긴 커다란 통이 아니다.' 픽션과 논픽션, 시를 통해 자메이카, 미국, 나이지리아, 런던, 카메룬 등 전 세계의 흑인 여성들이 가족과 이주와 첫사랑과 용서를 주제로 기쁨과 상실감, 다정함과 희망, 후회를 담은 이야기를 전한다. 이 책들은 아메리칸 드림, 정신건강 진단을 위한 언어, 그리고 사라진 흑인 소녀 찾기에 관한 이야기들이다. 우리의 집단적 슬픔과 그 슬픔을 헤쳐나가는 개인적 방법을, 아름다운 언어와 혁신적인 서사 구조를 사용해 진심으로 그려낸다."

놀라운 그래픽노블

'그래픽노블'이라는 용어는 만화 형식(예컨대 서사가 주로 그림으로 전개되며 대화가 종종 말풍선으로 전달되는 것)으로 된 독립 작품이면 무엇이든 포함한다. 그러므로 단편집이나 논픽션, 회고록, 심지어 만화 시리즈도 그래픽노블로 분류될 수 있다. 다음의 멋진 책들은, 한 사람이 글도 쓰고 그림도 그리고 모든 부분을 다 맡은 경우가 많다.

에이브럼스 코믹스아츠 2017년 하드커버

「그래픽노블 킨」

옥타비아 버틀러(원작)
데이미언 더피(각색)
존 제닝스(그림)

『킨』이 나온 지 35년도 더 지나고 작가 버틀러가 사망한 지 10년도 더 지나서 더피와 제닝스가 각색을 맡았다. 어느 캘리포니아 여성이 남북전쟁 전 선조가 있는 남쪽으로 시간 여행을 떠나는 내용을 역동적이고 멋진 그래픽노블로 탄생시켰다.

퍼스트세컨드 2017년 페이퍼백

「파시미나」

Pashmina
니디 차나니

넷플릭스는『파시미나』를 거린더 차다 감독 연출로 뮤지컬 애니메이션으로 만들 예정이다.

「왕자와 드레스메이커」

젠 왕

파리에 사는 아주 친한 친구 사이인 10대들이 등장하는 신선한 신데렐라식 이야기로, 드레스 입기를 좋아하게 된 소년과 드레스 만들기를 좋아하게 된 소녀의 사연이 등장한다.

퍼스트세컨드 2018년 하드커버

하이워터출판사 2019년 페이퍼백

「이곳」

This Place: 150 Years Retold
카테리 아키웬지담 외

이 문집은 원주민 작가가 그린 열 편의 그래픽노블 이야기를 담고 있다. 모두 지난 150년 동안의 캐나다 역사를 중점적으로 다루며, 서문은 얼리샤 엘리엇이 썼다.

「페르세폴리스」

마르잔 사트라피

최초의 그래픽 회고록 가운데 하나인 이 작품은 이란의 이슬람 혁명 동안 유년 시절을 보낸 사트라피의 이야기를 담고 있다.

판테온 2003 하드커버

「그해 여름」

마리코 타마키(글)
질리언 타마키(그림)

마리코 타마키가 쓰고 사촌 질리언 타마키가 온갖 색조의 푸른색으로 그림을 그린 이 책은 2015년 아이스너상 최고의 뉴그래픽노블 부문을 수상했다.

퍼스트세컨드 2014년 하드커버

『블랙 팬서
—우리 발아래의 국가』

타네히시 코츠
브라이언 스텔프리즈

『세상과 나 사이』와 『우리는 8년 동안 정권을 잡았습니다』의 저자 코츠는 2016년에서 2018년까지 마블의 '블랙 팬서' 시리즈를 맡았다.

마블코믹스
2016년 페이퍼백

『나는 그들의 아메리칸드림이었다』

I Was Their American Dream
말라카 가립

이 대단한 회고록은 필리핀계이자 이집트계 미국인으로 성장하는 과정을 담은 책이다.

클라크슨포터
2019년 페이퍼백

『진과 대니』

진 루엔 양

양은 2015년에서 2016년 동안 미국 어린이문학 대사로 활동했다. 유년 시절에는 디즈니 애니메이터가 되고 싶어했다가 만화책의 세계를 발견하게 되었다.

퍼스트세컨드
2006년 하드커버

『도착』

숀 탠

이 책에는 글이 없고 그저 이주민의 외로움과 희망을 담은 이야기를 전하는 그림만 가득하다.

아서A.러빈북스
2007년 하드커버

『행진하라』

존 루이스, 앤드류 아이딘,
네이트 포웰

흑인민권운동에 앞장선 존 루이스 국회의원의 3부작 자서전으로 2016년 전미도서상 어린이문학 부문을 수상했다.

톱셸프프로덕션스
2016년 페이퍼백
슬립케이스 세트

에이브럼스 2017년
하드커버

『우리가 했던 최선의 선택』

티 부이

1970년대 전쟁으로 피폐해진 베트남에서 이주한 부이 가족의 이야기를 담은 마음 아픈 회고록.

『추방』

Displacement
키쿠 휴스

휴스는 버틀러의 『킨』에서 영감을 받았다. 10대의 일본계 미국인이 과거로 가서, 할머니가 제2차세계대전 동안 강제 수용소로 옮겨진 상황을 접한다.

퍼스트세컨드
2020년 하드커버

퀼트리북스
2019년 하드커버

『뉴 키드』

제리 크래프트

이 작품은 2020년 뉴베리상을 수상한 최초의 그래픽노블이다.

역사

세월이 흐를수록 역사를 알고 기억하는 일의 중요성에 대한 관심이 줄어드는 것 같다. 과거에서 얻는 교훈은, 최악의 상황을 반복하는 일을 막을 수 없을지 몰라도 현재와 미래에 대한 통찰을 제시한다. 잊힌 이야기를 찾는 일은 온갖 배경의 사람들이 이 사회에 많은 공헌을 했음을 일린다는 점에서 중요하다.

국회의원 존 루이스는 '행진하라' 시리즈의 1권이 "미국의 모든 사람"과 청소년이 "흑인민권운동의 핵심을 이해하고, 비폭력의 철학과 규율을 알기 위해 역사의 페이지로 걸어들어가고, 부당하고 불공평하고 정의롭지 못한 상황을 목격할 때 일어나서 목소리를 높이고 반대하도록 힘을 주는" 책이라고 설명했다. 루이스는 2020년 7월 세상을 떠날 때까지 민권운동 투사였다.

대이주(1916~70)는 아프리카계 미국인 600만 명이 남부의 공포로부터 벗어나 북부와 서부 도시로 옮겨간 사건을 말한다. 이 이주는 미국 내 도시의 삶과 경제 상황에 큰 영향을 미쳤다. 이저벨 윌커슨Isabel Wilkerson은 『다른 태양들의 온기The Warmth of Other Suns』를 쓰고자 했던 이유가 "이 일은 미국 역사의 큰 공백으로 남아 있는 사건으로, 우리가 듣는 음악부터 이 나라의 정치, 오늘날의 도시 외관이며 인상까지 영향을 미쳤"는데 "역사의 잊힌 챕터로 남았으니 그 역사에 제대로 된 자리를 돌려주고 싶었기 때문"이라고 밝혔다.

이 책은 모든 사람이 꼭 읽어야 한다. 걸작이다!

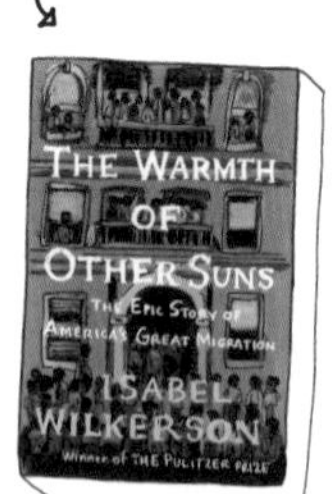

랜덤하우스
2010년 하드커버
디자인 대니얼 렘버트

톱셸프프로덕션스
2019년 페이퍼백
그림 하모니 베커

『그들은 우리를 적이라고 불렀다They Called Us Enemy』는 조지 타케이George Takei의 회고록으로 유년 시절 일본계 미국인 강제 수용소에서 지낸 경험을 그린다. 진주만 공습을 계기로 루스벨트 대통령은 일본인들을, 아직 그들이 시민권이나 영주권을 가지고 있는데도 불구하고 수용소로 옮기라는 명령을 내렸다. 아주 어린 나이였지만 타케이는 그때를 기억한다. "나는 가시철사로 담을 두른 포로수용소에서 자랐다." 이 이야기를 알리는 일이 왜 중요한지 질문하자 그는 "우리의 역사는 국가의 시작부터 소수자를 향한 불의와 잔인성, 폭력이 계속되는 악순환의 고리로 가득하다"라고 답했다. 그런 이유로 "나는 많은 미국인이 이 어둡고 잔인한 미국의 역사를 알게 되는 날이 오기를, 역사가 반복되지 않기를 바란다."

클린트 스미스는 시인이자 『디 애틀랜틱』 소속 작가다. 이 책 『지나간 말』은 미국의 여러 곳에서 노예 역사를 어떻게 다루는지 살핀다.

편집자 아이브럼 X. 켄디와 케이샤 N. 블레인은 400년 미국 흑인의 역사(1619~2019)를 에세이, 단편, 개인 회고록을 통해 연대기순으로 기록하기 위해 90명의 훌륭한 작가들을 모았다.

NASA의 우주 프로그램에서 핵심적 역할을 맡은 아프리카계 미국인 여성 수학자들의 굉장한 이야기.

2020년 칼데콧상을 탄 이 작품은 콰미 알렉산더가 글을 쓰고 카디르 넬슨이 그림을 그린 시 그림책으로 과거와 현재 미국 흑인들의 투쟁과 승리에 경의를 표한다.

아시아의 여러 나라에서 미국으로 이주한 사람들에 관한 자료를 모은 책.

릴리우오칼라니 여왕은 하와이 왕국의 마지막 군주로, 이 책은 미국이 여왕의 나라를 어떻게 훔쳤는지 이야기한다

미국에 영향을 미치고 변화를 일으킨 흑인 여성들의 기여를 자세하게 설명한 책.

우리가 사랑한 책들

캐서린테겐
2020년 하드커버
그림 라셸 베이커

네나 오델루가

북스타그래머

인스타그램/트위터
@scsreads

『성장』
Grown
티퍼니 D. 잭슨

"이 책은 나를 완전히 사로잡았고 내 마음을 아프게 했다. 잭슨이 다루는 주제로는 흑인 소녀의 성애화, 피부색 차별, 인종차별 등이 있다. 작가는 추한 진실을 정확히 지적한다. 흑인 소녀/여성은 끊임없이 무시당하고 방치되며 보호받지 못한다. 내 생각에 잭슨이 전하고자 한 중심 주제는 우리 사회가 흑인 소녀를 보호하고 지지하며 희망을 주어야 한다는 것이다. 소녀로 살기란 쉽지 않고, 흑인 소녀라면 더욱 어렵기 때문이다. 읽기 힘들지만, 탁월하고 중요한 책이다."

빅토리아 우드

비블리오라이프스타일 뉴스레터
공동 설립자

인스타그램 @bibliolifestyle

『오거스타운』
Augustown
케이 밀러

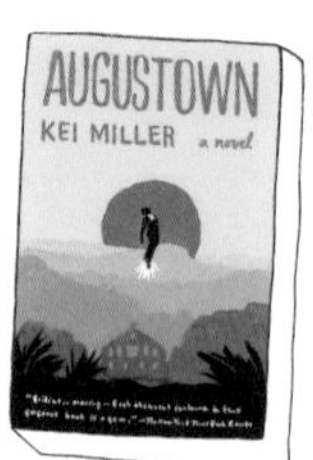

빈티지 2007년
페이퍼백

"이 책은 읽을 때마다 새로운 것을 알게 된다. 케이 밀러는 '이 작품은 미신을 믿는 섬사람과 그들의 원시적 믿음에 관한 이야기가 아니다'라고 썼다. 독자는 어떻게 '하나의 사건'이 진짜 이야기는 아니지만 앞서 일어난 여러 이야기의 결과가 되는지 알게 된다. 소설은 1920년부터 1982년까지 지역사회의 역사를 전하며 자메이카 민담과 구전설화, 그리고 시적 산문을 섞었다. 생생한 묘사와 인상적인 캐릭터들이 담긴 이 책을 읽고 마지막 페이지를 넘긴 후 나는 그 사람들과 관심받지 못한 그들 사회에 대해 오랫동안 생각하게 되었다."

다이얼 2016년 하드커버
그림 카디르 넬슨

르네 A. 힉스

'책 소녀 마법'의 설립자

인스타그램 @book_girl_magic
트위터 @bookgirlmagic

『천둥아, 내 외침을 들어라!』
밀드레드 테일러

"유년 시절과 독서를 생각하면 밀드레드 D. 테일러가 가장 먼저 떠오른다. 『천둥아, 내 외침을 들어라!』는 나를 영원히 바꾼 책이다. 중학생인 내게 처음으로 인종차별 문제며 미국 흑인들(특히 남부에 사는 흑인들)이 그로 인해 어떻게 중대한 영향을 받는지 알려주었다. 인생에서 힘든 장애물을 대면할 때 흑인 가족들이 지닌 힘과 회복력과 유대감을 보여준 첫 책들 가운데 하나이기도 하다. 이 책은 내 영혼을 울리고 내 마음에 말을 건네는 책으로 영원히 존재할 것이다."

지젤 디아스

북블로거
gissellereads. com

인스타그램 @gissellereads

『분노』
야밀레 사이에드 멘데스

앨곤퀸 2020년
하드커버
그림 레이철 베이커

“이 작품은 훌륭한 청소년 책이다! 『분노』는 아르헨티나 로사리오의 소녀 카밀라의 이야기를 담고 있다. 카밀라는 프로축구선수가 되고 싶으나 그곳에는 소녀가 그런 꿈을 품을 공간이 없다. 캐릭터들은 다들 발전하며 배경도 멋지다. 책을 읽으면 로사리오로 떠나 카밀라와 사랑에 빠지는 기분이 들 것이다. 카밀라는 사회의 기대를 훌쩍 넘어 자기만의 길을 만들어나가는 소녀다. 한동안 내 곁에 있을 강력한 소설이다.”

비라고 1986년
페이퍼백

버피 홈스

퀸스 라이브러리 컬렉티브
북클럽 설립자

인스타그램 @msbszenlife

『그들의 눈은 신을 보고 있었다』
조라 닐 허스턴

“할렘르네상스의 보석 같은 작품으로 1920년대 후반 플로리다주 이턴빌의 흑인 마을을 배경으로 한다. 어휘가 풍부하고 흑인 방언이 정확하게 쓰여 있어, 내가 이제껏 읽은 어느 책과도 달랐다. 진짜 있던 일처럼, 진정성 있게 느껴졌으며 편안했다. 이 소설은 여성의 역량 강화 및 자아실현의 이야기로, 조라 닐 허스턴의 모든 것을 구현한다. 나 또한 흑인 여성이기에 이 책에 공감했다. 나는 상자 속에서 입을 다문 채 타인이 원하는 대로 행동하길 기대받은 상황을 견뎠다. 또 이런 상황이 끝나는 모습도 보았다. 모든 것을 주고 그저 사랑으로 보답받기 원한 흑인 여성 세대가 대대로 이어지며 그렇게 되었다. 제니와 조라는 자기 방식대로, 자신의 이야기가 불어넣어주는 힘을 바탕으로 살기로 했다. 이 책을 읽을 때마다 나는 나 자신을 조금 더 알게 된다.”

솔 켈리

대학원생이자 북스타그래머
인스타그램 @thesolreader

『니키 지오바니 시선집』
The Collected Poetry of
Nikki Giovanni
니키 지오바니

하퍼퍼레니얼
2007년 페이퍼백
디자인 메리 슉
사진 잰 코브

“니키 지오바니는 가장 유명한 흑인 시인 중 한 명으로 지오바니의 시들은 흑인의 힘과 성취, 가족과 친구, 사랑, 기억, 삶 등을 그린다. 『니키 지오바니 시선집』은 시를 사랑하는 모든 사람이 아끼는 보물이다. 시집에는 1968년부터 1998년까지 지오바니의 초기 작품들이 실려 있다. 「검은 느낌, 검은 이야기」 「검은 판단」 「재」 「나의 집」 「여자와 남자」 「비 오는 날의 솜사탕」 「밤바람을 타는 사람들」 같은 작품도 있고 「자신감에 넘쳐」 「체념」처럼 세월이 지나도 변함없이 훌륭하고 풍부한 감정이 느껴지는 작품도 있다. 이 선집을 읽으면 지오바니가 자신의 삶을 통찰하는 방식, 이 세상을 향한 감정과 관점을 볼 수 있고, 시인으로 높이 성장하는 과정도 알 수 있다.”

작가의 방

에디 S. 글로드 주니어

Eddie S. Glaude Jr.

『다시 시작Begin Again』의 저자
인스타그램 / 트위터 @esglaude

크라운 2020년 하드커버
디자인 마이클 모리스
사진 캐슬린 파케이/
허드슨 필름 웍스 II

"내 작업 공간은 어수선하다. 책과 논문은 내 귓가에 생각들을 들려주는 동료처럼 주위에 흩어져 있다. 엉망진창 같아도 나름의 질서 비슷한 무언가가 존재한다. 나는 중요한 물건이 어디에 있는지 파악하고 있다. 종이 더미에서 책이나 보고서를 찾을 때마다, 내게 영감을 주는 위대한 전통을 떠올리게 된다. 지금은 집을 떠난 내 아들이 어렸을 때 아이는 내 작업실이 동굴 같다고, 특히 내가 책 프로젝트를 한창 진행할 때 그렇다고 말하곤 했다. 나는 몇 시간이고 사라질 수 있었다. 지금도 그렇다."

캐터펄트
2018년 하드커버
디자인 도나 챙

니콜 정

Nicole Chung

『당신이 알 수 있는 모든 것All You Can Ever Know』의 작가
인스타그램 / 트위터 @nicolesjchung

"나만의 작업실을 가지다니 내겐 꽤 새로운 일이다. 남편과 아이와 나는 우리집에서 2년간 살았다. 그전에는 7년 동안 세 번 이사했다. 그래서 나는 한번도 어떤 공간에 애착을 가질 만큼 '안정된' 기분을 느낀 적이 없었다. 나는『당신이 알 수 있는 모든 것』을 다양한 공간에서 썼다. 스탠딩 데스크에서도 쓰고 부엌 탁자에서도 썼으며, 앞으로도 절대 처분하지 않을 낡고 편한 파란 소파에서도 썼다. 그렇지만 지금의 공간으로 이사 오자, 아이가 생기기 전에도 없던 여분의 침실이 처음으로 생겼다. 9제곱미터쯤 되고 화장실은 딸려 있지 않은, 집에서 가장 작은 방이다. 나는 그곳을 즉시 내 공간으로 만들었다.

이 공간이 있어 만족스럽다. 무엇보다도, 문을 잠글 수 있는 나만의 방이기 때문이다. 유년 시절 이후로는 이런 공간을 가지지 못했다. 내 작업을 위해 마련된 공간이 있어서 좋다.

그렇지만 솔직하게 말하자면, 내가 이곳에서 글을 쓰는 법을 터득하기까지는 몇 주 걸렸다. 전에는 작업과 글쓰기만을 위해 마련된 공간을 한번도 가져본 적 없어서였다. 너무나 호화롭고, 부담스러웠다. 맨 처음 책상에 앉아 글을 쓸 때, 창문을 통해 햇빛이 흘러들어오고 문에는 잠금장치가 달린 이 편안하고 차분한 작은 방에서 자랑할 만한 무언가를 써내지 못한다면 대체 무슨 작가라고 할 수 있을까 싶었다.

다른 방들은 마땅히 내가 시간을 들여 돌봐야 하는 곳이지만, 이 공간은 내 집에 있는 일종의 도피처, 글쓰기 도피처가 되었다."

카멀라 해리스는 최초의 흑인이자 최초의 여성, 그리고 최초의 아시아계 미국인 부통령으로, 미국사에서 공식 선거로 가장 높은 자리에 오른 여성이 되었다.

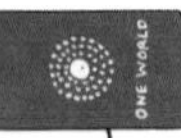

캘리포니아에서 자란 마리 무츠키 모켓은 네브래스카의 밀 농장을 물려받고 사람들에 대해 많이 알게 된 뒤 미국 시골의 핵심지를 탐색했다.

미국에서 라틴계란 무엇을 의미하는지 살핀 책.

2016년, 이 책이 전미도서상 논픽션 부문을 수상하면서 아이브럼 X. 켄디는 이 상을 받은 가장 젊은 작가가 되었다. 연설을 통해 그는 "인종차별에 저항하는 인간의 아름다움"에 찬사를 바쳤다.

메리프랜시스 윈터스는 다양성 관리 전문가로 '검은 피로'라는 단어를 만들었다. 회사 내 구조적 인종차별이 흑인에 미치는 영향을 가리키는 말이다.

사회 분석

사회를 정말로 분석하려면 집단 하나만 살펴서는 안 되며, 우리의 다양한 세계를 구성하는 여러 문화를 철저하게 살펴야 한다. 다음의 이야기들은 우리가 경계를 넘어 지속적인 사회적 상호작용을 키우고, 우리 바깥의 세상과 접속할 마음을 먹도록 해준다.

원월드
2020년 하드커버
디자인
그렉 몰리카

공동 편집자 킴벌리 드루Kimberly Drew와 제나 워덤Jenna Wortham은 『검은 미래Black Futures』의 서문에 이렇게 썼다. "우리는 이 책을 만들어가며 다음의 질문에 답하고자 했다. 지금 이 순간 흑인으로 산다는 것은 무엇을 의미하는가?" 이 책은 사진, 에세이, 시, 구술, 인터뷰 등으로 살핀 흑인의 삶 모음집이다. 그들은 '검은 미래 프로젝트'가 "몇 년 전 트위터에서 다이렉트 메시지를 주고받으며 시작되었고, 순간을 기록하고자 하는 욕망의 공유로 진화"한 것으로 선형적 작업이 아니라고 말한다. "우리의 존재처럼 이 책도 속세의 서구적 체제를 넘어서서 살아 숨 쉰다."

스테이시 에이브럼스Stacey Abrams의 『우리 시대는 지금Our Time Is Now: Power, Purpose, and the Fight for a Fair America』은 "유색인과 청년, 중도와 진보적 백인들의 연합으로 구성된 새로운 미국의 주류"를 선언하는 책이다. 에이브럼스는 2018년 조지아주 주지사 선거에서 여러 사람의 마음을 얻었다. 2019년에는 공정한 선거를 지지하고 유권자 탄압에 맞서기 위해 '공정한 싸움'을 설립했다. 변화를 위해 지칠 줄 모르고 일한 결과 변화가 일어났으니 2021년 선거에서 두 명의 민주당 후보가 조지아주 상원의원이 되었다(라파엘 워녹 목사와 존 오소프). 책 제목에 대해 묻자 에이브럼스는 "지금 이 나라는 그 어느 때보다도 다양합니다. 또 이 나라는 보수적 행동의 결과를 보았습니다. 이제 사람들은 뭔가 할 수 있다는 사실을 알고 있습니다"라고 말했다.

빈티지
2020년 페이퍼백
디자인
매들린 파트너

어렸을 때 척수성 근이영양증을 진단받은 앨리스 웡Alice Wong은 장애인의 권리를 열렬히 지지하는 활동가다. 『장애 가시화Disability Visibility』의 편집자로서 웡은 "이 책은 장애의 경험이 어떤지를 전하는 스냅 사진이다"라고 말했다. 웡은 장애인 보호법 25번째 기념일에 오바마 대통령을 만났다. 직접 참석한 것은 아니고 컴퓨터 화면에 웡의 얼굴을 보여주는 텔레프레전스 로봇을 통해서였는데, 웡은 자신의 집 컴퓨터로 로봇의 움직임을 통제할 수 있었다.

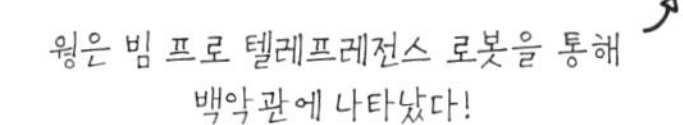

웡은 빔 프로 텔레프레전스 로봇을 통해
백악관에 나타났다!

책으로 세계일주

작가와 그 나라와의 관계에서 비롯한 책들

캐나다
『잿더미 속에서』
제시 티슬
미국
『신성한 존재를 위한 갈등 해결』
조이 하조
멕시코
『허리케인 시즌』
페르난다 멜초르
쿠바
『여성과 소금 중에서』
가브리엘라 가르시아
과테말라
『안개를 뜨개질하기』
클라우디아 D. 에르난데스
파나마
『셜리 치점은 동사다』
베로니카 체임버스
콜롬비아
『술 취한 나무의 열매』
잉그리드 로하스 콘트레라스
사모아
『아파카시 여자』
래니 웬트 영
페루
『은, 칼, 돌』
마리에 아라나
칠레
『2666』
로베르토 볼라뇨
아르헨티나
『리틀 아이즈』
사만타 슈웨블린
도미니카공화국
『말크리아다』
러레인 아빌라
푸에르토리코
『절대 돌아보지 마』
릴리암 리베라
버진제도
『사랑과 익사의 땅』
티퍼니 야니크
과들루프
『나, 티투바, 세일럼의 검은 마녀』
마리즈 콩데
아이티
『크릭?, 크랙!』
에드위지 당티카
자메이카
『일곱 건의 살인에 대한 간략한 역사』
말런 제임스
트리니다드 토바고
『우리가 지킨 비밀』
크리스탈 A. 시탈
브라질
『당신이 숨 쉬는 공기』
프란시스 지 폰치스 페블리스
베네수엘라
『카라카스는 밤일 거야』
카리나 사인스 보르고

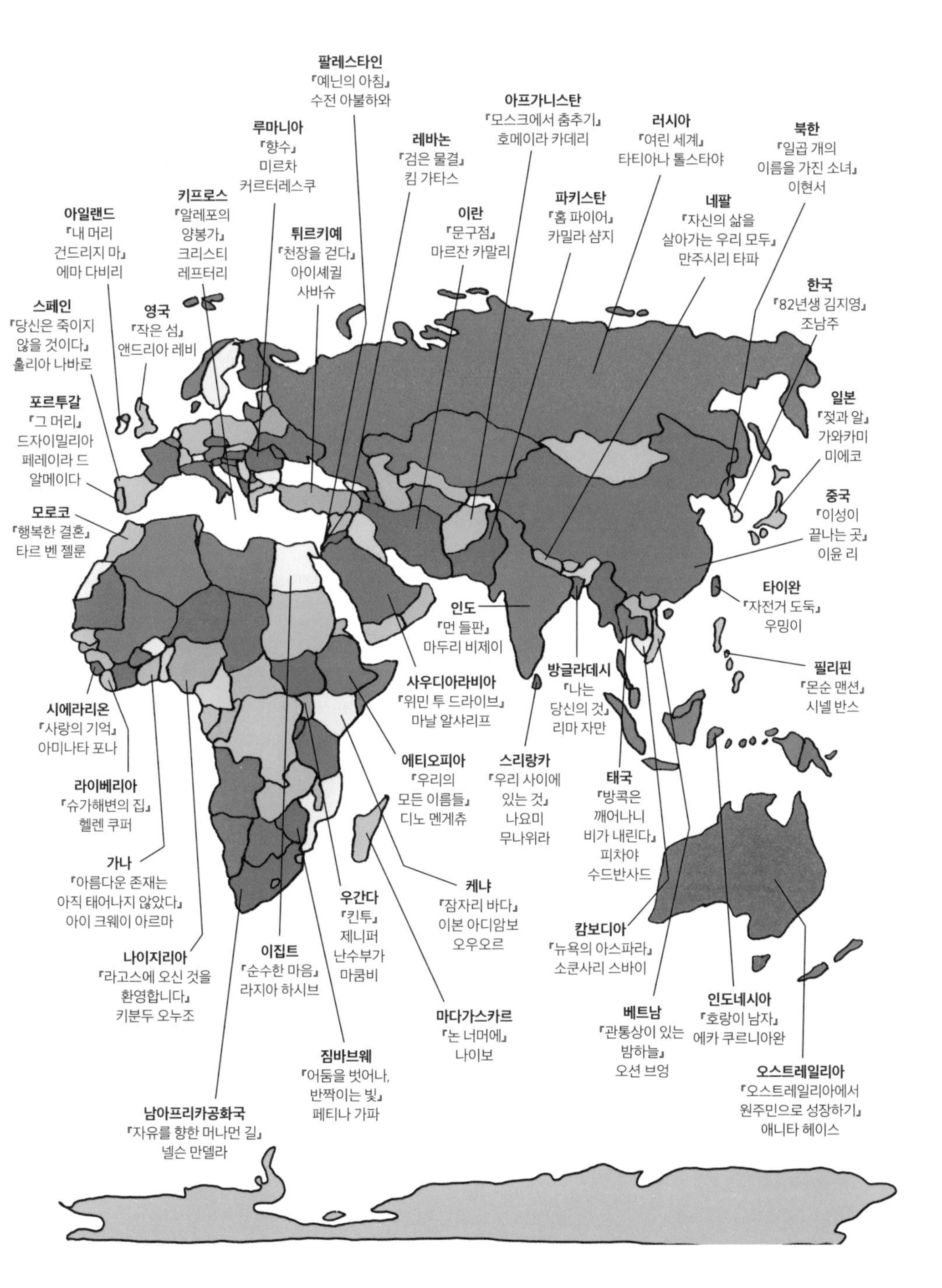
팔레스타인
『예닌의 아침』
수전 아불하와
아프가니스탄
『모스크에서 춤추기』
호메이라 카데리
루마니아
『향수』
미르차
커르터레스쿠
레바논
『검은 물결』
킴 가타스
러시아
『여린 세계』
타티아나 톨스타야
북한
『일곱 개의
이름을 가진 소녀』
이현서
키프로스
『알레포의
양봉가』
크리스티
레프터리
아일랜드
『내 머리
건드리지 마』
에마 다비리
튀르키예
『천장을 걷다』
아이셰귈
사바슈
이란
『문구점』
마르잔 카말리
파키스탄
『홈 파이어』
카밀라 샴지
네팔
『자신의 삶을
살아가는 우리 모두』
만주시리 타파
한국
『82년생 김지영』
조남주
스페인
『당신은 죽이지
않을 것이다』
훌리아 나바로
영국
『작은 섬』
앤드리아 레비
일본
『젖과 알』
가와카미
미에코
포르투갈
『그 머리』
드자이밀리아
페레이라 드
알메이다
중국
『이성이
끝나는 곳』
이윤 리
모로코
『행복한 결혼』
타르 벤 젤룬
타이완
『자전거 도둑』
우밍이
인도
『먼 들판』
마두리 비제이
필리핀
『몬순 맨션』
시넬 반스
사우디아라비아
『위민 투 드라이브』
마날 알샤리프
방글라데시
『나는
당신의 것』
리마 자만
시에라리온
『사랑의 기억』
아미나타 포나
에티오피아
『우리의
모든 이름들』
디노 멘게츄
스리랑카
『우리 사이에
있는 것』
나요미
무나위라
태국
『방콕은
깨어나니
비가 내린다』
피차야
수드반사드
라이베리아
『슈가해변의 집』
헬렌 쿠퍼
가나
『아름다운 존재는
아직 태어나지 않았다』
아이 크웨이 아르마
케냐
『잠자리 바다』
이본 아디암보
오우오르
우간다
『킨투』
제니퍼
난수부가
마쿰비
캄보디아
『뉴욕의 아스파라』
소쿤사리 스바이
나이지리아
『라고스에 오신 것을
환영합니다』
키분두 오누조
이집트
『순수한 마음』
라지아 하시브
마다가스카르
『논 너머에』
나이보
베트남
『관통상이 있는
밤하늘』
오션 브엉
인도네시아
『호랑이 남자』
에카 쿠르니아완
짐바브웨
『어둠을 벗어나,
반짝이는 빛』
페티나 가파
오스트레일리아
『오스트레일리아에서
원주민으로 성장하기』
애니타 헤이스
남아프리카공화국
『자유를 향한 머나먼 길』
넬슨 만델라

에디션

가브리엘 가르시아 마르케스의 **『백년의 고독』**은 1967년 에디토리얼 수다메리카나에서 스페인어로 'Cien años de soledad'라는 제목으로 처음 출간되었다. 가르시아 마르케스는 1965년 여름에 책을 쓰려고 처음 자리에 앉았고 "18개월 동안 일어나지 않은 채" 3만 개비가 넘는 담배를 피우며 '마술적 리얼리즘'이라는 용어를 처음으로 불러낸 소설을 창작했다. 콜롬비아에 있는 상상의 도시 마콘도를 배경으로 부엔디아 가문의 이야기를 그린 이 작품은 처음부터 큰 사랑을 받았으며 40개가 넘는 언어로 번역되었고 5000만 부가 넘게 팔렸으며 1982년 가르시아 마르케스에게 노벨상을 안겨주었다. 다음은 전 세계에서 출간된 『백년의 고독』의 여러 에디션이다.

아르헨티나

에디토리얼
수다메리카나 1967년
페이퍼백
디자인 이리스 파가노

가르시아 마르케스의 친구 비센테 로호가 최초의 표지 디자인을 맡게 되었으나 시간을 맞추지 못했고 내부 디자이너 파가노가 초판에 들어간 이 그림을 그렸다.

아르헨티나

에디토리얼
수다메리카나 1967년
페이퍼백
디자인 비센테 로호

멕시코 화가 로호의 디자인이 들어간 두번째 판이 같은 해에 나왔다. 이 그림은 가르시아 마르케스가 책을 머리 위에 올린 유명한 사진에서도 볼 수 있다.

영국

조너선케이프 1970년
하드커버
디자인 토니 에보라

이 책은 최초의 영국판이다!

미국

하퍼&로 1975년
하드커버
디자인 가이 플레밍

이 책은 최초의 미국판이다!

불가리아

오테체스트베니야
프론트 1971년
하드커버

세르비아

빅스 1976년
페이퍼백

브라질

호세올림피오
에디토라 1985년
페이퍼백

영국

펭귄북스 1999년
페이퍼백
그림 타마스 갈람보스

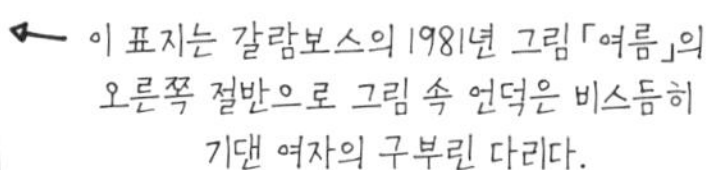
이 표지는 갈람보스의 1981년 그림 「여름」의 오른쪽 절반으로 그림 속 언덕은 비스듬히 기댄 여자의 구부린 다리다.

스웨덴

발스트롬
&위드스트랜드
2012년 하드커버

미국

반스&노블스
2011년 하드커버
그림 캐시 블레크

일본

신초샤 2006년
페이퍼백

에스토니아

에스티라마트 2017년
하드커버

2017년 출간 50주년 기념으로 여러 새로운 에디션이 출간되었다.

스페인

펭귄랜덤하우스그룹
에디토리얼 2017년
하드커버
그림 루이사 리베라

리베라는 런던에서 활동하는 칠레 화가로 책의 내부에도 아름다운 삽화를 그렸다. 리베라의 웹사이트 www.luisarivera.cl/portfolio-page/cien-anos-de-soledad/에 가면 작업 과정을 자세히 볼 수 있다.

슬로바키아

슬로바트 2017년
하드커버

인종차별에 반대한다

다음은 모두 훌륭하고 유익한 책들이다. 이 책들을 읽고 책에서 구한 지식이 나의 일부가 될 때까지 받아들여야 한다. 그런 다음, 밖으로 나가서 더는 백인 우월주의를 따르지 않는 사회를 만드는 데 보탬이 되도록 활발히 활동하자.

아이브럼 X. 켄디는 아메리칸대학에 있는 반인종차별 연구 및 정책센터의 초대 센터장이다. 켄디는 "인종차별주의자가 아닌" 것으로는 충분하지 않으며, 사실 그런 상태는 존재하지 않는다고 말한다. 사람들은 활발한 반인종차별주의자거나 혹은 인종차별주의자 둘 중 하나인데, 어느 쪽이든 고정된 상태는 아니다. 반인종차별주의자가 되기 위해서는 먼저 모든 인종 집단을 동등하게 보아야 하며, 어떤 불평등이든 인종차별 정책의 결과이지 특정 집단이 열등해서 그런 것이 아니라는 사실을 알아야 한다. 그런 다음 개혁과 관련해서 어떤 정책에 가장 관심이 가는지 알아내고, 그 정책을 위해 시간이나 돈을 써서 활발히 활동해야 한다. "근본적으로, 반인종차별주의자란 일상의 인종차별에 저항하는 투쟁의 일부"라고 켄디는 믿고 있다.

헤더 맥기Heather McGhee는 경제 데이터를 활용해 "아프리카계 미국인을 향한 차별적인 법과 정책은 전체적으로 사회에도 부정적인 영향을 미친다"는 사실을 보여주고, "유색인을 위한 진보"로부터 모두가 이득을 얻는다는 점을 입증한다. 맥기는 3년 동안 『우리의 총합The Sum of Us』을 쓰면서 뉴욕시의 집을 떠나 캘리포니아주, 미시시피주, 메인주 등 여러 주를 여행했다. "모두를 위해 우리가 원하는 미국 사람들의 이야기를 담고자 애썼고", 또 "우리가 누릴 수도 있는 세상을 사람들이 알기를 원한다"고 밝혔다.

맥기는 책 표지가 '경제를 다룬 책이 아니라 문학책처럼 보이기를' 바랐다.

원월드 2021년 하드커버
디자인 레이철 에이크
그림 데이비드 매커노치

MINOR
FEELINGS
AN ASIAN AMERICAN RECKONING
CATHY PARK
HONG

원월드
2020년 하드커버
디자인 나 김

캐시 박 홍은 소속감이 곧 백인 되기를 의미하는 나라에서 백인이 아닌 존재로 사는 것이 어떤지 설명하기 위해 『마이너 필링스』를 썼다. '마이너 필링스'란 미묘한 인종차별적 공격과 그에 동반되는 가스라이팅으로 인해 유발되는 부정적이고 지속적인 감정으로, "끊임없이 존재를 의심받거나 무시당하는 현실을 인식하며 느끼는 짜증"을 의미한다. 이 감정은 떨쳐버릴 수 없고 계속되는 것으로, "인종차별적이고 자본주의적 사회에서 살면서 겪는 트라우마"다.

오스틴 채닝 브라운Austin Channing Brown의 『난 아직 여기 있어요I'm Still Here』는 학교와 교회에서 백인들에 둘러싸여 살아오며 어떻게 "흑인 됨을 사랑하는 법"을 알게 되었는지, 그리고 유행에 따라 그냥 그런 척하는 대신 진정으로 포용적인 사회를 만들기 위해서는 어떻게 해야 하는지를 담은 책이다. 브라운은 이 책을 특히 유색인 여성을 위해 썼다. "그래서 다음번에 '좀 알려줄래요?'라고 말하는 백인을 만나게 되면, 이 책을 쓱 꺼내 탁자 위에 올려놓으며 이렇게 말하는 겁니다. '자, 이 책을 읽어봐요.'"

컨버전트북스
2018년 하드커버
디자인 나 김

브라이언 스티븐슨은 '평등한 정의 구현'의 설립자로, 이 단체는 "미국에서 대량 수감과 과도한 처벌을 끝내고자 하고, 인종적·경제적 불평등에 반대하며, 미국 사회에서 가장 취약한 사람들의 기본 인권을 보호하고자 하는 곳"이다.

코츠의 이 책은 10대 아들에게 보내는 편지로 2015년 전미도서상 논픽션 부문을 수상했다. 토니 모리슨은 이 책이 "필독서"라고 했다. 무슨 말이 더 필요할까?

미셸 알렉산더는 변호사이자 시민권 옹호자다.

로라 E. 고메즈는 "라틴계 사람이 미국에서 어떻게, 어떤 이유로 하나의 인종적 그룹으로 인식되었는지" 설명한다.

이 책의 최신판에는 코로나바이러스 대유행이 어떻게 미국의 외국인 혐오에 '터보엔진을 장착'해주었는가를 논한 후기가 실려 있다.

특히 청소년에게 훌륭한 출발점이 되어줄 책이다.

인종 문제에 대해 솔직한 대화를 나누고 인종 분열을 해체하기 위해 행동할 방법을 전하는 현실적인 안내서.

사랑받는 서점들

소스 북셀러스

Source Booksellers

미국 미시간주 디트로이트
인스타그램 @sourcebooksellers

재닛 웹스터 존스는 디트로이트 공립학교 체제에 40년 동안 몸담았던 은퇴한 교육자로 1989년부터 책을 판매했다. 2002년 존스는 디트로이트 미드타운 지구에 자신의 첫번째 소매 서점 소스 북셀러스를 열었고, 2013년에는 새로 생긴 오번빌딩으로 이사했다. 재닛은 언제나 책을 사랑했다. 사서의 딸로서, 인근에 있는 디트로이트 공립도서관 지점을 자주 찾은 기억이 있다. 소스 북셀러스는 독특한 논픽션 책들을 취급한다. 서점은 역사와 문화, 건강과 복지, 형이상학과 영성에 관한 책 및 여성이 쓴 책과 여성을 주제로 하는 책을 엄선한다. 매주 저자와의 대화며 시집 낭송, 지역 주민 좌담, 토요일 오전 무료 운동 수업을 열어서 지역 주민과 손님들을 맞이한다.

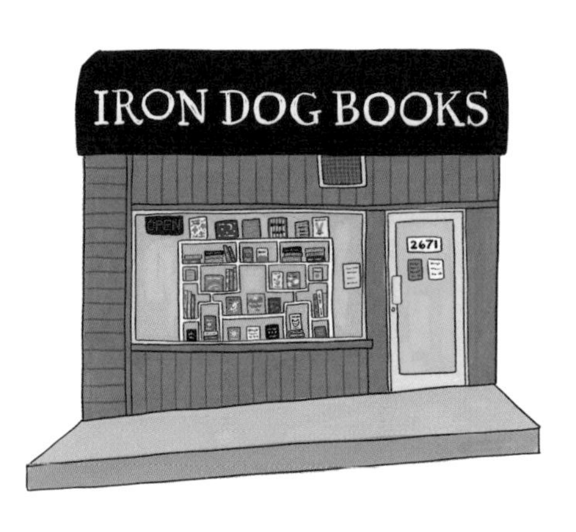

아이언 도그 북스

Iron Dog Books

캐나다 브리티시컬럼비아주 밴쿠버
인스타그램 @irondogbooks

아이언 도그 북스는 원주민 소유의 서점으로 7제곱미터 넓이의 밴에 책을 싣고 다니는 북트럭으로 시작했다. 얼마나 멋진가! 힐러리와 클리프 아텔로 부부는 서점은 접근이 쉬워야 한다고 믿는다. 2년 동안 북트럭은 독자들이 있는 곳이라면 어디든 달려갔다. 2019년, 아이언 도그 북스는 밴쿠버 해스팅 선라이즈 지구에 쭉 지낼 장소를 찾았다. 독자들은 이제 손님을 환대하는 따뜻한 분위기의 공간에서 새 책과 중고 책, 할인 책을 살 수 있으며 다른 물건들도 살 수 있다. 어떤 작가를 행사에 초대하고 싶으냐는 질문에 힐러리와 클리프는 페미니스트 과학소설 및 판타지소설의 팬으로서 N. K. 제미신이 자신들의 서점에 방문하길 바란다고 말한다. 손님들은 중고 책을 가져오면 서점 포인트를 받을 수 있는데, 서점 포인트는 서점 내 어떤 물건에든 사용할 수 있고 지원이 필요한 지역 단체에 기부도 할 수 있다.

해리엇스 북숍

Harriett's Bookshop

미국 펜실베이니아주 필라델피아
인스타그램 @harrietts_bookshop

역사적 영웅 해리엇 터브먼의 이름을 따서 지은 해리엇스 북숍은 여성 작가와 화가, 활동가를 중시한다. 2020년, 재닌 쿡은 필라델피아의 피시타운 지구에 해리엇스 북숍을 열었다. 이 지역은 대부분 백인이 살며 인종 마찰 문제가 오래된 곳이다. 쿡은 "지역민들이 함께 와서 이야기를 나누고 건강한 방향으로 논쟁하기"를 바라는 마음에서 서점을 열었다. 서점은 작가 그룹을 초대하거나 작은 공연도 열고, 지역사회 활성화를 위해 집단 토론도 한다. 과거 교육자였던 쿡은 "만약 사람들이 스스로 공부하길 원한다면, 나는 그 빈틈을 메워주고 싶고 그들에게 정보를 줄 겁니다. 내 인생에 그보다 더 큰 기쁨은 없습니다"라고 말한다.

지라드가의 가게 밖과 도시 주변의 다른 곳에서 무료로 책을 나눠주는 쿡과 그녀의 팀을 종종 볼 수 있을 것이다.

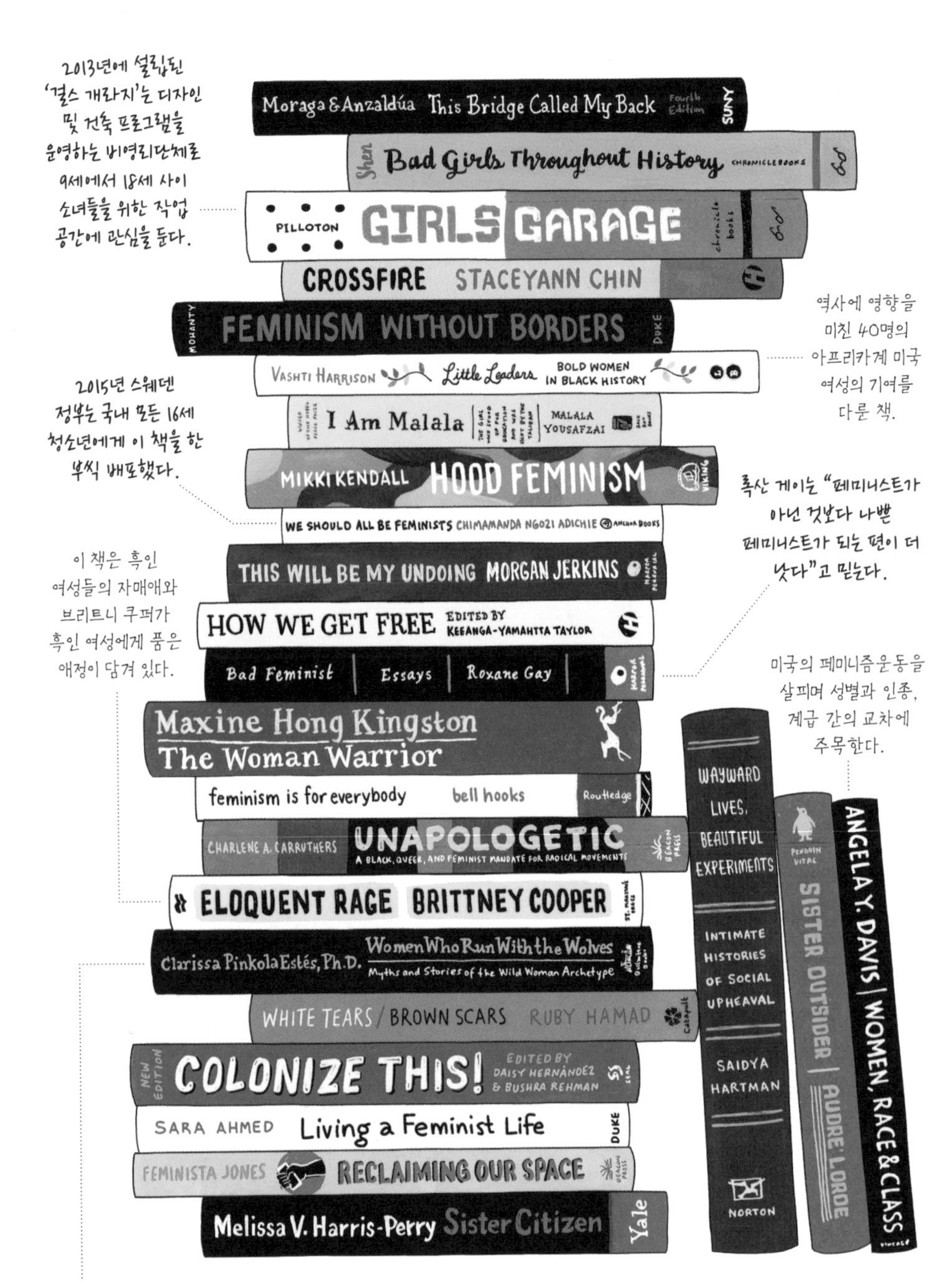

2013년에 설립된 '걸스 개라지'는 디자인 및 건축 프로그램을 운영하는 비영리단체로 9세에서 18세 사이 소녀들을 위한 작업 공간에 관심을 둔다.
Moraga & Anzaldúa This Bridge Called My Back Fourth Edition SUNY
Shen Bad Girls Throughout History CHRONICLE BOOKS
PILLOTON GIRLS GARAGE chronicle books
CROSSFIRE STACEYANN CHIN
MOHANTY FEMINISM WITHOUT BORDERS DUKE
역사에 영향을 미친 40명의 아프리카계 미국 여성의 기여를 다룬 책.
VASHTI HARRISON Little Leaders BOLD WOMEN IN BLACK HISTORY
2015년 스웨덴 정부는 국내 모든 16세 청소년에게 이 책을 한 부씩 배포했다.
I Am Malala MALALA YOUSAFZAI
MIKKI KENDALL HOOD FEMINISM VIKING
WE SHOULD ALL BE FEMINISTS CHIMAMANDA NGOZI ADICHIE ANCHOR BOOKS
록산 게이는 "페미니스트가 아닌 것보다 나쁜 페미니스트가 되는 편이 더 낫다"고 믿는다.
THIS WILL BE MY UNDOING MORGAN JERKINS HARPER PERENNIAL
이 책은 흑인 여성들의 자매애와 브리트니 쿠퍼가 흑인 여성에게 품은 애정이 담겨 있다.
HOW WE GET FREE EDITED BY KEEANGA-YAMAHTTA TAYLOR
Bad Feminist Essays Roxane Gay HARPER PERENNIAL
미국의 페미니즘운동을 살피며 성별과 인종, 계급 간의 교차에 주목한다.
Maxine Hong Kingston The Woman Warrior
feminism is for everybody bell hooks Routledge
CHARLENE A. CARRUTHERS UNAPOLOGETIC A BLACK, QUEER, AND FEMINIST MANDATE FOR RADICAL MOVEMENTS BEACON PRESS
ELOQUENT RAGE BRITTNEY COOPER ST. MARTIN'S PRESS
Clarissa Pinkola Estés, Ph.D. Women Who Run With the Wolves Myths and Stories of the Wild Woman Archetype
WHITE TEARS / BROWN SCARS RUBY HAMAD Catapult
NEW EDITION COLONIZE THIS! EDITED BY DAISY HERNÁNDEZ & BUSHRA REHMAN SEAL
SARA AHMED Living a Feminist Life DUKE
FEMINISTA JONES RECLAIMING OUR SPACE BEACON PRESS
Melissa V. Harris-Perry Sister Citizen Yale
WAYWARD LIVES, BEAUTIFUL EXPERIMENTS INTIMATE HISTORIES OF SOCIAL UPHEAVAL SAIDYA HARTMAN NORTON
PENGUIN VITAE SISTER OUTSIDER AUDRE LORDE
ANGELA Y. DAVIS WOMEN, RACE & CLASS VINTAGE

이 책은 『뉴욕타임스』 베스트셀러 목록에 145주 동안 오르며 기록을 세웠다.

페미니즘

사회적 변화를 일으키려면, 연대는 일방통행으로 이루어질 수 없다. 오랫동안 주류 페미니즘은 흑인 여성과 유색인 여성을 간과하고 배제했다. 벨 훅스가 자신의 책『모두를 위한 페미니즘』에서 설득력 있게 말했듯이 "여성들이 다른 여성들을 지배하기 위해 계급이나 인종 권력을 사용하는 한 페미니즘 자매애는 완전히 실현될 수 없다".

캐터펄트
2020년 페이퍼백
디자인 나 김

루비 하매드Ruby Hamad는 책 한 권을 한 번에 다 읽지만, 책 속 일부 챕터를 안 읽는 일에 별다른 거부감이 없다. 2018년『가디언』에 쓴 글「백인 여성들이 유색인 여성을 침묵시키기 위해 전략적 눈물을 흘리는 방법」은 인터넷에 널리 퍼져 전 세계적으로 12만5000번 이상 공유되었다. 이 글이 기폭제가 되어 데뷔작『하얀 눈물, 갈색 흉터 — 백인 페미니즘이 유색인 여성을 배신하는 방법White Tears / Brown Scars: How White Feminism Betrays Women of Color』이 출간되었다.

크노프
1976년 하드커버
디자인 리디아 페레라
그림 엘리아스 도밍게스

맥신 홍 킹스턴의『여자 전사』는 1976년 전미도서비평가협회상 논픽션 부문을 수상한 책으로 작가의 기억과 중국 민담을 혼합했다. 책은 5부로 나뉘는데 각각 단편 소설처럼 읽힌다. 킹스턴은 이민자 부모의 아이로 자라면서 새로운 나라와 부모님의 고국에서 성차별과 인종차별을 겪은 시절을 회고한다.

활동가 미키 켄들은 "후드• 페미니즘hood feminism"이 무엇이냐는 질문에 "사람의 기본 요구를 챙기도록 타인을 도우며 사는 실제 페미니스트의 경험"이라고 답했다. 군인이었던 켄들은 전업 글쓰기를 위해 2013년 미국 보훈부를 그만두었다. 켄들은 우리가 모든 여성을 지지해야 하며 "우리가 지향하는 자유를 위해, 우리는 손을 뒤로 뻗어 가장 많은 장애물과 직면한 사람들을 도와야 한다"라고 믿는다.

바이킹
2020년 하드커버
디자인 린 버클리

1981년에 출간된 페미니즘 고전『내 등이라고 불리는 이 다리 — 급진적 유색인 여성의 글This Bridge Called My Back: Writing by Radical Women of Color』은 2015년, 포용과 사회변화를 위해 싸우는 젊은 활동가 세대에 응답하여 업데이트한 내용으로 재출간되었다. 몇십 년 동안 유색인 여성에게 영향을 끼친 이 선집은, 체리에 모라가Cherríe Moraga가 말하듯 "유색인 여성의 억압과 자유에 스며든, 인종과 계급과 성별과 성 지향성이 복잡하게 융합된 정체성"을 탐색한다.

페르세포네출판사
1981년 하드커버
그림 조네타 팅커
디자인 마리아 폰 브링켄

• '후드'는 빈곤층 비율이 높고 흑인 인구가 밀집된 지역을 뜻한다.

작가가 사랑한 책들

타야리 존스

『미국식 결혼』과 『실버 스패로Silver Sparrow』의 작가

인스타그램/트위터 @TayariJones

『머리디언』
Meridian
앨리스 워커

오픈로드미디어 전자책
디자인과 그림
킴벌리 글라이더

"앨리스 워커의 모든 소설 중에서 나는 『머리디언』을 가장 좋아한다. 열여덟 혹은 열아홉 살 때 읽은 소설들 가운데 한 권인데, 그 시절에는 잘 이해하지 못했다. 학생들 앞에 선 스펠먼대학의 담당 교수는 소설에 푹 빠진 나머지 눈물을 흘릴 지경이었으나 나는 그저 당황스러웠다. 나이가 들어 다시 읽으니, 이야기와 문체, 캐릭터와 소설이 담은 지혜에 압도되었다.

민권운동 무렵이 배경인 이 소설은 자유가 내면에서 시작됨을 독자에게 환기하는 책이다. 세 명의 탐구자들, 흑인 여성 머리디언과 흑인 남성 트루먼, 백인 여성 린이 이야기의 중심이다. 단순한 성적 관계를 넘어선 삼각관계다. 워커는 인간사에 드리운 큰 그림을 직시하며, 독자에게 충격과 영감을 동시에 준다."

캐서린 아델 웨스트

『루비 킹 구하기Saving Ruby King』의 작가

인스타그램/트위터 @cawest329

『킨』
옥타비아 버틀러

헤드라인
2018년 영국 페이퍼백
디자인과 그림
예티 램브레그츠

"흑인 여성이 더는 우리 몸의 대리인이 아닐 때, 우리의 통제력이 도난당하고 주변의 불평등, 인종차별적이고 혐오스러운 세상을 견뎌야 할 때, 우리는 어떤 존재가 될까? 우리를 억누르나 좋든 싫든 여전히 피를 나눈 존재라는 사실만은 변함없는 가족을 어떻게 받아들일 수 있을까? 『킨』의 가장 좋은 점은 독자를 조용히 소설 속 세계로 이끌면서도 심란한 문제들을 다루며 객관적인 답을 제시하지 않는다는 것이다. 이는 삶을 바꾸는 태도로, 나는 책의 모든 단어를 음미했다. 옥타비아 버틀러는 문학의 신전에서 여전히 반향을 일으키는 상징적 이야기를 창조했다."

응우옌 판 퀘 마이

『산이 노래한다』의 작가

인스타그램 @nguyenphanquemai_
트위터 @nguyen_p_quemai

『동조자』
비엣 타인 응우옌

그로브출판사
2015년 하드커버
디자인과 그림
크리스토퍼 모이선

"나는 재미를 느끼고 뭔가를 배우고 생각을 환기하기 위해 책을 읽는다. 이런 이유로 비엣 타인 응우옌의『동조자』를 강력히 추천한다. 소설은 자신을 '스파이, 잠자는 사람, 유령, 두 얼굴의 사내'라고 지칭하는 이름 없는 화자가 이끈다. 아주 지적이고 재미있는 소설로 베트남인과 미국인을 동등한 위치에 둔다. 베트남전의 모든 면에 비판적이며, 독자의 특권과 추측에 도전한다. 한순간 나를 웃게 하다가 다음 순간 울게 하는 책이다. 시적 문장과 인간에 관한 통찰력 있는 관찰 덕분에 나는 이 책을 즐기고, 또 즐긴다."

나탈리아 실베스터

『네가 집에 간다는 것을 모두가 알아Everyone Knows You Go Home』와 『달리기Running』의 작가

인스타그램 / 트위터
@nataliasylv

『미등록 미국인』
The Undocumented Americans
카를라 코르네호 비야비센시오

원월드
2020년 하드커버
디자인 레이철 에이크

"독서가 (행동으로는 거의 이어지지 않는) 공감의 도구로 보이고 소외된 사람들의 이야기가 종종 '가르침'을 위해 백인의 시선으로 소비될 때, 카를라 코르네호 비야비센시오Karla Cornejo Villavicencio는 이런 예상을 뛰어넘어 질주하며 자신이 누구를 위해 어떤 이유로 글을 쓰는지 확실히 한다. "자매들, 즐기러 가자." 비야비센시오는 사람들을 '대상화'하기를 거부하며, 미등록 이주자들과의 인터뷰를 옮기는 행위를 시 번역 작업에 비유한다. 이 책은 내게 분노와 희망을 동시에 채워주는 서사적 논픽션으로, 혁명이자 폭로다."

로라 테일러 네이미

『차를 마시며 미래를 꿈꾸는 어느 쿠바 여성의 안내서』의 작가

인스타그램 @laura_namey
트위터 @LauraTNamey

『쓴맛과 단맛 사이 어딘가』
Somewhere Between
Bitter and Sweet
레이컨 제아 켐프

리틀, 브라운
2021년 하드커버
그림 포피 마그다

"『쓴맛과 단맛 사이 어딘가』를 펼치면 독자는 오스틴의 다양한 음식이 펼쳐진 풍경을 마주하고, 살아남아 번성하고자 애쓰는 동네의 맥박과 용기를 한껏 느끼게 될 것이다. 가족은 그 핵심이 갈라져 내부의 고통, 꿈, 오해가 드러난다. 집에서 만든 멕시코 요리의 뜨거운 김과 지글거리는 소리를, 코코넛 케이크의 달콤함과 열망을 겪어보라. 10대의 페넬로페와 잰더는 자신들의 과거를 견디기 위해 싸우다가 사랑을 알게 되고, 밝은 미래를 가꾸기 위해 함께 움직인다."

에세이

에세이는 어떤 주제든 다룰 수 있고, 독자는 의심할 여지 없이 자신의 취향에 딱 맞는 글을 발견할 것이다. 우리는 배우기 위해 책을 읽기도 하고, 즐거움을 위해 읽기도 한다. 하지만 생각에 빠지게 하는 책을 읽어야 할 때도 있다. 다음의 책은 정보를 주고, 사회적 규범에 도전하고, 인간성을 살피는 길이 된다. 그저 웃게 할 책도 있을 것이다.

잠재적 독자들이 무엇을 알았으면 하느냐는 질문에 서맨사 어비Samantha Irby는 "내 작업이 표면적으로는 무례하고 공격적으로 보일지 몰라도, 사실은 여러 유형의 사람들에게 접근성이 좋습니다. 남들이 하는 말을 듣고 겁먹지 마세요. 한번 시도해봐요"라고 말한다. 어비는 널리 알려진 블로그 '여자들은 먹어야 한다'를 운영하는데, 젊은 자기 자신에게 줄 수 있는 최고의 충고는 "그냥 걱정을 버려. 난 내가 바꿀 수 없는 것을 걱정하느라 많은 시간을 보냈고 그건 누구에게도 도움이 되지 않아. 흐름에 몸을 맡겨. 나의 통제를 넘어선 것들에 괴로워하는 건 가장 쉬운 덫에 걸리는 일이야"다.

에스메 웨이준 왕Esmé Weijun Wang은 소설로 석사학위를 땄고 논픽션을 쓸 계획은 전혀 없었다. 정신질환 가족력이 있다는 사실을 모르는 상태에서 그녀는 2013년에 조현정동장애를 진단받고 2015년에는 라임병 말기를 진단받았다. 왕은 "어머니로부터 길고 가느다란 손가락뿐 아니라 글쓰기에 대한 애정과 시각예술적 재능을 물려받았으며, 광기에 사로잡히는 경향 또한 물려받았다"라고 털어놓았다. 『수집된 조현병The Collected Schizophrenias』과 관련하여, 창조성과 정신 건강의 관계에 대한 질문을 받은 왕은 "창조성에 관해서라면 정신질환을 미화하지 않으려고 애썼는데, 실제로 정신질환은 대개 창조성을 막는 경향이 있기 때문이다"라고 답했다.

그레이울프출판사
2019년 페이퍼백
디자인 킴벌리 글라이더

랜덤하우스
2019년 하드커버
디자인 샤라냐
더바술라

지아 톨렌티노는 『뉴요커』 소속 작가로 데뷔작 『트릭 미러』에서 정체성과 인터넷, 페미니즘을 탐색한다. 그녀는 에세이를 두고 "끔찍한 아이 아홉 명" 같다고 묘사한다. 책의 시작을 여는 에세이 「인터넷 속의 '나'」에 관해 질문하자 톨렌티노는 "현실에서처럼 무방비하고 편안하게 인터넷 공간에 있으려고 한다"라고 대답했다.

발레리아 루이셀리Valeria Luiselli는 대부분 보호자 없이 목숨 걸고 중앙아메리카와 멕시코에서 미국으로 넘어온 미등록 이주자의 아이들을 위해 통역사로 일한 경험을 바탕으로 『어떻게 끝나는지 말해줘Tell Me How It Ends: An Essay in Forty Questions』를 썼다. 루이셀리는 아이들이 망명을 승인받게 될지, 아니면 그토록 탈출하고자 했던 곳으로 다시 보내질지를 결정하게 될 미국 입국 공식 질문 40가지를 맡았다.

『나는 진실을 말하고 있지만, 거짓말을 하고 있어』는 제2형 양극성 장애와 불안을 겪는 삶을 살핀 강렬하고 명료하며 솔직한 회고록이다.

백인 중심의 세상에서 흑인의 여성성과 아름다움과 몸을 탐색하는 다층적인 에세이 모음집이다.

2020년 인종적 심판, 팬데믹과 봉쇄에 대한 반영.

로스 게이는 자신의 42번째 생일에 그에게 기쁨을 가져다준 것들에 대해 1년 동안 에세이를 쓰기 시작했다.

감동적인 기억을 빚어낸 일련의 에세이들을 모았다.

하닙 압두라킵은 시인이자 문학비평가로 이 책은 음악의 관점에서 현 세계의 상태를 살핀 아름다운 에세이 모음이다.

데이먼 영은 '매우 똑똑한 형제들'의 공동 설립자로 미국에서 흑인 남성으로 사는 삶을 살핀 기록을 연대기순으로 썼다.

사랑받는 서점들

어 디퍼런트 북리스트

A Different Booklist

캐나다 온타리오주 토론토
인스타그램 @adfrntbooklist

어 디퍼런트 북리스트에 들어가면 아프리카계와 카리브계 책을 비롯해 남반구 나라들에서 온 책으로 가득찬 책장을 발견하게 된다. 그뿐 아니라 지역 흑인 예술가들의 그림과 사진작품이 진열된 모습도 보게 될 것이다. 이곳은 캐나다의 독립 다문화 서점으로, 서점 주인 이타 사두와 미겔 산 비센테 부부가 20년 이상 운영해오고 있다. 사두는 이름난 작가이자 재능 있는 이야기꾼으로 "독립 서점인만큼, 여기가 만남의 장소로서 가치 있는 곳이라고 긍정하는 일은 무척 중요하다"고 말한다.

솔리드 스테이트 북스

Solid State Books

미국 워싱턴 D. C.
인스타그램 @solidstatedc

서점 주인 스콧 아벨과 제이크 컴스키휘틀록은 2017년에 이 사랑스러운 지역 가게 문을 열었다. 시끌시끌하고 역사적인 에이치스트리트 구역에 자리한 이곳은, 다양한 분야의 픽션과 논픽션을 구비하고 있으며 어린이책과 청소년책도 광범위하게 마련하고 있다. 활력 있는 사교 중심지로서 페이스트리와 와인, 맥주를 제공하는 커피바도 운영한다.

버치바크 북스

Birchbark Books

미국 미네소타주 미니애폴리스
인스타그램 @birchbark_books

버치바크 북스는 여러 상을 수상한 작가이자 치페와족의 터틀마운틴 보호구역에 원주민으로 등록한 루이스 어드리크의 서점이다. 미니애폴리스와 세인트폴의 켄우드 지구에 자리한 이곳은 미국 원주민 작가들의 책을 선별하여 마련하고 있으며 원주민과 비원주민 작가, 기자, 역사가들을 초대하는 행사도 연다. 서점에 들어간 손님들은 진짜 자작나무로 만든 장식과 천장에 걸어둔 수제 카누를 볼 수 있다. 버치바크 북스는 위대한 원주민 문학뿐만 아니라 지역 및 남서부 장인들과 직접 소통하여 마련한 원주민 예술품과 수제 장신구, 바구니 세공품, 깃을 사용한 공예품, 그림 들을 취급한다.

이소 원 북스

Eso Won Books

미국 캘리포니아주 로스앤젤레스
인스타그램 @esowonbooks

로스앤젤레스 남서부에 자리한 이곳은 1990년 제임스 퍼게이트와 톰 해밀턴이 문을 열었다. 퍼게이트는 성장기에 책을 읽으며 미국에서 흑인들이 맡은 역할을 깨닫게 되었고 다른 사람들도 이 역사를 알게 되길 바랐다. 이소 원은 지역사회에 아주 중요한 장소가 되었다. 어느 손님은 이곳을 아무도 머리를 자르지 않는 이발소에 비유했다. 퍼게이트는 2020년에 책 판매가 늘었다며 서점이 계속 나아가도록 사람들이 지지해주길 희망한다. 작가 타네히시 코츠는 좋아하는 서점으로 이소 원 북스를 꼽으며 "이곳은 작가들이 찬사를 보내는 독립 서점의 더 큰 공동체의 일부이지만, 흑인 작가들에게는 언제나 집이 되어주는 곳이기도 하다"라고 말한다.

우리가 사랑한 책들

다이얼 2021년
페이퍼백

푸남 마투르

창작자

인스타그램
@bookish. behavior

『우리가 옮기는 것』
What We Carry
마야 샨바그 랭

"우리가 스스로 만드는 이야기들은 우리를 안전하게 지켜준다. 혹은 그렇다고 믿는다. 마야 랭이 꼼꼼하게 다룬 이야기는 랭 어머니의 힘과 탁월함에 관한 것이었다. 새로운 나라로 이주한 여성이 성공적인 경력을 쌓고 가족을 일구었다. 찬사를 보내지 않을 수 있을까? 그렇지만 진실은 꿈같지 않다. 『우리가 옮기는 것』은 아름다운 문체로 이루어진, 어머니와 딸들에 대한 감동적인 회고록이다. 이 책에는 우리를 키워준 사람을 주인공으로 신화를 만들 때 생기는 치유의 힘이 있다."

애나 이삭

북스타그래머

인스타그램
@never_withouta_book

『콜레지도라』
Corregidora
게일 존스

빈티지 2019년 페이퍼백
그림 루신다 로저스

"내적 독백으로 의식의 흐름을 서술하는 『콜레지도라』는 쉽게 읽히지는 않지만 중요한 책이다. 노예제도의 가장 중요한 부분인 농장 여성의 이중 소외를 다룬다. 제임스 볼드윈은 이 책이 최고의 작품이라며 '『콜레지도라』는 흑인 남성과 여성에게 어떤 일이 일어났고 일어나고 있는지 가장 잔인하리만치 솔직하고 고통스럽게 폭로했다'라고 말했다. 그래서 이 소설은 남성적 폭력과 여성적 구술 사이의 복잡한 성애적·문학적 반감을 중심으로 구성되어 있다. 분량은 짧지만, 독특하고 혁명적인 걸작으로 세대의 트라우마, 기억의 보존, 가정 폭력과 성폭력, 여성성과 모성 같은 어려운 주제를 다루고 있다. 반드시 읽어야 하는 책이다."

블룸스버리
2017년 페이퍼백
디자인 패티 라치포드
사진 태머라 스테이플스

제스 리

비영리 교육단체 '시티 이어'의 학습 프로젝트 제작자

인스타그램
@literaryintersections

『하얀 분노』
White Rage: The Unspoken Truth of Our Racial Divide
캐럴 앤더슨

"인종차별과 백인 우월주의는 우리의 법에 쓰여 있고, 캐럴 앤더슨이 『하얀 분노』에서 말하듯 '권력의 중심을 조종한다'. 앤더슨은 책에서 노예제도의 역사, 미국의 재건과 짐크로법을 우리가 일상에서 매일 보는 인종차별, 백인 우월주의와 연결 짓는다. 입법자들이 권력을 붙잡고, 백인 우월주의를 계속 키우고, 그들만의 '하얀 분노'를 지원하기 위해 법을 어떻게 이용했는지 이해하고 싶다면 이 책을 읽어라. 이 책은 내 인생을 바꾸었다. 나는 당신의 인생 또한 책을 통해 바뀌기를 바란다."

마리사 바이닝

변호사

인스타그램
@allegedlymari

『나는 완벽한 멕시코 딸이 아니야』
에리카 산체스

엠버 2019년 페이퍼백
그림 코니 개버트

"이 책에는 자신의 부모가 더 욕심내서 살지 않는 이유를 이해하고자 애쓰는 10대 훌리아가 등장한다. 책을 다시 읽고서야 나는 미국에서 태어난 이민자의 딸 훌리아를 깊이 이해하게 되었다. 우리는 훌리아가 아메리칸드림을 좇는 한편 엄격한 멕시코의 전통과 관습을 여전히 따르고자 애쓰는 모습을 보게 된다. 내가 평생을 살며 맛본, 중간에 끼어 있는 듯한 느낌이 책의 페이지마다 명확하게 묘사되어 있었다. 청소년소설이라고 간과되고 있지만, 깊이 있는 책으로 중요한 주제를 붙들고 씨름한다."

에이제이 샌더스

문학 인플루언서

인스타그램
@readingwithglamour

『먼데이가 오지 않는다』
Monday's Not Coming
티퍼니 D. 잭슨

캐서린테겐
2018년 하드커버
디자인 에린 피츠시먼스

"마음속에 계속 남는 책 몇 권이 있는데, 이 청소년소설이 그렇다. 주인공 클로디아 콜먼이 가장 친한 친구 먼데이를 찾는 이야기다. 아주 몰입해서 읽게 되는 책으로, 두렵기도 해서 정신이 바짝 든다. 책을 읽는 내내 스스로에게 질문했다. '먼데이는 어디에 있지?' 독자에게 여러 감정을 끌어내는 작가 잭슨은, 이야기를 흥미롭고 긴장감 넘치게 가져가면서도 흑인 소녀가 실종되었을 때 매체가 잘 다루지 않는다는 점을 지적하는 놀라운 작업을 해낸다. 나는 많은 책을 읽었는데, 이 책은 내가 정말 추천하는 목록 1순위에 있다."

디어드르(디디) 보리

'#readsoullit'와 '독서 영혼 문학 북클럽'의 제작자

인스타그램
@browngirlreading
@readsoullit
트위터 @ReadEngDee
유튜브
Brown Girl Reading

『돌의 딸들』
Daughters of the Stone
달마 야노스피구게로아

토머스던
2009년 하드커버
그림 두들리 바키아나

"궁극의 흑인 여성 긍정서『돌의 딸들』은 다섯 세대에 걸친 여성들의 이야기로 여성들이 어떻게 자신의 재능을 다루었는지 전한다. 엄마와 딸 사이의 관계를 그린 이 소설은 사랑과 문화, 역사와 힘의 여정으로 독자를 안내한다. 대서양 노예무역의 희생자 펠라는 나이지리아에서 푸에르토리코로 가서 아프리카계 푸에르토리코 여성 세대의 시발점이 되어, 자신의 재능을 이해하고 사용하려고 애쓴다. 작가는 인종, 영성, 생존에 대해 알려준다. 모든 것이 사라진 것 같을 때, 단 하나 남은 것이 돌이었기 때문이다."

모건 하퍼 니컬스는 전업 음악가이자 싱어송라이터로서 순회공연을 하면서 글쓰기, 미술, 디자인에 열정을 쏟기 시작했다.

시

시는 우리 존재가 세상에 받아들여졌다는 느낌을 선사하며, 마음속 깊이 파고든다. 시에 나타나는 문화적 리듬, 언어의 조화, 시적 산문은 다른 식으로는 보이지 않던 이야기를 조명하고 주변부의 목소리를 키운다.

하퍼 1949년
하드커버

궨덜린 브룩스Gwendolyn Brooks는 1950년 『애니 앨런Annie Allen』으로 퓰리처상 시 부문을 수상한 최초의 아프리카계 미국인이 되었다. 브룩스는 13세의 나이로 어린이 잡지에 첫 시를 발표했고 16세가 될 무렵에는 75편의 시를 썼다. 그리고 17세의 나이에 역사적인 아프리카계 미국인 신문 『시카고 디펜더Chicago Defender』의 정기 기고가가 되었다.

2014년 어맨다 고먼은 최초로 로스앤젤레스 청년 계관시인이 되었고, 2017년에는 최초로 미국 청년 계관시인이 되었다. 고먼은 조 바이든 대통령 취임식에서 짜릿함을 선사하는 시 「우리가 오르는 언덕」을 유창하게 낭송하여 미국 및 전 세계 사람들의 마음을 사로잡았다. 미국 역사상 대통령 취임식에 참석한 가장 젊은 시인으로서, 고먼의 감동적인 말은 사회의 여러 곳에 스며들었다. 고먼은 2021년에는 슈퍼볼 무대에 오른 최초의 시인이 되었다(제55회 슈퍼볼).

바이킹북스 2021년
하드커버
디자인 짐 후버

예시카 살가도Yesika Salgado는 자기 자신에 대해 "내 가족과 문화와 도시와 살찐 갈색 몸에 관해 쓰는 엘살바도르 시인"이라고 설명한다. 살가도의 시선집 『마음Corazón』은 사랑이야기로, 작가는 "우리 중 많은 사람은 한 번 이상 실연을 겪으며, 실연을 겪어도 다시 사랑하게 된다는 사실은 아름다운 기적이다. 그에 대해 부끄러워하는 대신, 나는 사랑에 상처받은 후에도 사랑하는 일의 아름다움을 인식하길 원한다"라고 말한다.

낫어컬트 2018년
페이퍼백
디자인 캐시디 트리에

루피 카우르는 독자들이 시를 소비하는 방식을 바꾸기 위해 소셜미디어를 이용했다고 전해진다. 그림을 그리는 어머니에게 영향을 받은 카우르는 텀블러와 인스타그램에 짧은 시각시視覺詩를 공유해 유명해졌다. 데뷔 시집 『밀크 앤 허니』는 전 세계에서 500만 부 이상 팔렸으며 35개 이상의 언어로 번역되었다. 코로나19가 유행하는 동안 카우르는 세번째 시집 『집에 틀어박힌 사람Home Body』을 펴냈다.

앤드루스맥닐
2015년
페이퍼백

2019년 국회도서관이 조이 하조를 미국 계관시인으로 임명함으로써, 하조는 최초의 미국 원주민 계관시인이 되었다. 하조는 무스코기 (크리크) 부족의 일원이다. 『미국의 일출An American Sunrise』은 가족, 부족의 역사, (지금은 오클라호마인) 그들의 땅에서 쫓겨난 역사를 탐색한다.

하조는 시인이면서 가수이고 애로다이내믹스 밴드에서 색소폰과 플루트를 연주한다. →

시로 된 책

다음의 작품들은 이야기를 전하고, 때로 삶을 바꾼 사건 및 어려운 주제들을 조심스럽게 다루기 위해 시를 활용한다(때로는 산문 및 삽화도 함께한다). 소설이나 회고록, 전기도 있으며, 청소년 대상 작품도 많긴 하나 모든 나이대의 독자들이 즐길 수 있는 목록이다.

퍼핀
2016년 페이퍼백
디자인 테리사
에반젤리스타

「꿈꾸는 갈색 소녀」

Brown Girl Dreaming
재클린 우드슨

아프리카계 미국인 소녀로서 1960년대 사우스캐롤라이나주와 뉴욕에서 살았던 유년 시절을 회고한 강렬한 책.

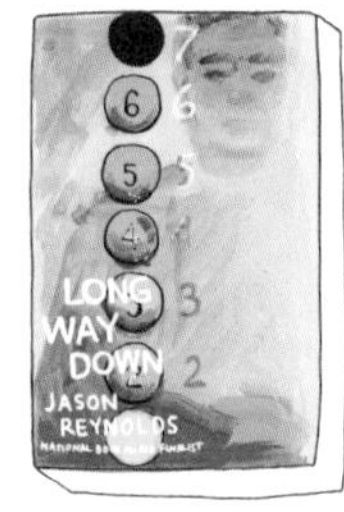

아테네움
2017년 하드커버
디자인 마이클 매카트니

「롱 웨이 다운」

제이슨 레이놀즈

열다섯 살 윌은 열아홉 살 형이 죽자 복수하려고 나선다.

「사이공에서 앨라배마까지」

탕하 라이

하퍼콜린스
2013년 페이퍼백
디자인 레이 샤펠
그림 즈덴코 바시치 &
마누엘 슘베라츠

1975년 사이공이 함락된 후 베트남을 떠나 앨라배마에 정착한 작가의 유년 시절이 담긴 소설.

퀼트리북스
2020년 하드커버
디자인 에린 피츠시먼스
그림 비주 커먼

「착륙하면 손뼉을 쳐」

Clap When You Land
엘리자베스 아체베도

카미노와 야하이라는 사랑하는 아빠가 비행기 사고로 죽자 자신들이 자매임을 알게 된다.

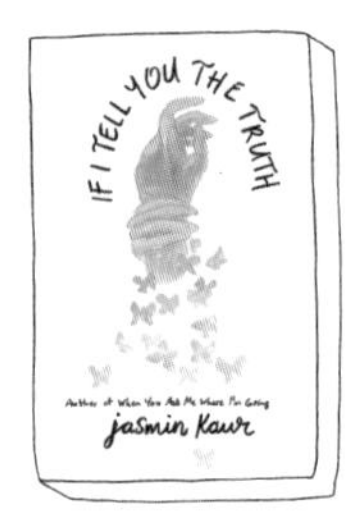

하퍼콜린스
2021년 하드커버
디자인 코리나 루프
그림 세레스 로

「내가 너에게 진실을 말한다면」

If I Tell You the Truth
재스민 카우르

성폭행을 당한 후 임신한 편자브인 시크교도 10대 키란의 이야기.

발저&브레이
2020년 하드커버
디자인 제나 스템펠로벨
그림 아드리아나 벨레

『검은 플라밍고』

The Black Flamingo
딘 아타

런던에 사는 게이이자 다인종 청소년 마이클의 성장기.

『소리를 죽인』

Muted
타미 찰스

실제로 있었던 사건에서 영감을 받은 이 소설은 음악산업의 사악한 속성을 탐색한다.

스콜라스틱출판사
2021년 하드커버
디자인 매브 노턴
그림 아데쿤 골드

열두 살 시리아 난민 주드는 아버지와 남자 형제를 남겨두고 엄마와 함께 미국으로 떠난다.

『집의 다른 말』

Other Words for Home
재스민 워가

발저&브레이 2019년 하드커버
디자인 제나 스템펠로벨
그림 아누샤 사이드

『리바운드』

Rebound
콰미 알렉산더

뉴베리상을 수상한 알렉산더의 소설 『크로스오버』에 등장하는 아버지 찰리 벨의 이야기.

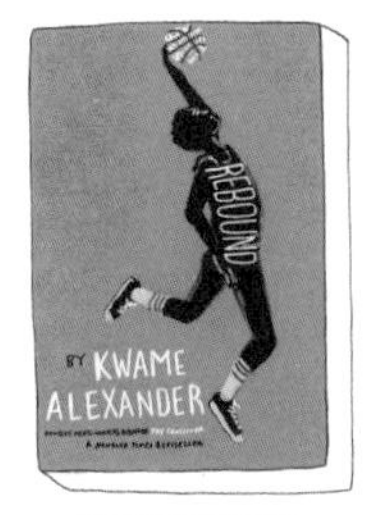

호턴미플린하코트
2018년 하드커버
디자인 리사 베이가 & 새미 위언

『내 손에 별을』

With a Star in My Hand
마르가리타 엥글

니카라과의 시인 루벤 다리오의 전기.

아테네움
2020년 하드커버
디자인 데브라 스페치오스코노버
그림 윌리앙 산티아고

더턴
2020년 하드커버
그림 레이철 베이커

『모두가 보고 있다』

Every Body Looking
캔디스 일로

나이지리아계 미국인 청년이 대학 1학년 시절 자아 발견의 자유를 누리면서 가족이 품은 기대와 맞서는 이야기.

크라운
2021년 하드커버
디자인 레이 샤펠 & 토보그 대번
그림 카보 마메처

『클로린 스카이』

Chlorine Sky
마호가니 L. 브라운

고등학교 시절 작가의 경험을 기반으로 쓴, 우정을 주제로 삼은 데뷔작.

치유의 책

다음은 힘들고 때로는 불공평한 사회에서 살면서 트라우마를 입었을 때 마음과 몸을 치유하는 방법, 자연세계와의 관계 회복, 그리고 우리의 창조적인 영혼을 치유하고 우리 자신을 자유롭게 표현하는 방법에 관한 책이다.

크로니클북스
2020년 하드커버
디자인 버네사 디나

알렉산드라 엘르의『애프터 레인』은 안내서다. 15가지 조언(각 장은 변화할 것, 나를 사랑할 것, 스스로를 인정할 것, 가족과 가까워질 것 등의 제목이 붙어 있다)을 건네며 작가의 과거 경험담이 짧게 곁들여지고, 시적 명상과 치유를 위한 실천이 책을 완성한다. 엘르는 10대 초반, 글을 통해 자기 자신을 달래고 치료해볼 것을 치료사가 권한 덕분에 글쓰기의 세계를 발견하게 되었다. 훗날 엘르는 '자기에게 쓰는 메모' 형식으로 명언과 부드러운 잠언을 메모지에 쓰고 사진을 찍어 인스타그램에 올리면서 엄청난 인기를 얻는다. 엘르에게 자기 돌봄이란 "자기 자신을 채워서 타인에게 나누어주는" 행위다. "사람들이 자신의 목소리를 찾고 죄의식이나 부끄러움 없이 자신의 진실에 가까이 다가서도록 돕는 것"이 책의 목적이다.

『내 할머니의 손My Grandmother's Hands』에서 레스마 메나켐Resmaa Menakem은 트라우마가 우리의 마음에 영향을 미치는 이상으로 신체에도 어떻게 영향을 미치는지 설명한다.

센트럴리커버리출판사
2017년 페이퍼백
디자인 더 북 디자이너스

책 제목은, 소작인의 딸이어서 네 살부터 목화 따기를 했던 할머니의 손이 무척 두툼하다는 사실을 깨달은 소년 시절의 경험을 반영한 것이다. 메나켐은 책을 쓰기 전 심리치료사, 심리학자, 뇌과학자와 함께 연구했다. 그리고 자신의 지식을 활용하여 사람들이 그런 트라우마를 호명하기 위해 사용할 수 있는 간단한 방법을, 오래된 기술을 기반으로 새로운 기술을 만들어내고자 했다. 이런 방법은 누구나 쓸 수 있는 것으로, 메나켐은 "인종 분열은 이겨내야 할 장애물이 아니라 우리 몸 안에서 살아가는 상처이자 우리가 고칠 수 있는 상처"라고 본다.

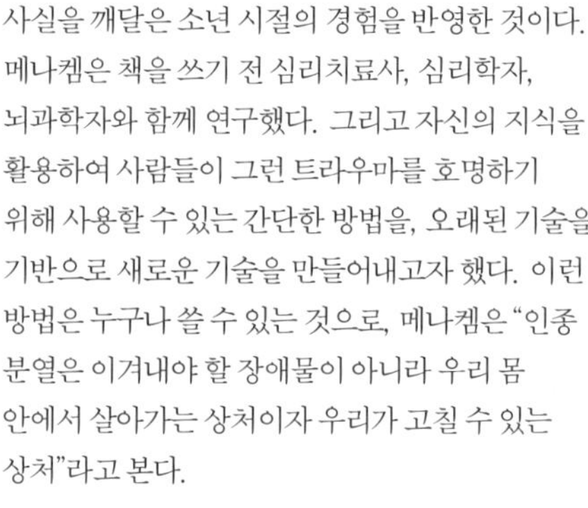

아리아나 데이비스Arianna Davis는 일찍부터 글쓰기에 대한 열정을 품은 다독가였고, '베이비시터클럽' 시리즈 같은 책을 읽으며 자랐다. 현재 『오프라 데일리』의 편집과 전략 부문 책임자인 그는 "라틴계로서 프리다 칼로의 존재를 알고는 있었지만, 고등학교에 가서야 평생의 매혹이 시작되었다"라고 말한다. 데이비스는 데뷔작『프리다는 무엇을 할까?What Would Frida Do?』가 독자들이 조금 더 대담하게 삶을 살도록 힘을 불어넣어주기를 바란다.

시카고 태생의 에이미 네주쿠마타틸Aimee Nezhukumatathil은 필리핀계 어머니와 인도 말라얄리계 아버지를 둔 시인으로 네 권의 시집을 냈다. 『경이로움의 세계World of Wonders』는 그녀의 첫 산문집인데, 삽화를 곁들인 이 책은 자연 속 생명체들이 우리의 일상에 어떻게 영감을 줄 수 있는지를 이야기한다. 예를 들어 뼈 없는 물속 도롱뇽 아홀로틀은 "어느 백인 소녀가 우리를 가리키며 우리의 갈색 피부에는 어떤 화장이 괜찮고 어떤 화장은 안 괜찮은지 말해주려고 하는" 어이없는 상황에서조차 웃을 수 있는 법을 가르쳐준다.

시칠리아를 배경으로 사랑에 빠지고,
슬픔에 빠졌다가 헤어나온 경험담.

캐럴린 피니는 흑인과 백인이 환경과 맺는 관계부터
그 관계가 어떻게 왜 다른지 살핀다.

사랑받는 서점들

더 릿. 바

The Lit. Bar

미국 뉴욕시 브롱크스 / 인스타그램 @thelitbar

인사과 팀장으로 일했던 노엘레 산토스는 브롱크스에 하나밖에 없는 서점이 문을 닫게 되었다는 사실을 알게 되자 행동에 나섰다. 서점을 구하려는 청원은 실패로 돌아갔으나 산토스는 단념하지 않았다. 브롱크스에서 나고 자란 산토스는 서점과 와인바를 열고픈 꿈을 성취하고자 했다. '서점과 놀기'라는 명제 아래 산토스의 꿈은 2019년 4월 27일 독립서점의날, 더 릿. 바가 문을 열면서 결실을 보았다. 이곳은 호기심 많은 독자를 이끌며, 문학 모임과 지역 주민 모임을 환영한다. 그리고 와인바는 음료를 홀짝이며 수다를 떠는 즐거움과 자기만의 책 읽기가 이어지도록 해준다. 서점으로 들어가면 손님들은 천장에는 크리스털 샹들리에가 매달려 있고 벽에는 흑인 소녀가 책을 읽고 있는 벽화가 그려진 멋진 모습을 마주하게 된다. 더 릿. 바는 그 지역에 있는 유일한 독립 서점으로, 150만 거주민들의 보금자리다.

감사의 말

2020년에 힘을 주는 이야기로 가득한 책을 만드는 일이라니, 이 확실한 목표가 어둡고 음울한 시기에 일종의 기폭제가 되어주었다. 여러 시간대를 넘나들며 협업을 하니 전염병 유행으로 인한 고립이 치유되었고 큰 기쁨을 누렸다. 이 책은 여러 멋진 사람들이 시간과 애정을 쏟지 않았다면 존재할 수 없었을 것이다. 모두 더없이 고맙다. 에이전트 케이트 우드로에게 큰 감사를 전한다. 뛰어난 두 명의 편집자 디나 레이예스와 사하라 클레멘트도 엄청나게 고맙다. 두 사람과 매주 만나서 정말 기뻤다(심지어 우리가 정신없이 바쁜 마감일을 살짝 넘겼는데도!). 디자이너 크리스틴 휴잇과 제작 매니저 에린 새커도 가장 아름다운 방식으로 책이 탄생하게끔 해주었다. 대단히 고맙다. 우리의 생각을 공유하고 책이 완성되도록 해준 크리스티나 어미니에게도 감사를 전한다. 책이 제대로 나오도록 도와준 교열담당 섀스타 클린치와 교정자 마리 오이시, 아리엘라 루디 잘츠먼에게도 감사를 전한다.

자미스 제인 마운트가 없었다면 결코 이런 과감한 도전을 해내지 못했을 것이다. 이번 여정에 나를 초대해준 제인은 나의 은인이다. 인생을 통틀어 가장 대단하고 가장 힘들지만 즐거운 시간이었다. 코로나가 대유행하는 와중에 글을 쓰는 동안, 가장 흥미로운 일정은 매주 열린 제인과의 화상 회의였다. 덕분에 하루를 버텨야 한다고, 혹은 자료를 조사하다 어쩔 줄 몰라도 버텨야 한다고 스스로 독려했다. 방향을 잡아주고 조언을 해준 타야리 존스와 린다 클로드 오벤 씨에게 감사한다. 내 삶의 정신적 지주들이 없었다면 이 일을 해낼 수 없었을 것이다. 알렉시스 하퍼, 앨빈 하퍼 주니어, 도러시 본, 자마이코 사프, 매세이디스 사프, 워런 사프 2세, 모두 내게 무한한 사랑과 지지와 웃음을 주었다. 고맙다. 끊임없이 내게 사랑으로 기운을 끌어올려주고 내가 글을 쓰다 식사를 잊었을 때 밥을 챙겨준 제임스 브라이슨에게도 감사를 전한다. 마지막으로, 퇴역 원사인 나의 아버지 제임스 R. 본 주니어가 안겨준 다정한 기억에 이 책을 바친다. 아버지는 인생이란 한 바퀴만 돌 수 있다고, 가치 있게 만들어야 한다고 늘 상기시켜주셨다.

나의 아버지!

제인 나와 함께 이 책 모험을 함께한 자미스에게 깊은 감사를 전한다(특히 우리는 전에 거의 모르는 사이였는데도!). 할 일이 너무나 많고 마감 기한은 말도 안 되는 수준이었지만 자미스는 작업에 완벽하게 뛰어들었고, 작업의 모든 단계를 훨씬 더 훌륭하고 재미있게 만들어주었다. 심지어 우리가 완전히 지쳐 나가떨어졌을 때에도 그랬다. 자료 조사를 도와주고 언제나 기운찬 말을 건네고 기분전환을 시켜준 나의 엄마 샤론 마운트에게도 감사의 마음을 전한다. 리 프레이, 채즈 에들라오, 매디슨, 샤메인, 케플러, 피닉스 에르하르트 마운트도 늘 곁에 있어주어 정말 고맙다. 필요할 때면 지친 내 얼굴을 털에 비비게 해준 고양이들 라다, 벤츠, 오펠에게도 고맙다. 작업을 그냥 쭉 하라고 권하고, 모든 것을 가치 있게 만들어준 내 사람 다르코 카라스에게 특별히 감사를 전한다.

옮긴이의 말

『우리가 사랑한 세상의 모든 책들』 두번째 책이 도착했다. 이번에는 다양성을 다룬 책들을 소개한다. 첫번째 책과 마찬가지로 근사한 그림과 좋은 글들이 담겨 있는데, 기쁜 마음과 더불어 아직 한국에 소개되지 않은 훌륭한 책 정보가 많아서 공부하는 마음으로 작업하게 되었다. 이 책에서 소개하는 다양성 책이란, 백인이 아니라는 이유로 그간 서구 사회의 변방에 자리했던 흑인과 원주민, 유색인이 주인공인 책들을 말한다. 그래서 한국에서도 유명한 토니 모리슨 같은 작가 말고도, 앤 페트리를 비롯하여 할렘르네상스를 이끈 여러 작가가 언급되어 있다. 페미니즘 서적 중에서도 흑인과 유색인 여성을 중심으로 삼은 책들이 목록을 차지한다. 최근 한국에도 소설 한 권이 번역 출간된 1986년생 퀴어 작가 카먼 마리아 마차도의 책도 여러 권 소개되어 있는데, 그의 다른 책도 얼른 더 읽어보고 싶다는 생각이 들었다.

작가의 작업 공간을 소개하는 페이지는, 현재 활동하는 작가들이 직접 자신의 공간을 설명하고 있어 친밀하게 다가온다. 부엌이나 소파에서 글을 쓰며 살아왔는데 처음으로 나만의 작업 공간이 생기자 너무 사치스러운 기분이 들어서 오히려 글쓰기가 힘들었다는 니콜 정의 고백을 읽을 때는 절로 고개가 끄덕여졌고, 침대에 누워 글을 쓰면 여러모로 좋지 않다는 사실을 잘 알지만 그래도 침대의 편안함과 포근함이 너무 좋다는 재스민 길로리의 이야기를 읽을 때는 웃음이 났다. 한편 근사한 책 표지를 디자인한 여러 디자이너 가운데, 서울에서 활동하며 독특하고 인상적인 패턴을 선보이는 나 김(김영나) 디자이너가 자주 언급되어 반가운 마음이 들었다. 한국 독자들이 익숙할 책도 여러 권 나온다. 최근 애플TV에서 드라마로 제작하여 화제를 모은 이민진 작가의 『파친코』도 이 책에 자주 등장한다. 작년에 많은 인기를 얻은 캐시 박 홍의 『마이너 필링스』도 미묘한 차별을 섬세하게 다룬 책으로 언급하고 있다. 미셸 자우너, 한강의 작품도 책더미의 한 자리를 차지한다. 이 같은 다양성을 향한 관심은 그동안 사회적 의식을 개선하기 위한 운동이 꾸준히 진행되어온 덕분이기도 하고, 비백인들의 목소리를 더이상 무시할 수 없게 된 사회적 변화 때문이기도 할 것이다. 이제는 디즈니 같은 거대 회사에서도 백인 남성이 아닌 주인공을 내세운 작품을 꾸준히 내놓고 있다. 이에 대한 반발도 만만치 않지만, 거스를 수 없는 큰 물결이 된 것은 분명하다.

이런 세계적 흐름 속에서 한국 문화 또한 인기와 관심을 받는 것일 텐데, 정작 한국 사회에서 다양성을 어떻게 받아들이고 있는지 생각하면 조금 답답한 부분이 있다. 우리 사회 내부의 인종차별도 절대 심하지 않다고 부인할 수는 없는 수준이고, 앞으로 해외 문화와의 교류가 더 자주 일어날수록 마찰이 빚어질 텐데 이런 문제에 대해 과연 인지하고 성찰할 준비가 되어 있을까. 다양성이란 결국 '타자'에게 더 많은 관심을 가지고 평등하게 관계를 맺는다는 뜻일 것이다. 그렇지만 우리 사회가 주류와는 다른, 복잡한 정체성을 지닌 집단을 환대하는 곳인지는 잘 모르겠다. 예전부터 효율적이고 편리하게, 빠르게 움직이는 것을 선호한 사회답게 이런 민첩한 움직임에서 이탈하는 집단은 '민폐'를 끼친다는 이유로 배려받지 못하는 상황이 잦은 것 같다. 예전보다는 훨씬 나아진 것이고 앞으로도 더 나아지리라 생각하면서도, 다채로운 색깔과 주제로 가득한 이 책을 읽으면 다양한 주체들이 차별받지 않고 제 목소리를 내는 시대가 더 빨리 다가오기를 바라게 된다.

그림 속 도서 목록

2쪽

「다섯 번째 계절」 | N. K. 제미신
「진저브레드Gingerbread」 | 헬렌 오이예미
「왕관을 쓴 나를 봐」 | 레아 존슨
「작은 것들의 신」 | 아룬다티 로이
「파친코」 | 이민진
「야생의 제국」 | 셰리 디멀라인
「아메리카나」 | 치마만다 응고지 아디치에
「좋은 대화」 | 미라 제이컵
「영혼의 집」 | 이사벨 아옌데
「상어와 구원자의 시대」 | 카와이 스트롱 워시번
「엿보는 자들의 밤」 | 빅터 라발
「오랜 이동The Old Drift」 | 남왈리 세르펠
「잘 어울리는 소년A Suitable Boy」 | 비크람 세스
「우리가 거둬들인 남자들Men we reaped」 | 제스민 워드
「밤불의 딸들」 | 야 지야시
「거리」 | 앤 페트리
「단지 흑인이라서, 다른 이유는 없다」 | 제임스 볼드윈
「뼈」 | 이르사 데일리워드
「미국의 아들」 | 리처드 라이트
「맬컴X」 | 맬컴X, 알렉스 헤일리
「월터가 나에게 가르쳐준 것」 | 브라이언 스티븐슨
「설탕」 | 버니스 L. 맥패든
「한밤의 노크A knock at midnight」 | 브리트니 K. 바넷
「시민Citizen」 | 클로디아 랭킨
「다른 태양들의 온기」 | 이저벨 윌커슨
「새장에 갇힌 새가 왜 노래하는지 나는 아네」 | 마야 안젤루

11쪽

「단지 흑인이라서, 다른 이유는 없다」 | 제임스 볼드윈
「월터가 나에게 가르쳐 준 것」 | 브라이언 스티븐슨
「컬러 퍼플」 | 앨리스 워커
「인테리어 차이나타운」 | 찰스 유
「장애 가시화」 | 앨리스 웡(편집)
「이것이 나의 미국This Is My America」 | 킴 존슨
「나를 보내지 마」 | 가즈오 이시구로
「트릭 미러」 | 지아 톨렌티노
「야생의 제국」 | 셰리 디멀라인
「시스터 아웃사이더」 | 오드리 로드
「아메리카나」 | 치마만다 응고지 아디치에
「보이지 않는 인간」 | 랠프 엘리슨
「미국식 결혼」 | 타야리 존스
「시민」 | 클로디아 랭킨
「우리의 삶을 위해 투쟁하는 방법」 | 사이드 존스
「그들이 우리를 위해 온다면If They Come for Us」 | 파티마 아스가
「마이너 필링스」 | 캐시 박 홍
「시인 X」 | 엘리자베스 아체베도
「한계 없는 나라」 | 피트리샤 엥글
「새장에 갇힌 새가 왜 노래하는지 나는 아네」 | 마야 안젤루
「백년의 고독」 | 가브리엘 가르시아 마르케스
「행진하라」 | 존 루이스, 앤드류 아이딘, 네이트 포웰
「조이럭 클럽」 | 에이미 탄
「꿈의 집에서」 | 카먼 마리아 마차도
「나는 완벽한 멕시코 딸이 아니야」 | 에리카 산체스
「영혼의 집」 | 이사벨 아옌데
「당신이 남긴 증오」 | 앤지 토머스
「세상과 나 사이Between the World and Me」 | 타네히시 코츠
「미국의 일출」 | 조이 하조
「의식」 | 레슬리 마몬 실코
「묻히지 못한 자들의 노래」 | 제스민 워드
「하얀 이빨」 | 제이디 스미스
「망고 스트리트」 | 샌드라 시스네로스
「연을 쫓는 아이」 | 할레드 호세이니
「파친코」 | 이민진
「좋은 대화」 | 미라 제이컵
「킨」 | 옥타비아 버틀러
「사라진 반쪽」 | 브릿 베넷
「그들의 눈은 신을 보고 있었다」 | 조라 닐 허스턴
「다섯 번째 계절」 | N. K. 제미신
「무거운Heavy: An American Memoir」 | 키스 레이먼
「모든 소년이 파랗지는 않다」 | 조지 M. 존슨
「롱 웨이 다운」 | 제이슨 레이놀즈(글), 대니카 노프고로도프(그림)
「제비뽑기」 | 브라이언 워싱턴
「처음부터 낙인찍힌 사람들Stamped from the Beginning」 | 아이브럼 X. 켄디
「왕관을 쓴 나를 봐」 | 레아 존슨
「페르세폴리스」 | 마르잔 사트라피
「빌러비드」 | 토니 모리슨
「비커밍」 | 미셸 오바마

『태엽 감는 새』 | 무라카미 하루키
『랭스턴 휴스 시선집Selected Poems』 | 랭스턴 휴스
『밤불의 딸들』 | 야 지야시
『작은 것들의 신』 | 아룬다티 로이
『향모를 땋으며』 | 로빈 월 키머러
『지상에서 우리는 잠시 매혹적이다』 | 오션 브엉
『비정한 세상에 맞서』 | 수전 아불하와
『데어 데어』 | 토미 오렌지
『나를 축복해줘, 울티마Bless me, Ultima』 | 루돌포 아나야
『니클의 소년들』 | 콜슨 화이트헤드
『펠릭스 이야기』 | 케이센 캘린더
『디어 마틴』 | 닉 스톤
『상어와 구원자의 시대』 | 카와이 스트롱 워시번
『교회 여성들의 비밀스러운 삶』 | 디샤 필료
『사브리나와 코리나』 | 칼리 파하르도안스틴
『결혼 날짜』 | 재스민 길로리
『영원한 이방인』 | 이창래
『다른 태양들의 온기』 | 이저벨 윌커슨
『라운드 하우스』 | 루이스 어드리크
『미국의 아들』 | 리처드 라이트

12쪽

『컬러 퍼플』 | 앨리스 워커
『의식』 | 레슬리 마몬 실코
『마르세유의 사랑』 | 클로드 매케이
『애니 존Annie John』 | 저메이카 킨케이드
『피의 겨울Winter in the Blood』 | 제임스 웰치
『새장에 갇힌 새가 왜 노래하는지 나는 아네』 | 마야 안젤루
『그들의 눈은 신을 보고 있었다』 | 조라 닐 허스턴
『빌러비드』 | 토니 모리슨
『킨』 | 옥타비아 버틀러
『흑인의 영혼The Souls of Black Folk』 | W. E. B. 듀보이스
『나를 축복해줘, 울티마』 | 루돌포 아나야
『비스와스 씨를 위한 집』 | V. S. 나이폴
『케인Cane』 | 진 투머
『거리』 | 앤 페트리
『연금술사』 | 파울로 코엘료
『맬컴X』 | 맬컴X, 알렉스 헤일리
『모든 것이 산산이 부서지다』 | 치누아 아체베
『망고 스트리트』 | 샌드라 시스네로스
『태양 속의 건포도』 | 로레인 한스베리
『픽션들』 | 호르헤 루이스 보르헤스
『예언자』 | 칼릴 지브란
『브루스터플레이스의 여자들』 | 글로리아 네일러
『빼드로 빠라모』 | 후안 룰포
『패싱』 | 넬라 라슨
『노예의 굴레를 벗고』 | 부커 T. 와싱턴
『미국의 아들』 | 리처드 라이트
『몬테크리스토 백작』 | 알렉상드르 뒤마
『아르테미오 크루스의 죽음The Death of Artemio Cruz』 | 카를로스 푸엔테스
『몬테크리스토 백작』 | 알렉상드르 뒤마
『노노 보이No-No Boy』 | 존 오카다
『산에 올라 말하라』 | 제임스 볼드윈
『보이지 않는 인간』 | 랠프 엘리슨

17쪽

『적절한 균형』 | 로힌턴 미스트리
『결혼식The Wedding』 | 도러시 웨스트
『영원한 이방인』 | 이창래
『나비들의 시간』 | 훌리아 알바레스
『나를 보내지 마』 | 가즈오 이시구로
『조이럭 클럽』 | 에이미 탄
『태엽 감는 새』 | 무라카미 하루키
『마음껏 숨 쉴 때를 기다리며Waiting to Exhale』 | 테리 맥밀런
『양귀비의 바다Sea of Poppies』 | 아미타브 고시
『작은 것들의 신』 | 아룬다티 로이
『하얀 이빨』 | 제이디 스미스
『황금시대A Golden Age』 | 타흐미마 아남
『보데가 드림』 | 에르네스토 키뇨네스
『가장 추운 겨울The Coldest Winter Ever』 | 시스터 술자
『알려진 세계The Known World』 | 에드워드 P. 존스
『우리가 한때 속했던 곳Where We Once Belonged』 | 시아 피기엘
『야만스러운 탐정들』 | 로베르토 볼라뇨
『화이트 타이거』 | 아라빈드 아디가
『상실의 상속』 | 키란 데사이
『연을 쫓는 아이』 | 할레드 호세이니
『설화와 비밀의 부채』 | 리사 시
『굶주린 길』 | 벤 오크리
『쿠바에서 꿈꾸기Dreaming in Cuban』 | 크리스티나 가르시아
『눈물의 아이들』 | 에이브러햄 버기즈
『설탕』 | 버니스 L. 맥패든

22쪽

「비베크 오지의 죽음The Death of Vivek Oji」 | 아콰에케 에메지

「포피쇼Popisho」 | 레오네 로스

「기념」 | 브라이언 워싱턴

「배반」 | 폴 비티

「데어 데어」 | 토미 오렌지

「아메리카나」 | 치마만다 응고지 아디치에

「내가 너를 구할 수 있을까」 | 루스 오제키

「빨간 약Red Pill」 | 하리 쿤즈루

「지상에서 우리는 잠시 매혹적이다」 | 오션 브엉

「인테리어 차이나타운」 | 찰스 유

「소녀는 물이 고인 공간A Girl is a Body of Water」 | 제니퍼 난수부가 마쿰비

「인디언 호스Indian Horse」 | 리처드 와가미즈

「진저브레드」 | 헬렌 오이예미

「이름 없는 미국인들의 이야기The Book of Unknown Americans」 | 크리스티나 엔리케스

「조국에 대한 비가Homeland Elegies」 | 아야드 악타르

「소녀, 여자, 다른 사람들」 | 버나딘 에바리스토

「악을 말하지 말라Speak No Evil」 | 우조딘마 아이웰라

「내 곁에 있어」 | 아요바미 아데바요

「미러클 크리크」 | 앤지 김

「꿀벌의 속삭임」 | 소피아 세고비아

「채식주의자」 | 한강

「다섯 꼬마 원주민Five Little Indians」 | 미셸 굿

「신뢰 연습」 | 수전 최

「밤의 호랑이」 | 양쯔 추

「퀴니」 | 캔디스 카티윌리엄스

「라운드 하우스」 | 루이스 어드리크

「괜찮을 뻔했는데This Close to Okay」 | 리사 크로스스미스

「클라라와 태양」 | 가즈오 이시구로

「단절」 | 링 마

「동조자」 | 비엣 타인 응우옌

「우리는 하키 스틱을 탄다[We Ride Upon Sticks]」 | 콴 배리

「사랑 후의 사랑」 | 잉그리드 페르사우드

24쪽

「재즈」 | 토니 모리슨

「어머니의 정원을 찾아서」 | 앨리스 워커

「제멋대로 인생, 아름다운 실험Wayward Lives, Beautiful Experiments」 | 사이디야 하트먼

「그들의 눈은 신을 보고 있었다」 | 조라 닐 허스턴

「다른 곳에서 커피 마시기Drinking Coffee Elsewhere」 | ZZ 패커

「노란 집The Yellow House」 | 세라 M. 브룸

「위험하게 창조하라Create Dangerously」, 에드위지 당티카

25쪽

「좋은 대화」 | 미라 제이컵

「이름 뒤에 숨은 사랑」 | 줌파 라히리

「꿈의 집에서」 | 카먼 마리아 마차도

「신은 너무 멀리 있고」 | 아나 카스티요

「블러드 차일드」 | 옥타비아 버틀러

「가수들」 | 카롤리나 데 로베르티스

「온 뷰티」 | 제이디 스미스

「집이라는 꿈A Dream Called Home」 | 레이나 그란데

「또다른 브루클린Another Brooklyn」 | 재클린 우드슨

「무거운」 | 키스 레이먼

27쪽

「아이 엠 아두니」 | 아비 다레

「안에 있는 모든 것」 | 에드위지 당티카

「도미니카나」 | 앤지 크루즈

「정말 재미있는 시대」 | 카일리 리드

「이 유령들은 가족These Ghosts Are Family」 | 메이지 카드

「죽은 사람The Removed」 | 브랜던 홉슨

「미국식 결혼」 | 타야리 존스

「헤나 아티스트The Henna Artist」 | 알카 조시

「그의 유일한 아내His Only Wife」 | 피스 아조 메디

「너는 너무 벅찬 존재You Exist Too Much」 | 자이나 아라파트

「내 것과 당신의 것」 | 나이마 코스터

「블랙 벅」 | 마테오 아스카리푸르

「청혼The Proposal」 | 재스민 길로리

「어메이징 브루클린」 | 제임스 맥브라이드

「여자는 남자가 아니다」 | 에타프 럼

「사라진 반쪽」 | 브릿 베넷

「콜카타의 세 사람」 | 메가 마줌다르

「꿈꾸는 자들을 보라Behold the Dreamers」 | 임볼로 음부에

「라고스에 오신 것을 환영합니다Welcome to Lagos」 | 키분두 오누조

「미국 스파이American Spy」 | 로런 윌킨슨

「하바나에서의 이듬해Next Year in Havana」 | 샤넬 클리턴

「작은 불씨는 어디에나」 | 실레스트 잉

「미나 리의 마지막 이야기」 | 낸시 주연 김

「우유 피 열기Milk Blood Heat」 | 단티엘 W. 모니즈

「정숙한 과부들을 위한 발칙한 야설 클럽」 | 발리 카우르 자스월

「갈망하는 사람Luster」 | 레이븐 레일라니

『작은 신들』 | 멩진
『팻시』 | 니콜 데니스벤
『한계 없는 나라』 | 퍼트리샤 엥글

30쪽

『종자 관리인』 | 다이앤 윌슨
『예의 바른 인도 여성』 | 사움야 데이브
『오랜 이동』 | 남왈리 세르펠
『이름 뒤에 숨은 사랑』 | 줌파 라히리
『보이, 스노, 버드』 | 헬렌 오이예미
『서쪽 방앗간에서』 | 드숀 찰스 윈즐로
『네가 집에 간다는 것을 모두가 알아』 | 나탈리아 실베스터
『우리를 위한 곳A Place for Us』 | 파티마 파힌 미르자
『루비 킹 구하기』 | 캐서린 아델 웨스트
『영혼의 집』 | 이사벨 아옌데
『소금집들Salt Houses』 | 할라 알리안
『당신이 나를 떠난다면If You Leave Me』 | 크리스털 하나 김
『백년의 고독』 | 가브리엘 가르시아 마르케스
『덜 익은 마음』 | 재클린 우드슨
『상어와 구원자의 시대』 | 카와이 스트롱 워시번
『휴식The Break』 | 캐서리나 버메트
『몽유병자의 춤 안내서』 | 미라 제이컵
『홈 파이어』 | 카밀라 샴지
『대륙의 딸』 | 장융
『산이 노래한다』 | 응우옌 판 케 마이
『뿌리』 | 알렉스 헤일리
『상어 대화Shark Dialogues』 | 키아나 데이븐포트
『사라진 성자들의 책The Book of Lost Saints』 | 대니얼 호세 올더
『파친코』 | 이민진
『세설』 | 다니자키 준이치로
『미국은 심장이 아니다』 | 일레인 카스티요
『달콤 쌉싸름한 초콜릿』 | 라우라 에스키벨
『팔콘 가족이 겪은 일들』 | 멜리사 리베로
『잘 어울리는 소년』 | 비크람 세스

32쪽

『사라진 반쪽』 | 브릿 베넷
『그레이스는 놀라워!』 | 메리 호프만(글), 캐롤라인 빈치(그림)
『히잡을 처음 쓰는 날』 | 이브티하즈 무하마드, S. K. 알리(글), 하템 알리(그림)
『월터가 나에게 가르쳐 준 것』 | 브라이언 스티븐슨
『탈룰라 이빨 요정 회장Tallulah the Tooth Fairy CEO』 | 타마라 피졸리(글), 페데리코 파비아니(그림)
『난 아직 여기 있어요』 | 오스틴 채닝 브라운
『난 충분해I Am Enough』 | 그레이스 바이어스(글), 케투라 A. 보보(그림)
『우리는 패배하지 않아』 | 콰미 알렉산더(글), 카디르 넬슨(그림)
『착륙하면 손뼉을 쳐』 | 엘리자베스 아체베도
『아빠는 너희를 응원한단다』 | 버락 H. 오바마(글), 로렌 롱(그림)
『인종 토크』 | 이제오마 올루오
『크라운—내가 최고가 되는 순간』 | 데릭 반스(글), 고든 C. 제임스(그림)

37쪽

『비정한 세상에 맞서Against the Loveless World』 | 수전 아불하와
『설탕의 맛The Taste of Sugar』 | 마리셀 베라
『바다의 긴 꽃잎』 | 이사벨 아옌데
『언더그라운드 레일로드』 | 콜슨 화이트헤드
『기념일Jubilee』 | 마거릿 워커
『워싱턴 블랙』 | 에시 에디잔
『영광의 나라Gloryland』 | 셸턴 존슨
『그림자 왕The Shadow King』 | 마자 멩기스테
『예언자들The Prophets』 | 로버트 존스, Jr.
『가장 친절한 거짓말The Kindest Lie』 | 낸시 존슨
『운명The Fortunes』 | 피터 호 데이비스
『야간 경비원The Night Watchman』 | 루이스 어드리크
『남아 있는 나날』 | 가즈오 이시구로
『자유』 | 케이틀린 그리니지
『이 언덕들에는 금이 얼마나 있는지How Much of These Hills Is Gold』 | 시 팸 장
『그 여자는 왕이 될 거야She Would Be King』 | 와예투 무어
『은총Grace』 | 나타샤 데온
『밤불의 딸들』 | 야 지야시
『할런의 책』 | 버니스 L. 맥패든
『리비저너스The Revisioners』 | 마거릿 윌커슨 섹스턴
『니그로의 책The Book of Negroes』 | 로런스 힐
『소녀Wench』 | 돌런 퍼킨스밸디즈
『태양은 노랗게 타오른다』 | 치마만다 응고지 아디치에
『해녀들의 섬』 | 리사 시
『마법을 부리는 여자들Conjure Women』 | 아피아 아타코라
『한밤의 아이들』 | 살만 루슈디
『밤 여인들의 책The Book of Night Women』 | 말런 제임스
『무어인 이야기The Moor's Account』 | 라일라 랄라미

40쪽

『당신 인생의 이야기』 | 테드 창

『시큰둥한 마음Sour Heart』 | 제니 장

『다른 곳에서 커피 마시기』 | ZZ 패커

『내게 두 날개가 있다면』 | 랜들 케넌

『큰 숫자의 나라Land of Big Numbers』 | 테핑 첸

『우리가 불 속에서 잃어버린 것들』 | 마리아나 엔리케스

『그녀의 몸과 타인들의 파티』 | 카먼 마리아 마차도

『프라이데이 블랙』 | 나나 크와메 아제 브레냐

『애니 마탁 외Annie Muktuk and Other Stories』 | 노머 더닝

『사라진다는 사건This Accident of Being Lost: Songs and Stories』 | 린 베타사모세크 심프슨

『사브리나와 코리나』 | 칼리 파하르도안스틴

『'나이프'를 발음하는 방법How to Pronounce Knife: Stories』 | 수반캄 탐마봉사

『교회 여성들의 비밀스러운 삶』 | 디샤 필료

『매일의 사람들Everyday People』 | 제니퍼 베이커(편집)

『플랜틴 요리Frying Plantain』 | 잘리카 리드벤타

『난처한 흑인The Awkward Black Man』 | 월터 모슬리

『이곳은 천국』 | 크리스티아나 카하쿠윌라

『사랑 전쟁 이야기Love War Stories』 | 이벨리세 로드리게스

『자메이카 사람을 사랑하는 방법』 | 알렉시아 아서스

『제비뽑기』 | 브라이언 워싱턴

『축복받은 집』 | 줌파 라히리

『위석Bezoar』 | 과달루페 네텔

『시골에서In the Country』 | 미아 알바르

『내 사랑 고릴라Gorilla, My Love』 | 토니 케이드 밤버라

『유색인의 머리』 | 나피사 톰프슨스파이어스

『불사조가 먼저 불타오를 것이다A Phoenix First Must Burn』 | 파트리스 콜드웰(편집)

『민간 치료법Home Remedies』 | 슈안 줄리아나 왕

『세상은 네가 필요 없다The World Doesn't Require You』 | 리온 아밀카 스콧

『왕은 언제나 국민 위에 있다The King Is Always Above the People』 | 대니얼 알라르콘

『미안해요 고마워요Sorry Please Thank You』 | 찰스 유

『집은 몸이다A House Is a Body』 | 스루티 스와미

『역사 수정의 사무실The Office of Historical Corrections』 | 대니엘 에번스

47쪽

『트릭스터의 아들Son of a Trickster』 | 이든 로빈슨

『원 안의 갈색 피부 소녀Brown Girl in the Ring』 | 네일로 홉킨슨

『얼어붙은 눈의 달Moon of the Crusted Snow』 | 워브게시그 라이스

『아마리와 밤의 형제단』 | B. B. 올스턴(글), 고드윈 아크판(그림)

『달그렌Dhalgren』 | 새뮤얼 딜레이니

『신들의 먹이The Prey of Gods』 | 니키 드레이든

『원을 그리며 외치다』 | 젤리 클라크

『길 잃은 미로Labyrinth Lost』 | 조라이다 코르도바

『로비조나Lobizona』 | 로미나 가버

『기계성Machinehood』 | S. B. 디브야

『묘지 소년들Cemetery Boys』 | 에이든 토머스

『직관주의자』 | 콜슨 화이트헤드

『우리는 도시가 된다』 | N. K. 제미신

『누가 죽음을 두려워하는가』 | 은네디 오코라포르

『떠도는 별의 유령들』 | 리버스 솔로몬

『옥과 그림자의 신들Gods of Jade and Shadow』 | 실비아 모레노 가르시아

『에버페어Everfair』 | 니시 숄

『야생의 제국』 | 셰리 디멀라인

『시아 마르티네스와 달빛 속 모든 것의 시작Sia Martinez and the Moonlit Beginning of Everything』 | 라켈 바스케스 길리랜드

『아주 검은 칼날A Blade So Black』 | L. L. 매키니

『혁명의 아이들Riot Baby』 | 토치 오녜부치

『삼체』 | 류츠신

『레전드본Legendborn』 | 트레이시 데온

『미국 전쟁American War』 | 오마르 엘 아카드

『씨앗을 뿌리는 사람의 우화』 | 옥타비아 버틀러

『로즈워터Rosewater』 | 타데 톰슨

『숨』 | 테드 창

『일라초』 | 다시 리틀 배저

52쪽

『비취 도시Jade City』 | 폰다 리

『하늘의 검은 물결The Black Tides of Heaven』 | 니언 양

『양귀비 전쟁』 | R. F. 쿠앙

『왕에게 마법사를Sorcerer to the Crown』 | 젠 조

『꿀맛A Taste of Honey』 | 카이 아샨테 윌슨

『사라진 새들The Vanished Birds』 | 사이먼 히메네스

『달빛을 엮어Woven in Moonlight』 | 이사벨 이바녜스

『우리 각자는 사막』 | 마크 오시로

『우리는 어둠에 불을 지른다We Set the Dark on Fire』 | 테흘로 케이 메히야

『빈티』 | 은네디 오코라포르

『강인한 호랑이Fireheart Tiger』 | 알리에트 드 보다드

『다섯 번째 계절』 | N. K. 제미신

『뼈 마녀The Bone Witch』 | 린 추페코

『검은 태양Black Sun』 | 리베카 로언호스

『미인들The Belles』 | 도니엘 클레이턴

『검은 표범, 붉은 늑대Black Leopard, Red Wolf』 | 말런 제임스
『황제의 늑대들The Emperor's Wolves』 | 미셸 사가라
『피와 뼈의 아이들』 | 토미 아데예미
『스카이헌터Skyhunter』 | 마리 루
『응리의 딸들Daughters Of Nri』 | 레니 K. 아마요
『쪽빛의 구원Redemption in Indigo』 | 캐런 로드
『천 개의 랜턴이 있는 숲Forest of a Thousand Lanterns』 | 줄리 C. 도
『초승달의 왕좌Throne of the Crescent Moon』 | 살라딘 아메드
『제왕의 위엄』 | 켄 리우
『우리는 불꽃을 사냥한다We Hunt the Flame』 | 하프사 파이잘
『금빛 사람들The Gilded Ones』 | 나미나 포르나
『여우의 그림자Shadow of the Fox』 | 줄리 카가와
『소금과 행운의 황후The Empress of Salt and Fortune』 | 응이 보
『광선전달자』 | 조던 이푸에코
『유령과 폐허의 노래A Song of Wraiths and Ruin』 | 로잰 A. 브라운
『재의 불꽃』 | 사바 타히르

57쪽

『내 영혼을 위해My Soul to Keep』 | 타나리브 두에
『코요테 노래들Coyote Songs』 | 가비노 이글레시아스
『비소와 고기 요리Arsenic and Adobo』 | 미아 P. 마난살라
『작은 비밀들Little Secrets』 | 제니퍼 힐리어
『바그다드의 프랑켄슈타인』 | 아흐메드 사다위
『엿보는 자들의 밤』 | 빅터 라발
『사라진 미국인The Missing American』 | 퀘이 쿼티
『두려운 나라Dread Nation』 | 저스티나 아일랜드
『사라진 사람들The Lost Ones』 | 시나 카말
『엘크 머리를 한 여자』 | 스티븐 그레이엄 존스
『푸른 드레스를 입은 악마Devil in a Blue Dress』 | 월터 모슬리
『세상을 떠나』 | 루만 알람
『원주민 그림 달력Winter Counts』 | 데이비드 헤스카 완블리 웨이던
『직소 맨』 | 네이딘 매더슨
『멕시칸 고딕』 | 실비아 모레노 가르시아
『아무도 지켜보지 않을 때When No One Is Watching』 | 얼리사 콜
『어둠 속에서Taaqtumi: An Anthology of Arctic Horror Stories』 | 아비아크 존스턴 외
『블루버드, 블루버드』 | 애티카 로크
『덤플링 살인 사건Death by Dumpling』 | 비비언 젠
『그리고 그 여자는 갔어And Now She's Gone』 | 레이철 호젤 홀
『닌자 딸The Ninja Daughter』 | 토리 엘드리지
『40에이커Forty Acres』 | 드웨인 알렉산더 스미스
『할리우드 살인Hollywood Homicide』 | 켈리 개릿

『IQ—탐정 아이제아 퀸타베의 사건노트』 | 조 이데
『신성한 게임Sacred Games』 | 비크람 찬드라
『언니, 내가 남자를 죽였어』 | 오인칸 브레이스웨이트
『치명적인 아이스크림A Deadly Inside Scoop』 | 애비 콜레트
『너의 집이 대가를 치를 것이다』 | 스테프 차

60쪽

『네가 결혼할 여자가 아니야Not the Girl You Marry』 | 앤디 J. 크리스토퍼
『기쁨을 찾아서Finding Joy』 | 아드리아나 헤레라
『그 후로 영원히 행복한 선곡표The Happy Ever After Playlist』 | 애비 지메네스
『뜨개질하는 남자Real Men Knit』 | 콰나 잭슨
『태양도 별이다The Sun Is Also a Star』 | 니컬라 윤
『공을 놓치고Fumbled』 | 알렉사 마틴
『설득을 위한 요리법Recipe for Persuasion』 | 소날리 데브
『키스의 지수』 | 헬렌 호앙
『숨겨진 죄Hidden Sins』 | 설리나 몽고메리
『크레이지 리치 아시안』 | 케빈 콴
『별들과 그 사이의 암흑The Stars and the Blackness Between Them』 | 주나우다 페트루스
『연인의 일The Business of Lovers』 | 에릭 제롬 디키
『최악이자 최고의 남자The Worst Best Man』 | 미아 소사
『지난밤 텔레그래프 클럽에서Last Night at the Telegraph Club』 | 멀린다 로
『남자친구 프로젝트The Boyfriend Project』 | 패러 로촌
『원칙적으로는 공주A Princess in Theory』 | 얼리사 콜
『최고의 휴일Royal Holiday』 | 재스민 길로리
『당신이 마음에 들지 않았는데The Trouble with Hating You』 | 사즈니 파텔
『내가 사랑했던 모든 남자들에게』 | 제니 한
『사랑에 관해 이야기하자Let's Talk About Love』 | 클레어 칸
『우리는 함께 영화를 촬영했어You Had Me at Hola』 | 알렉시스 다리아
『그 밧줄을 묶어』 | 제인 이가로
『딤플이 리시를 만났을 때When Dimple Met Rishi』 | 산디야 메논
『수락하길 잘했어The Right Swipe』 | 앨리샤 레이
『애나Anna K: A Love Story』 | 제니 리
『인생을 즐겨, 클로이 브라운』 | 탈리아 히버트
『인디고Indigo』 | 베벌리 젠킨스
『결혼 게임The Marriage Game』 | 세라 데사이

67쪽

『우리는 항상 여기에 있었다We Have Always Been Here』 |

삼라 하비브

「두 사람 다 죽는다」 | 애덤 실베라

「아버지 없는 여자들이여 영원하길Long Live the Tribe of Fatherless Girls」 | T. 키라 매든

「우달라 나무 아래」 | 치넬로 오크파란타

「진짜 인생」 | 브랜던 테일러

「최고가 되자The Best at It」 | 마울리크 판촐리

「우리, 동물We the Animals」 | 저스틴 토레스

「우리 아들 공주님My Princess Boy」 | 셰릴 킬로다비스(글), 수잰 드시몬(그림)

「허니 걸」 | 모건 로저스

「꿈의 집에서」 | 카먼 마리아 마차도

「조반니의 방」 | 제임스 볼드윈

「우리의 삶을 위해 투쟁하는 방법」 | 사이드 존스

「여기 해가 뜬다Here Comes the Sun」 | 니콜 데니스벤

「펫Pet」 | 아콰에케 에메지

「다시 보는 현실Redefining Realness」 | 재닛 모크

「펠릭스 이야기」 | 케이센 캘린더

「네가 지나는 집The House You Pass on the Way」 | 재클린 우드슨

「아리스토텔레스와 단테, 우주의 비밀을 발견하다」 | 벤하민 알리레 사엔스

「검은 플라밍고」 | 딘 아타

「새하얀Fairest: A Memoir」 | 메러디스 탈루산

「헤나 전쟁The Henna Wars」 | 아디바 자이기르다르

「자미, 내 이름의 새로운 철자」 | 오드리 로드

「가수들Cantoras」 | 카롤리나 데 로베르티스

「플레이머」 | 마이크 큐라토

「이별과 이별하는 법」 | 마리코 타마키(글), 로즈메리 발레로오코넬(그림)

「모든 소년이 파랗지는 않다」 | 조지 M. 존슨

「경계지대들/경계선에서」 | 글로리아 E. 안살두아

「왕자와 드레스메이커」 | 젠 왕

70쪽

「디어 마틴」 | 닉 스톤

「줄리엣이 숨을 돌린다Juliet Takes a Breath」 | 개비 리베라

「아무것도 아닌 존재의 수호성인」 | 랜디 리베이

「높이 타오르는 불과 함께With the Fire on High」 | 엘리자베스 아체베도

「슬레이Slay」 | 브리트니 모리스

「호박 도둑들」 | 셰리 디멀라인

「모두가 보고 있다」 | 캔디스 일로

「나는 알폰소 존스I Am Alfonso Jones」 | 토니 메디나(글), 스테이시 로빈슨(그림), 존 제닝스(그림)

「흑인 아이들」 | 크리스티나 해먼즈 리드

「하늘 향해 주먹을Punching the Air」 | 이비 조보이, 유세프 살람

「노른자Yolk」 | 메리 H. K. 최

「무한을 향해, 흑인 소녀Black Girl Unlimited」 | 에코 브라운

「왕관을 쓴 나를 봐」 | 레아 존슨

「사랑에 솔직하게Frankly in Love」 | 데이비드 윤

「불 관리인의 딸」 | 앤절린 볼리

「부서지지 않은 마음Hearts Unbroken」 | 신시아 레이티치 스미스

「분노」 | 야밀레 사이에드 멘데스

「롱 웨이 다운」 | 제이슨 레이놀즈(글), 대니카 노프고로도프(그림)

「성장」 | 티퍼니 D. 잭슨

「당신이 남긴 증오」 | 앤지 토머스

「우리는 자유롭지 않다We Are Not Free」 | 트레이시 치

「이것이 나의 미국」 | 킴 존슨

「다리우스 대왕은 괜찮지 않다」 | 아딥 코람

「영과 십자가Noughts & Crosses」 | 맬로리 블랙맨

「클로린 스카이」 | 마호가니 L. 브라운

「억류Internment」 | 사미라 아메드

「아래층 여자The Downstairs Girl」 | 스테이시 리

「바다의 광대함A Very Large Expanse of Sea」 | 타헤레흐 마피

「사과Apple: Skin to the Core」 | 에릭 갠스워스

「A에서 Z까지의 사랑」 | S. K. 알리

72쪽

「파커가 고개를 들어 그림을 보았다Parker Looks Up: An Extraordinary Moment」 | 파커 커리, 제시카 커리(글), 브리트니 잭슨(그림)

「자유의 수프Freedom Soup」 | 타미 찰스(글), 재클린 알칸타라(그림)

「크라운」 | 데릭 반스(글), 고든 C. 제임스(그림)

「해리엇 터브먼이 되기 전Before She Was Harriet」 | 리사 클라인 랜섬(글), 제임스 E. 랜섬(그림)

「아빠는 너희를 응원한단다」 | 버락 H. 오바마(글), 로렌 롱(그림)

「안녕, 흑인 꼬마Hey Black Child」 | 우세니 유진 퍼킨스(글), 브라이언 콜리어(그림)

「아이들이여 행진하라Let the Children March」 | 모니카 클라크 로빈슨(글), 프랭크 모리슨(그림)

「마틴 루서 킹의 꿈Be a King: Dr. Martin Luther King Jr.'s Dream and You」 | 캐럴 보스턴 웨더퍼드(글), 제임스 E. 랜섬(그림)

「신선한 공주Fresh Princess」 | 디넨 밀러(글), 글래디스 호세(그림)

「꼭 나처럼」 | 버네사 브랜틀리뉴턴

「내 머리 만지지 마세요!」 | 샤리 밀러

「빛나는 아이」 | 자바카 스텝토

「할머니의 식탁」 | 오게 모라

73쪽

『데어 데어』 | 토미 오렌지

『지상에서 우리는 잠시 매혹적이다』 | 오션 브엉

『사랑의 묘약』 | 루이스 어드리크

『경계지대들/경계선에서』 | 글로리아 E. 안살두아

『왕의 언어로In the Language of Kings』 | 미겔 레온 포르티야

『아무것도 아닌 존재의 수호성인』 | 랜디 리베이

『트릭 미러』 | 지아 톨렌티노

『여성, 인종, 계급』 | 앤절라 Y. 데이비스

『하와이의 여왕이 쓴 하와이 이야기Hawaii's Story by Hawaii's Queen』 | 릴리우오칼라니

『꿈의 집에서』 | 카먼 마리아 마차도

『많은 신들의 집House of Many Gods』 | 키애나 대븐포트

75쪽

『유령 소년들Ghost Boys』 | 주얼 파커 로즈

『모든 슬픈 것은 거짓이다』 | 대니얼 나예리

『그후로 오랫동안에 앞서Before the Ever After』 | 재클린 우드슨

『더는 존재하지 않는 부족Indian No More』 | 샬린 윌링 맥마니스(글), 트레이시 소렐(그림)

『마을의 흑인 소녀는 둘 뿐이야』 | 브랜디 콜버트

『진과 대니』 | 진 루엔 양

『불모지The Barren Grounds』 | 데이비드 알렉산더 로버트슨

『산과 달이 만나는 곳』 | 그레이스 린

『펑크의 첫번째 규칙』 | 셀리아 C. 페레스

『호랑이를 덫에 가두면』 | 태 켈러

『사이공에서 앨라배마까지』 | 탕하 라이

『햇빛을 만드는 방법Ways to Make Sunshine』 | 르네 왓슨

『그뿐만 아니라Furthermore』 | 타헤레흐 마피

『뉴 키드』 | 제리 크래프트

『나는 약속할 수 있어I Can Make This Promise』 | 크리스틴 데이

『루페 웡은 춤추지 않을 거야Lupe Wong Won't Dance』 | 도나 바르바 히게라

『제네시스는 다시 시작한다Genesis Begins Again』 | 얼리샤 D. 윌리엄스

『유령단Ghost Squad』 | 클라리벨 A. 오르테가

『에스페란사의 골짜기』 | 팜 뮤뇨스 라이언

『고스트』 | 제이슨 레이놀즈

『크로스오버』 | 콰미 알렉산더

『어느 뜨거웠던 날들』 | 리타 윌리엄스 가르시아

『파올라 산티아고와 눈물의 강Paola Santiago and the River of Tears』 | 테흘로 케이 메히아

『초원의 연꽃』 | 린다 수 박

『집의 다른 말』 | 재스민 워가

『아말은 자유롭다Amal Unbound』 | 아이샤 사이드

『별빛의 스텔라Stella by Starlight』 | 샤론 M. 드레이퍼

『안내 데스크Front Desk』 | 켈리 양

『천둥아, 내 외침을 들어라』 | 밀드레드 테일러

『왕과 잠자리들King and the Dragonflies』 | 케이센 캘린더

『곤란한 상황이라도 괜찮아A Good Kind of Trouble』 | 리사 무어 라메

『영혼 사냥꾼들Spirit Hunters』 | 엘런 오

『집주인에게 고한다 계약을 연장하라!』 | 카리나 얀 글레이저

『깨어남Woke: A Young Poet's Call to Justice』 | 마호가니 L. 브라운

『파시미나』 | 니디 차나니

78쪽

『만을 가로질러Across the Bay』 | 카를로스 아폰테

『프리야는 마리골드와 마살라 꿈을 꾼다Priya Dreams of Marigolds & Masala』 | 미날 파텔

『연필The Pencil』 | 수전 아빈가크, 마렌 브세툴라, 샤를렌 추아(그림)

『너의 이름은 노래』 | 자밀라 톰킨스 비글로(글), 루이사 우리베(그림)

『나나 아쿠아가 학교에 간다Nana Akua Goes to School』 | 트리시아 일램 워커(글), 에이프릴 해리슨(그림)

『알레고Alego』 | 닝기오쿨루크 티비

『워터 프로텍터』 | 캐롤 린드스트롬(글), 미카엘라 고드(그림)

『할렘의 작은 찌르레기Harlem's Little Blackbird: The Story of Florence Mills』 | 르네 왓슨(글), 크리스티안 로빈슨(그림)

『사자와 생쥐』 | 제리 핑크니

『넌 중요해』 | 크리스티안 로빈슨

『하프리트 싱의 여러 색깔들The Many Colors of Harpreet Singh』 | 수프리야 켈카(글), 알레아 말리(그림)

『우리가 혼자일 때When We Were Alone』 | 데이비드 알렉산더 로버트슨(글), 줄리 플렛(그림)

『아빠랑 오토바이 타고 동네 한 바퀴』 | 이자벨 퀸테로(글), 자크 페냐(그림)

『에벌린 델 레이가 떠난다Evelyn del Rey Is Moving Away』 | 메그 메디나(글), 소니아 산체스(그림)

『토요일 토요일에』 | 오게 모라

『튀긴 빵』 | 케빈 노블 마야르(글), 후아나 마르티네즈 닐(그림)

『술웨』 | 루피타 뇽오(글), 바시티 해리슨(그림)

『엄마랑 나랑』 | 코즈비 A. 카브레라

『꼭 나처럼』 | 버네사 브랜틀리뉴턴

『작은 너Little You』 | 리처드 반 캠프(글), 줄리 플렛(그림)

『망고가 너무 많아Too Many Mangos: A Story about Sharing』 | 태미 패이카이(글), 돈 로빈슨(그림)

『달케이크』 | 그레이스 린

『다정한 쿨루Sweetest Kulu』 | 셀리나 칼루크(글), 알렉산드리아 네오나키스(그림)

『카멀라와 마야의 큰 계획』 | 미나 해리스(글), 아나 곤잘레스(그림)

『종이꽃 나무The Paper-Flower Tree』 | 재클린 아예르

『난 리듬을 탔어I Got the Rhythm』 | 코니 스코필드모리슨(글), 프랭크 모리슨(그림)

『별 사이의 메이Mae Among The Stars』 | 로다 아메드(글), 스타시아 버링턴(그림)

『나의 이야기, 알마』 | 후아나 마르티네즈 닐

『또 다른 연못』 | 바오 파이(글), 티 부이(그림)

『꿈을 찾는 도서관』 | 유이 모랄레스

『침묵의 소리The Sound of Silence』 | 카트리나 골드사이토(글), 줄리아 쿠오(그림)

『에이미 우와 완벽한 바오Amy Wu and the Perfect Bao』 | 캣 장(글), 샬렌 추아(그림)

『가장 나이 많은 학생The Oldest Student: How Mary Walker Learned to Read』 | 리타 로레인 허버드(글), 오게 모라(그림)

『그냥 물어봐!』 | 소니아 소토마요르(글), 라파엘 로페스(그림)

『나는 멋진 사람이야』 | 데릭 반스(글), 고든 C. 제임스(그림)

『안녕, 가을』 | 케나드 박

『행복을 나르는 버스』 | 맷 데 라 페냐(글), 크리스티안 로빈슨(그림)

『분리는 결코 평등이 아니다Separate Is Never Equal: Sylvia Mendez and Her Family's Fight for Desegregation』 | 던컨 토나티우

『허니스모크Honeysmoke: A Story of Finding Your Color』 | 모니크 필즈(글), 예세니아 모이세스(그림)

『너의 이야기를 들려줘』 | 재클린 우드슨(글), 라파엘 로페스(그림)

『내 이름이 담긴 병』 | 최양숙

『너는 나를 지지해』 | 모니크 그레이 스미스(글), 대니엘 대니얼(그림)

『난 충분해』 | 그레이스 바이어스(글), 케투라 A. 보보(그림)

『둘레에 키스하는 눈Eyes that Kiss in the Corners』 | 조애나 호(글), 둥 호(그림)

『탈룰라 이빨 요정 회장』 | 타마라 피졸리(글), 페데리코 파비아니(그림)

『아빠가 만져주는 머리Hair Love』 | 매슈 A. 체리(글), 바시티 해리슨(그림)

『히잡을 처음 쓰는 날』 | 이브티하즈 무하마드, S. K. 알리(글), 하템 알리(그림)

『아부엘라에서의 아침식사Eid Breakfast at Abuela's』 | 마리암 사드(글), 차이마 소비(그림)

『펠레가 집을 찾는다Pele Finds a Home』 | 개브리엘 아훌리(글), 징 징 총(그림)

85쪽

『채소 왕국』 | 브라이언트 테리

『흑인 여성의 베이킹Black Girl Baking』 | 제렐 가이

『언제든 베트남 요리Vietnamese Food Any Day』 | 안드레아 응우옌

『베이킹의 기쁨The Joys of Baking』 | 서맨사 세네비라트네

『자이카Zaika: Vegan recipes from India』 | 로미 길

『풍미를 찾아서』 | 에드나 루이스

『집에서 만드는 멕시코 요리The Mexican Home Kitchen』 | 멜리 마르티네즈

『레드 핫 키친Red Hot Kitchen』 | 다이애나 쿠안

『동양East: 120 Vegan and Vegetarian recipes from Bangalore to Beijing』 | 미라 소하

『손녀 케이크Grandbaby Cakes』 | 조슬린 델크 애덤스

『케이크를 만드는 새로운 방법The New Way to Cake』 | 벤자미나 에부에히

『계절Season: Big Flavors, Beautiful Food』 | 닉 샤르마

『모두의 식탁Everyone's Table: Global Recipes for Modern Health』 | 그레고리 구르데

『단순하게Simply』 | 사브리나 가유르

『열망』 | 크리시 티건

『살짝 익혀주세요Joy the Baker Over Easy』 | 조이 윌슨

『숟가락 일곱 개Seven Spoons』 | 태라 오브래디

『농장의 몰리』 | 몰리 예

『고구마 영혼Sweet Potato Soul』 | 젠 클레이본

『케이크 쉽게 만들기Snacking Cakes』 | 요시 아레피

『한가득The Full Plate』 | 아이샤 커리

『마두르 재프리와 요리를At Home with Madhur Jaffrey』 | 마두르 재프리

『활기차게 살기Living Lively』 | 헤일리 토머스

『소울Soul』 | 토드 리처즈

『밀가루Flour』 | 조앤 장

『부스러기Crumb: The Baking Book』 | 루비 탄도

『Ready Or Not!』 | 미셸 탬, 헨리 퐁

『더 푸드 랩』 | J. 켄지 로페즈알트

『솔로Solo』 | 애니타 로

『소금 지방 산 열』 | 사민 노스랏

『나디아 베이크Nadiya Bakes』 | 나디아 후세인

88쪽

『조이의 가나 요리Zoe's Ghana Kitchen』 | 조이 아존요

『로스앤젤레스의 아들LA Son: My Life, My City, My Food』 | 로이 최

『알로하 키친Aloha Kitchen』 | 알라나 키사르

『기념일』 | 토니 팁턴마틴

『코코넛과 삼발Coconut & Sambal』 | 라라 리

『남부의 아들Son of a Southern Chef』 | 라자루스 린치

『나는 필리핀 사람입니다I Am a Filipino』 | 니콜 폰세카

『요리 유전자The Cooking Gene』 | 마이클 W. 트위티

『수족 요리사의 원주민 주방The Sioux Chef's Indigenous Kitchen』 | 션 셔먼

『장미수와 오렌지꽃Rose Water and Orange Blossoms』 | 모린

아부드

「인도 느낌Indian-ish」 | 프리야 크리슈나

「치카노 요리Chicano Eats」 | 에스테반 카스티요

「시안의 유명한 음식Xi'an Famous Foods」 | 제이슨 왕

「나의 상하이My Shanghai」 | 베티 리우

「아시아에, 사랑을To Asia, with Love」 | 헤티 매키넌

「자이툰Zaitoun」 | 야스민 칸

「카를라 홀의 소울 푸드Carla Hall's Soul Food」 | 카를라 홀

「스위트 홈카페 쿡북Sweet Home Café Cookbook: A Celebration of African American Cooking」 | 아프리카계 미국인 역사와 문화 국립박물관

「아프리카 요리The Africa Cookbook」 | 제시카 B. 해리스

「SOURDOUGH 사워도우」 | 브라이언 포드

「비비의 부엌에서In Bibi's Kitchen」 | 하와 하산, 줄리아 터션

「나의 한국My Korea」 | 후니 김

「베트남 가정 요리Vietnamese Home Cooking」 | 찰스 판

「냄비 바닥Bottom of the Pot」 | 나즈 데러비안

「활기찬 인도Vibrant India」 | 치트라 아그라왈

「지코니Jikoni」 | 라빈더 보갈

「진짜 하와이 요리Cook Real Hawaii」 | 셸던 시먼

「엠보이Amboy」 | 앨빈 케일런

「발흥The Rise」 | 마르쿠스 사무엘손

93쪽

「무거운」 | 키스 레이먼

「천국의 새Bird of Paradise」 | 라켈 세페다

「어느 젊은 흑인 셰프의 비망록Notes from a Young Black Chef」 | 콰메 온우아치

「미치도록 용감한Crazy Brave」 | 조이 하조

「비커밍」 | 미셸 오바마

「집이라는 꿈」 | 레이나 그란데

「까마귀의 도The Tao of Raven」 | 어니스틴 헤이스

「마음의 고국Native Country of the Heart」 | 체리에 L. 모라가

「길 위의 먼지 자국Dust Tracks on a Road」 | 조라 닐 허스턴

「거의 불가능한 장거리 하이킹The Unlikely Thru-Hiker」 | 데릭 루고

「사랑은 과거의 나라Love Is an Ex-Country」 | 랜다 자라르

「사이, 곤」 | 푹 트란

「나는 그들의 아메리칸드림이었다」 | 말라카 가립

「언젠가 나는 이곳에 대해 쓸 것이다One Day I Will Write About This Place」 | 비냐방가 와이나이나

「초보 엄마로 살아남기」 | 테레사 웡

「당신이 알 수 있는 모든 것」 | 니콜 정

「나의 짧은 몸의 역사」 | 빌리레이 벨코트

「내 영혼이 돌아본다My Soul Looks Back」 | 제시카 B. 해리스

「달리기를 말할 때 내가 하고 싶은 이야기」 | 무라카미 하루키

「헝거」 | 록산 게이

「여자들에게Dear Girls」 | 앨리 웡

「불에는 재가 없다No Ashes in the Fire」 | 다넬 L. 무어

「마음 열매Heart Berries」 | 테리스 마리 마일호트

「불이 내 뼈에 갇혀」 | 찰스 M. 블로

「메이슨의 집The Mason House」 | T. 마리 베르티노

「내가 푸에르토리코인이었을 때」 | 에스메랄다 산티아고

「미국인 입문How to American」 | 지미 O. 양

「H 마트에서 울다」 | 미셸 자우너

「엉망인 채 완전한 축제」 | 술라이커 저우아드

「인생의 맛 모모푸쿠」 | 데이비드 장

「평범한 소녀들」 | 자키라 디아스

「사랑, 상실, 그리고 우리가 먹은 것들Love, Loss, and What We Ate」 | 파드마 락슈미

「오키나와를 말하다Speak, Okinawa」 | 엘리자베스 미키 브리나

96쪽

「조건적 시민들Conditional Citizens」 | 라일라 랄라미

「내가 너였을 때Once I Was You]」 | 마리아 이노호사

「노란 집」 | 세라 M. 브룸

「태어난 게 범죄」 | 트레버 노아

「어느 원주민의 삶One Native Life」 | 리처드 와가미즈

「나쁜 원주민들Bad Indians」 | 데버라 A. 미란다

「좋은 대화」 | 미라 제이컵

「칼루나트 사이에서 살기」 | 미니 아오들라 프리먼

「용, 거인, 여자들」 | 와예투 무어

「땅의 아이들Children of the Land」 | 마르셀로 에르난데스 카스티요

「우리가 했던 최선의 선택」 | 티 부이

「한밤의 노크」 | 브리트니 K. 바넷

「영혼의 달리기Spirit Run」 | 노에 알바레스

「디어 마이 네임」 | 샤넬 밀러

「우리가 거둬들인 남자들」 | 제스민 워드

「소지하다」 | 토니 젠슨

「집으로 가는 길」 | 이스마엘 베아

「늦게 돌아온 사람The Latehomecomer」 | 카오 칼리아 양

「페르세폴리스」 | 마르잔 사트라피

「아사타Assata: An Autobiography」 | 아사타 샤쿠어

「생존 수학」 | 미첼 S. 잭슨

「충격 속에서In Shock」 | 라나 오디시

「그들은 목요일마다 우리를 죽인다」 | 앤서니 레이 힌턴

「우리는 이보다 더 낫다We're Better Than This」 | 엘리자 커밍스

「숨결이 바람 될 때」 | 폴 칼라니티

「킬링필드, 어느 캄보디아 딸의 기억」 | 로웅 웅

「약속의 땅」 | 버락 오바마

「블랙은 몸이다Black Is the Body」 | 에밀리 버나드

「땅에 퍼진 마음A Mind Spread Out on the Ground」 | 얼리샤 엘리엇

98쪽

「펫」 | 아콰에케 에메지

「그저 네가 중요하기 때문에」 | 타미 찰스(글), 브라이언 콜리어(그림)

「숌버그Schomburg: The Man Who Built a Library」 | 캐럴 보스턴 웨더퍼드(글), 에릭 벨라스케스(그림)

「더는 존재하지 않는 부족」 | 샬린 윌링 맥마니스(글), 트레이시 소렐(그림)

「이별과 이별하는 법」 | 마리코 타마키(글), 로즈메리 발레로 오코넬(그림)

「시인 X」 | 엘리자베스 아체베도

「집의 다른 말」 | 재스민 워가

99쪽 위

「소금과 별들의 지도The Map of Salt and Stars」 | 제니퍼 조카다르

「팔콘 가족이 겪은 일들」 | 멜리사 리베로

「슬픔은 하얀 새Sadness Is a White Bird」 | 모리엘 로스먼제쳐

「소금집들」 | 할라 알리안

「껍질을 깨트린 진주The Pearl That Broke Its Shell」 | 나디아 하시미

99쪽 아래

「나는 진실을 말하고 있지만, 거짓말을 하고 있어I'm Telling the Truth, but I'm Lying」 | 배시 익피

「흑인 소녀 마법Black Girl Magic」 | 마호가니 L. 브라운

「하비 강으로부터From Harvey River」 | 로나 구디슨

「꿈꾸는 자들을 보라」 | 임볼로 음부에

「소녀, 여자, 다른 사람들」 | 버나딘 에바리스토

「좋은 이민자The Good Immigrant」 | 니케시 슈클라 (편집)

「먼데이가 오지 않는다」 | 티퍼니 D. 잭슨

103쪽

「지나간 말How the Word Is Passed」 | 클린트 스미스

「400년의 영혼Four Hundred Souls」 | 아이브럼 X. 켄디

「아프리카계 미국 사람과 라틴계 사람의 미국사An African American and Latinx History of the United States」 | 폴 오티즈

「눈에 띄지 않은Unseen」 | 다나 카네디

「히든 피겨스」 | 마고 리 셰털리

「우리는 패배하지 않아」 | 콰미 알렉산더(글), 카디르 넬슨(그림)

「칼과 방패The Sword and the Shield」 | 페니얼 E. 조지프

「행진하라」 | 존 루이스, 앤드류 아이딘, 네이트 포웰

「아시아계 미국의 형성The Making of Asian America」 | 에리카 리

「다른 태양들의 온기」 | 이저벨 윌커슨

「마음과 영혼」 | 카디르 넬슨

「역사에 없는 사람들의 미국사」 | 로널드 다카키, 레베카 스테포프

「그림으로 보는 흑인의 역사Illustrated Black History」 | 조지 매컬먼

「그들은 우리를 적이라고 불렀다」 | 조지 타케이

「유전자의 내밀한 역사」 | 싯다르타 무케르지

「미국 원주민의 역사An Indigenous Peoples' History of the United States」 | 록산 던바오티즈

「흑인의 몸 죽이기Killing the Black Body」 | 도러시 로버츠

「이곳」 | 카테리 아키웬지담 외

「미국 흑인 여성의 역사A Black Women's History of the United States」 | 데이나 레이미 베리, 칼리 니콜 그로스

「옛날 힙합 풍경Back in the Days」 | 저멜 샤바즈

「그들은 그녀의 소유였다They Were Her Property」 | 스테퍼니 E. 존스로저스

「다시 노예는 되지 않을 거야」 | 에리카 암스트롱 던바

「세 어머니The Three Mothers」 | 애나 말라이카 텁스

「죽은 자들이 일어난다The Dead Are Arising: The Life of Malcolm X」 | 레스 페인, 타마라 페인

「어린이를 위한 아프리카계 미국인의 역사A Child's Introduction to African American History」 | 자바리 아심(글), 린 게인스(그림)

「하와이의 여왕이 쓴 하와이 이야기」 | 릴리우오칼라니

108쪽

「우리는 8년 동안 정권을 잡았습니다We Were Eight Years in Power」 | 타네히시 코츠

「카멀라 해리스 자서전」 | 카멀라 해리스

「원주민 보호구역에서의 삶Rez Life」 | 데이비드 트루어

「미국에게Dear America: Notes of an Undocumented Citizen」 | 호세 안토니오 바르가스

「검은 마법Black Magic」 | 채드 샌더스

「다시 시작」 | 에디 S. 글로드 주니어

「미국의 수확American Harvest」 | 마리 무츠키 모켓

「라틴계를 찾아서Finding Latinx」 | 파올라 라모스

「처음부터 낙인찍힌 사람들」 | 아이브럼 X. 켄디

「하와이 원주민의 딸」 | 하우나니 카이 트라스크

「소비하기 끔찍한 것A Terrible Thing to Waste」 | 해리엇 A. 워싱턴

「검은 미래」 | 킴벌리 드루, 제나 워덤(공동 편집)

「미등록 미국인」 | 카를라 코르네호 비야비센시오

「사라지는 나의 고국My Vanishing Country」 | 바카리 셀러스

「검은 피로Black Fatigue」 | 메리프랜시스 윈터스

「부르카 이야기가 아니다It's Not About the Burqa」 | 마리암 칸

「운동장의 유령들Ghosts in the Schoolyard」 | 이브 L. 유잉

「우리 시대는 지금」 | 스테이시 에이브럼스

「다른 절반의 은행은How the Other Half Banks」 | 메흐사 바라다란

「어떻게 죽을 것인가」 | 아툴 가완디

「다양성 주식회사Diversity, Inc」 | 패멀라 뉴커크

「배은망덕한 난민The Ungrateful Refugee」 | 디나 나예리

「단지 의학Just Medicine」 | 데이나 매슈

「일The Work」 | 웨스 무어

「악마의 고속도로The Devil's Highway」 | 루이스 알베르토 우레아

「인종 없이Raceless」 | 조지나 로턴

「언제나 그래왔듯이As We Have Always Done」 | 리앤 베타사모사케 심슨

「장애 가시화」 | 앨리스 웡(편집)

「풀이 자라는 한As Long as Grass Grows」 | 디나 길리오휘태커

「평범한Mediocre」 | 이제오마 올루오

「소속의 측정A Measure of Belonging」 | 시넬 반스

115쪽

「단지 흑인이라서, 다른 이유는 없다」 | 제임스 볼드윈

「월터가 나에게 가르쳐 준 것」 | 브라이언 스티븐슨

「우리를 감싼 피부The Skin We're In」 | 데즈먼드 콜

「그들이 당신을 테러리스트라고 부를 때When They Call You a Terrorist」 | 패트리스 칸컬러스, 아샤 반델레

「세상과 나 사이」 | 타네히시 코츠

「새로운 짐크로법The New Jim Crow」 | 미셸 알렉산더

「나와 백인 우월주의Me and White Supremacy」 | 레일라 F. 사드

「당신이 아는 악마The Devil You Know」 | 찰스 M. 블로

「라틴계 발명하기Inventing Latinos」 | 로라 E. 고메즈

「낙인찍힌Stamped」 | 제이슨 레이놀즈, 아이브럼 X. 켄디

「우리가 백인 우월주의와 싸우는 법How We Fight White Supremacy」 | 아키바 솔로몬, 켄랴 랭킨

「마이너 필링스」 | 캐시 박 홍

「반인종차별주의자가 되는 법」 | 아이브럼 X. 켄디

「일부는 아시아계, 하파 100%Part Asian, 100% Hapa」 | 킵 풀백

「내가 더이상 백인들에게 인종 문제를 말하지 않는 이유Why I'm No Longer Talking to White People About Race」 | 레니 에도로지

「그저 우리Just Us」 | 클로디아 랭킨

「난 아직 여기 있어요」 | 오스틴 채닝 브라운

「권력의 목적The Purpose of Power」 | 얼리샤 가르차

「이번에는 불The Fire This Time」 | 제스민 워드

「왜 문제라고 느껴지나요How Does It Feel to Be a Problem?」 | 무스타파 바이유미

「하얀 분노」 | 캐럴 앤더슨

「왜 모든 흑인 아이들은 카페테리아에서 함께 앉을까Why Are All The Black Kids Sitting Together in the Cafeteria?」 | 베벌리 대니얼 테이텀

「인종 토크」 | 이제오마 올루오

「멈출 수 없는 눈물Tears We Cannot Stop」 | 마이클 에릭 다이슨

「카스트」 | 이저벨 윌커슨

「아이들에게 인종 문제 가르치기Bringing Up Race」 | 우주 아시카

「미국인을 위한 미국America for Americans」 | 에리카 리

「인종 차별을 반대합니다」 | 티파니 주엘

「우리의 총합」 | 헤더 맥기

118쪽

「내 등이라고 불리는 이 다리」 | 체리에 모라가, 글로리아 안살두아(편집)

「역사 속의 악녀들Bad Girls Throughout History」 | 앤 섄

「언니는 연장을 탓하지 않는다」 | 에밀리 필로톤(글), 케이트 빙거먼버트(그림)

「십자포화Crossfire」 | 스테이시안 친

「경계 없는 페미니즘」 | 찬드라 탈파드 모한티

「역사를 만든 흑인 여성들」 | 바시티 해리슨

「나는 말랄라」 | 말랄라 유사프자이

「모든 여성은 같은 투쟁을 하지 않는다」 | 미키 켄들

「우리는 모두 페미니스트가 되어야 합니다」 | 치마만다 응고지 아디치에

「이것은 내 실패의 원인이 될 것이다This Will Be My Undoing」 | 모건 저킨스

「우리가 자유로워지려면How We Get Free」 | 키앙가야마타 테일러

「나쁜 페미니스트」 | 록산 게이

「여자 전사」 | 맥신 홍 킹스턴

「모두를 위한 페미니즘」 | 벨 훅스

「당당하게Unapologetic」 | 샬린 캐루더스

「영리한 분노Eloquent Rage」 | 브리트니 쿠퍼

「늑대와 함께 달리는 여인들」 | 클라리사 에스테스

「하얀 눈물, 갈색 흉터」 | 루비 하매드

「이것을 식민화하라Colonize This!」 | 부시라 레만, 데이지 에르난데스(편집)

「페미니스트로 살아가기」 | 사라 아메드

「우리의 공간 되찾기Reclaiming Our Space」 | 페미니스타 존스

「시민 자매Sister Citizen」 | 멀리사 V. 해리스페리

「제멋대로 인생, 아름다운 실험」 | 사이디야 하트먼

「시스터 아웃사이더」 | 오드리 로드

「여성, 인종, 계급」 | 앤절라 Y. 데이비스

123쪽

「아닙니다, 괜찮습니다」 | 서맨사 어비

「어떻게 끝나는지 말해줘」 | 발레리아 루이셀리

「나는 진실을 말하고 있지만, 거짓말을 하고 있어」 | 배시 익피

「암시Intimations」 | 제이디 스미스

「시크」 | 트레시 맥밀런 코텀

「기쁨의 책The Book of Delights」 | 로스 게이

「반반Half and Half」 | 클로딘 치아웨이 오헌

「자전소설 쓰는 법」 | 알렉산더 지

「수집된 조현병」 | 에스메 웨이준 왕

「갈색 흰색 검은색Brown White Black」 | 니시타 J. 메라

「마음의 학살Genocide of the Mind」 | 마리조 무어 (편집)

「당신은 내 머리를 만질 수 없다You Can't Touch My Hair」 | 피비 로빈슨

「다독하는 흑인 여성」 | 글로리 에딤 (편집)

「트릭 미러」 | 지아 톨렌티노

「알고 있지만 낯선Known and Strange Things」 | 테주 콜

「어머니의 정원을 찾아서」 | 앨리스 워커

「나를 포기해Abandon Me」 | 멀리사 페보스

「백인 소녀들White Girls」 | 힐튼 알스

「어색한 흑인 여자의 좌충우돌」 | 이사 레이

「왜 내가 아니야Why Not Me?」 | 민디 케일링

「백인들 사이에서 보낸 시간My Time Among the Whites」 | 제닌 카포 크루셋

「어려움을 겪고 나면 흑인 정체성이 강해진다What Doesn't Kill You Makes You Blacker」 | 데이먼 영

「좋아, 혹은 미국에서 당신의 영혼을 구하는 방법」 | R. 에릭 토머스

「죽이기 전까진 죽지 않아」 | 하닙 압두라킵

「토박이 아들의 수기Notes of a Native Son」 | 제임스 볼드윈

128쪽

「1919」 | 이브 L. 유잉

「갇힌 여성은 위험한 존재A Bound Woman Is a Dangerous Thing」 | 다마리스 B. 힐

「우리가 오르는 언덕」 | 어맨다 고먼

「내가 비를 내리게 해Make Me Rain」 | 니키 지오바니

「화성의 삶Life on Mars」 | 트레이시 K. 스미스

「시민」 | 클로디아 랭킨

「우리는 우리의 몸을 돌려받고 싶다We Want Our Bodies Back」 | 제시카 케어 무어

「탈식민주의 사랑 시Postcolonial Love Poem」 | 내털리 디아즈

「시선집The Collected Poems」 | 랭스턴 휴스

「호미Homie」 | 데인즈 스미스

「피너Finna」 | 네이트 마셜

「마음 대화Heart Talk」 | 클레오 웨이드

「뼈」 | 이르사 데일리워드

「오드리 로드 시선집The Collected Poems of Audre Lorde」 | 오드리 로드

「전통The Tradition」 | 제리코 브라운

「미국의 일출」 | 조이 하조

「기요틴Guillotine」 | 에두아르도 C. 코럴

「저녁이 걸린 못A Nail the Evening Hangs on」 | 모니카 속

「신비한 니그로Magical Negro」 | 모건 파커

「원주민 부족의 새로운 시New Poets of Native Nations」 | 하이드 E. 어드리크 (편집)

「그들이 우리를 위해 온다면」 | 파티마 아스가

「거친 아름다움Wild Beauty」 | 엔토자케 샹게

「내 피부를 흔들어 늘어뜨려라Shake Loose My Skin」 | 소니아 산체스

「내 과거와 미래의 암살범을 위해 바치는 미국 소네트American Sonnets for My Past and Future Assassin」 | 테런스 헤이스

「밀크 앤 허니」 | 루피 카우르

「퀼팅Quilting」 | 루실 클리프턴

「마음」 | 예시카 살가도

「소금Salt」 | 네이이라 와히드

「에스키모 파이Eskimo Pie」 | 노마 더닝

「반면Whereas」 | 레일리 롱 솔저

「시선집Collected Poems 1974~2004」 | 리타 도브

「나 혼자 알던 여자The Woman I Kept to Myself」 | 훌리아 알바레스

「애니 앨런」 | 궨덜린 브룩스

「내내 당신은 꽃을 피우고 있었다All Along You Were Blooming」 | 모건 하퍼 니컬스

「저항Resistencia: Poems of Protest and Revolution」 | 마크 아이스너, 티나 에스카야(편집)

「물과 소금Water & Salt」 | 레나 칼라프 투파하

「마야 안젤루 시 전집Maya Angelou: The Complete Poetry」 | 마야 안젤루

「흑인 소녀야, 집에 전화해」 | 재스민 만스

「연성과학Soft Science」 | 프래니 최

133쪽

「매일 더 세게 진동하라Vibrate Higher Daily」 | 레일라 델리아

「급진적 다르마Radical Dharma」 | 앤젤 쿄도 윌리엄스, 라마 로드 오언스, 재스민 셰둘라

「아이위가라Iwígara」 | 엔리케 살몬

「시작점Where To Begin」 | 클리오 웨이드

「소량Small Doses」 | 어맨다 실즈

「아프로미니멀리스트의 간소하게 살아가는 법 안내서The Afrominimalist's Guide to Living with Less」 | 크리스틴 플랫

『향모를 땋으며』 | 로빈 월 키머러

『아무것도 하지 않는 법』 | 제니 오델

『나는 내가 먼저입니다』 | 네드라 글로버 타와브

『인종 치유 안내서The Racial Healing Handbook』 | 아넬리세 A. 싱

『당신이 손톱을 뜯을 때 생각하는 것들Things You Think About When You Bite Your Nails』 | 아말리아 안드라데

『내 할머니의 손』 | 레스마 메나켐

『우주와 하나가 되기 위한 그림 안내서Your Illustrated Guide To Becoming One With The Universe』 | 사쿠가와 유미

『경이로움의 세계』 | 에이미 네주쿠마타틸

『몸은 사과할 필요가 없다The Body Is Not an Apology』 | 소냐 르네 테일러

『거주Dwellings』 | 린다 호건

『인종 문제에 대한 마음가짐Mindful of Race』 | 루스 킹

『멋진 흑인 여성Badass Black Girl』 | M. J. 피브르

『언제나 길은 있다』 | 오프라 윈프리

『지구 지킴이Earth Keeper』 | N. 스콧 모머데이

『원주민Native』 | 케이틀린 B. 커티스

『당신의 빛을 가져라Own Your Glow』 | 레이섬 토머스

『새로운 보헤미안 안내서The New Bohemians Handbook』 | 저스티나 블레이크니

『기쁨 행동주의Pleasure Activism』 | 에이드리엔 마리 브라운

『모두가 요가Every Body Yoga』 | 재사민 스탠리

『모든 발걸음마다 평화』 | 틱낫한

『1년만 나를 사랑하기로 결심했다』 | 숀다 라임스

『상처로부터From Scratch』 | 템비 로크

『검은 얼굴, 하얀 공간Black Faces, White Spaces』 | 캐럴린 피니

『프리다는 무엇을 할까?』 | 아리아나 데이비스

『지금 있는 곳에서 시작하라』 | 페마 초드론

『애프터 레인』 | 알렉산드라 엘르

참고자료 & 출처

본문에 언급된 순

Sara Clemens, '『모든 것이 산산이 부서지다』 60주년을 기념하며', 『펭귄랜덤하우스 하이어 에듀케이션』, 펭귄랜덤하우스, 2018년 8월 22일. penguinrandomhousehighereducation.com/2018/08/22/things-fall-apart-60th-anniversary

Farah Jasmine Griffin, '소설가 앤 페트리의 약력', 『하버드매거진』, 하버드대학교, 2013년 12월 16일. www.harvardmagazine.com/2014/01/ann-petry

Brent Hayes Edwards, "다리를 잃은 흑인 남성이 뜻밖의 재물을 얻는 통렬한 풍자극", 클로드 매케이의 『마르세유의 사랑』 리뷰, 『뉴욕타임스』, 2020년 2월 11일, 북리뷰 부문. www.nytimes.com/2020/02/11/books/review/romance-in-marseilles-claude-mckay.html

Sandra Cisneros, '망고 스트리트 이야기', 크노프그룹 업로드, 2009년 4월 1일. YouTube video. https://www.youtube.com/watch?v=0Pyf89VsNmg

Khaled Hosseini, '『연을 쫓는 아이』의 저자가 말하는 유년 시절, 글쓰기, 아프간 난민의 역경', 라디오프리유럽 / 라디오리버티 인터뷰, 2012년 6월 21일. www.rferl.org/a/interview-kite-runner-afghan-emigre-writer-khaled-hosseini/24621078.html

Kazuo Ishiguro, '가즈오 이시구로 — 나를 보내지 마', Karen Grigsby Bates의 인터뷰, 내셔널퍼블릭라디오, 2005년 5월 4일. www.npr.org/transcripts/4629918

Rosy Cordero, '20년 전 출간된 『보데가 드림』에서 저자가 품은 구조적 인종차별 극복에 관한 생각과 오늘날', 『엔터테인먼트 위클리』, 2020년 3월 23일. ew.com/books/bodega-dreams-anniversary-ernesto-quinonez

Julia Alvarez, 'Meet Julia', 저자 웹사이트, 2021년 1월 17일에 접속. www.juliaalvarez.com/about

『그들의 눈은 신을 보고 있었다』, 위키피디아, 위키미디어 파운데이션, 가장 최근의 수정은 2021년 2월 3일. en.wikipedia.org/wiki/Their_Eyes_Were_Watching_God

Alice Walker, 조라 닐 허스턴의 『그들의 눈은 신을 보고 있었다』 추천의 말, 뉴욕: 하퍼콜린스, 2013년.

Zadie Smith, 조라 닐 허스턴의 『그들의 눈은 신을 보고 있었다』 추천의 말, 런던: 비라고모던클래식스, 2018년.

Oprah Winfrey, 인트로덕션TBC, 『그들의 눈은 신을 보고 있었다』 DVD, 다넬 마틴 감독. 시카고: 하포프로덕션스, 2005년.

Patrick Dougher, 'About the Artist', 작가 웹사이트, 2021년 2월 17일에 접속. www.godbodyart.com/about-the-artist

Jackson Ferrari Ibelle, '카페 콘 리브로스는 독립 서점들의 지지 속에 아마존을 막고 있다', 『BK리더』, 2020년 10월 21일. www.bkreader.com/2020/10/21/brooklyns-cafe-con-libros-boxes-out-amazon-in-support-of-indie-bookstores

André Wheeler, "'경제적 압력은 새롭지 않다' — 미국의 가장 오래된 흑인 서점이 전염병 대유행 동안 살아남을 수 있을까?", 『가디언』, 2020년 5월 15일.

www.theguardian.com/books/2020/may/15/marcus-books-oakland-oldest-black-bookstore

Bryan Washington, '수프를 찾은 그해', 『해즐릿』, 2018년 12월 10일. hazlitt.net/feature/year-broth

ShaCamree Gowdy, "휴스턴 작가 브라이언 워싱턴이 쓴 데뷔작 『기념』의 TV 계약이 성사되었다.", 크론닷컴(휴스턴 크로니클의 웹사이트), 2020년 10월 9일.

www.chron.com/entertainment/article/Huston-Author-Bryan-Washington-lands-TV-deal-for-15658590.php

Ingrid Persaud, '저곳이 내 탯줄이 묻힌 곳이다 — 잉그리드 페르사우드를 만나다', Will Forrester의 인터뷰, 『펜 트랜스미션스』, 2020년 5월 12일.

pentransmissions.com/2020/05/12/that-is-where-my-navel-string-buried-an-interview-with-ingrid-persaud

Angie Kim, '앤지 김 — 전업 작가로 지내는 일, HBOT 치료, 데뷔작 『미러클 크리크』에 관하여', Kailey Brennan과의 인터뷰, Write or Die Tribe, 2019년 9월 3일. www.writeordietribe.com/author-interviews/interview-with-angie-kim

Yangsze Choo, '작가 양쯔 추를 만나다', Daryl M.의 인터뷰, 로스앤젤레스 퍼블릭 라이브러리(블로그), 2019년 5월 9일. www.lapl.org/collections-resources/blogs/lapl/interview-author-yangsze-choo

James Mcbride, "제임스 맥브라이드 — 『어메이징 브루클린』은 위대한 작가가 창조적 자유를 느낄 때 발휘하는 탁월함을 보여주는 작품이다", Langston Collins Wilkins의 인터뷰, 『북페이지』, 2020년 3월. bookpage.com/interview/24847-james-mcbride-fiction#.X7qN78Kg2w

Mateo Askaripour, '마테오 아스카리푸르의 울적한 만화 데뷔작에 관하여', Scott Simon과의 인터뷰, 『Weekend Edition』, 내셔널퍼블릭라디오, 2021년 1월 2일. www.npr.org/2021/01/02/952807025/mateo-askaripour-onhis-darkly-comic-debut-novel

Lexy Perez, "『사라진 반쪽』의 작가 브릿 베넷이 인종 문제에 관한 소설의 입장을 밝힌다— '정체성은 복잡하다'", 『할리우드 리포터』, 2020년 8월 11일. www.hollywoodreporter.com/news/vanishing-author-brit-bennet-unpacks-novels-take-race-identity-is-complicated-1305774

Nancy Jooyoun Kim, '작가 인터뷰 — 낸시 주연 김', Kelsey Norris의 인터뷰, 리브로에프앰 오디오북스, 2020년 8월 25일. blog.libro.fm/author-interview-nancy-jooyoun-kim

Joe Fassler, '작가들이 성경에서 없앨 수 있는 것', 『디 애틀랜틱』, 2017년 12월 20일. www.theatlantic.com/entertainment/archive/2017/12/min-jin-lee-by-heart/548810

Helen Oyeyemi, '헬렌 오이예미와의 북포럼 토크', Heather Akumiah의 인터뷰, 『북포럼』, 2016년 6월 20일.

Annalisa Quinn, '직업으로 무언가에 사로잡히는 헬렌 오이예미의 인생', Book News and Features , 내셔널 퍼블릭 라디오, 2014년 3월 7일. www.npr.org/2014/03/07/282065410/the-professionally-haunted-life-of-helen-oyeyemi

헬렌 오이예미, "헬렌 오이예미 — 나는 여자들이 다른 여자들을 실망시키는 방식이 흥미롭다", Liz Hoggard의 인터뷰, 『가디언』, 2014년 3월 2일. www.theguardian.com/books/2014/mar/02/helen-oyeyemi-women-disappoint-one-another

Imbolo Mbue, "『상어와 구원자의 시대』 속 하와이는 현대적이지만 신비롭다", 『뉴욕타임스』, 2020년 3월 30일. www.nytimes.com/2020/03/30/books/review/kawai-strong-washburn-sharks-in-the-times-of-saviors.html

Kawai Strong Washburn, "경이로움에 굴복하다 — 『상어와 구원자의 시대』의 작가 카와이 스트롱 워시번과의 인터뷰", J. David Gonzalez의 인터뷰, 『로스앤젤레스 리뷰 오브 북스』, 2020년 3월 6일. lareviewofbooks.org/article/be-bludgeoned-with-the-wonder-an-interview-with-kawai-strong-washburn-on-sharks-in-the-time-of-saviors

Margret Aldrich, "다양성을 담은 책들을 작은 무료 도서관에 나누는 일이 중요한 이유", 작은 무료 도서관 웹사이트, 2020년 7월 15일 접속. littlefreelibrary.org/why-sharing-diverse-books-in-little-free-libraries-matters

MPR News 스태프, '『할런의 책』— 제2차세계대전에 휩쓸린 흑인 음악가를 따라가다', MPR News, 2016년 6월 7일. www.mprnews.org/story/2016/06/07/books-book-of-harlan

Daniel Lefferts, "새 책으로 돌아온 케이틀린 그리니지는 급진적 돌봄을 실천한다", 『퍼블리셔스 위클리』, 2020년 11월 20일. www.publishersweekly.com/pw/by-topic/authors/profiles/article/84948-with-her-new-book-kaitlyn-greenidge-practices-radical-care.html

'수전 아불하와', 아예샤 판데 리터러리, 2021년 1월 18일 접속. www.pandeliterary.com/susan-abulhawa

'2016년 35세 이하 최고의 작가 5인', 국립도서재단, 2021년 1월 18일 접속. www.nationalbook.org/awards-prizes/5-under-35-2016

'마거릿 워커', 인사이클로피디아 브리태니커 온라인, 2020년 11월 26일 접속. www.britannica.com/biography/Margaret-Walker

Randall Kenan, '랜들 케넌과의 대화', Sheryl Cornett과의 인터뷰, 『이미지 48』. imagejournal.org/article/a-conversation-with-randall-kenan

Kristiana Kahakauwila, '『이곳은 천국』의 저자 크리스티아나 카하쿠윌라와의 대화', Bill Wolfe의 인터뷰, Read Her Like an Openbook, 2014년 3월 22일. readherlikeanopenbook.com/2014/03/22/a-conversation-with-kristiana-kahakauwila-about-this-is-paradise

Nafissa Thompson Spires, "나피사 톰프슨스파이어스 — '나는 흑인 너드가 등장하는 이야기를 더 많이 보고 싶었다.", Anita Sethi의 인터뷰, 『가디언』, 2019년 8월 3일. www.theguardian.com/books/2019/aug/03/nafissa-thompson-spires-interview-heads-of-the-colored-people

Marie Doyon, '뉴욕에서 N. K. 제미신과 나눈 대화, 백인 균질화와 『우리는 도시가 된다』', 『크로노그램』, 2020년 4월 30일. www.chronogram.com/hudsonvalley/a-converwation-with-n-k-jemisin-on-new-york-the-homogenization-of-whiteness-and-the-city-we-became/Content?oid=10508607

Cate Matthews, '인종과 젠트리피케이션, 사람들을 하나 되게 하는 픽션의 힘에 관한 N. K. 제미신의 견해', 『타임』, 2020년 3월 13일. time.com/5802555/nk-jemisin-the-city-we-became

"셰리 디멀라인이 베스트셀러 이야기꾼이자 작가로서 원주민 전통을 찾는 이유", CBC, CBC북스, 2020년 6월 23일. www.cbc.ca/books/why-cherie-dimaline-calls-on-her-indigenous-heritage-as-a-bestselling-storyteller-and-writer-1.5604533

Caitlin Monday, '『일라초』의 저자 다시 리틀 배저와 나눈 질문과 대답', We Need Diverse Books, 2020년 11월 2일. diversebooks.org/qa-with-darcie-little-badger-elatsoe

Na Kim, '삽화가이자 아트디렉터 나 김이 말하는 좋은 디자인, 트렌드 피하기, 창조적으로 몰두하는 상태를 유지하기', 크리에이티브인디펜던트, 2021년 2월 17일 접속. thecreativeindependent.com/people/illustrator-and-art-director-na-kim-on-good-design-avoiding-trends-and-staying-creatively-engaged

Zachary Petit, "당신의 책 디자인 경력이 10세부터 시작되어 『크레이지 리치 아시안』에서 절정에 달할 때", 『아이 온 디자인』, 2019년 2월 28일. eyeondesign.aiga.org/when-your-book-design-career-starts-at-age-10-and-peeks-at-crazy-rich-asians

"리버헤드북스의 그레이스와 나눈 표지 디자인 이야기", 펭귄랜덤하우스 웹사이트, 2017년 7월 27일. global.penguinrandomhouse.com/announcements/behind-the-book-covers-with-riverheads-grace-han

Linda Huang, "'표지로 책을 판단하지 말라는 말에 관하여 린다 황과 나눈 이야기", Adam T. Blackbourn과의 인터뷰(블로그), 2016년 1월 31일. www.adamblackbourn.com/song/2016/1/13/g-dont-judge-a-book-by-its-cover-with-linda-huang

"세미콜론은 시카고의 최신 서점이다.", 『시카고 리뷰 오브 북스』, 2019년 8월 25일. chireviewofbooks.com/2019/08/25/semicolon-is-chicagos-newest-bookstore

Lynn Trimble, "지지자들이 팔라브라스 빌링구얼 북스토어를 구하기 위해 움직이는 이유", 『피닉스 뉴 타임스』, 2020년 5월 25일. www.phoenixnewtimes.com/arts/why-supporters-are-working-to-save-palabras-bilingual-bookstore-in-phoenix-11471990

Shazia Hafiz Ramji, "밴쿠버의 매시 북스는 손님을 환영하는 서점이자 손님에게 환영받는 서점이다.", 『퀼 앤드 콰이어』, 2018년 4월 26일. quillandquire.com/omni/vancouvers-massy-books-is-both-welcomed-and-welcoming

Leah Donnella, '억압이 현실적으로 그려지는 YA 판타지 작품', 『코드스위치』, 내셔널 퍼블릭 라디오, 2020년 1월 28일. www.npr.org/sections/codeswitch/2020/01/28/800167671/ya-fantasy-where-the-oppresion-is-real

Alyssa Duspiva, 'R. F. 쿠앙이 데뷔 판타지 소설 『양귀비 전쟁』으로 세상을 놀라게 하다', 『RT북리뷰』, 2018년 3월 26일. web.archive.org/web/20180513011422/http://www.rtbookreviews.com/bonus-content/q-a/the-poppy-war-rf-kuang

Kate oldfield, '서아프리카의 영향을 받은 조던 이푸에코의 놀라운 데뷔작 『광선전달자』', 유나이티드 바이 팝, 2020년 8월 30일. www.unitedbypop.com/young-adult-books/interviews-young-adult-books/jordan-ifueko-raybearer

Mark Oshiro, '마크 오시로를 만나다', Jackie Balbastro의 인터뷰, 파인 리즈 리뷰, 2020년 9월 25일. www.pinereadsreview.com/blog/interview-with-mark-oshiro

Richard Lea, '오인칸 브레이스웨이트의 연쇄살인마 스릴러—살인자 자매를 도울 것인가?', 『가디언』, 2019년 1월 15일. www.theguardian.com/books/2019/jan/15/oyinkan-braithwaite-thriller-nigerian-author-comic-debut-novel-my-sister-the-serial-killer

Silvia Moreno-Garcia, '더 펜 텐—실비아 모레노가르시아를 만나다', Jared Jackson과의 인터뷰, 펜 아메리카, 2020년 7월 9일. pen.org/the-pen-ten-silvia-moreno-garcia/

Victor LaValle, '재주는 모두 똑같다—빅터 라발과의 대화', Ayize Jama-Everett과의 인터뷰, 『로스앤젤레스 리뷰 오브 북스』, 2018년 11월 22일. lareviewofbooks.org/article/the-craft-is-all-the-same-a-conversation-with-victor-lavalle

Nadine Matheson, '네이딘 매더슨을 만나다', 해러게이트 인터내셔널 페스티벌스의 인터뷰, 2021년 4월 28일 접속. harrogateinternationalfestivals.com/youre-booked-online/an-interview-with-nadine-matheson/

'토니상을 수상한 린 마누엘 미란다의 소네트', 『뉴욕타임스』, 2016년 6월 13일. www.nytimes.com/2016/06/13/theater/lin-manuel-mirandas-sonnet-from-the-tony-awards-html

Nicole Chung, '『키스의 지수』는 완벽한 연애 방정식이다', 『숀다랜드』, 2018년 6월 5일. www.shondaland.com/inspire/books/a21052691/the-kiss-quotient-is-a-perfect-romantic-equation

Shivi Sharma, '저자 인터뷰—『설득을 위한 요리법』의 소날리 데브', 『브라운 걸 매거진』, 2020년 6월 26일. browngirlmagazine.com/2020/06/author-interview-recipe-for-persuasion-sonali-dev

Elise Dumpleton, '질문과 대답—『그 밧줄을 묶어』의 저자 제인 이가로', 너드 데일리, 2020년 9월 26일. www.thenerddaily.com/jane-igharo-author-interview

Denny S. Bryce, '『인생을 즐겨, 클로이 브라운』에서 사랑은 모든 것을 치유해주지는 않는다, 그렇지만 정말 재미있다', 북리뷰, 내셔널 퍼블릭 라디오, 2019년 11월 4일. www.npr.org/2019/11/04/775207231/in-get-a-life-chloe-brown-love-doesnt-cure-all-but-it-sure-is-fun

Nawal Arjini, '퀴어 남성성과 예술가로 존재하기의 의미에 관한 사이드 존스의 의견', 『네이션』, 2019년 10월 7일. www.thenation.com/article/archive/saeed-jones-how-we-fight-for-our-lives-interview

Adira-Danique Philyaw, '『허니 걸』의 모건 로저스 초청', 『쉬 리즈』, 2021년 2월 1일. shereads.com/guest-editor-morgan-rogers-on-honey-girl

Noor Qasim, '판타지는 궁극의 퀴어 클리셰—카먼 마리아 마차도와의 인터뷰', 『파리 리뷰』, 2019년 11월 5일. www.theparisreview.org/blog/2019/11/05/fantasy-is-the-ultimate-queer-cliche-an-interview-with-carmen-maria-machado

Betty Vine, '표지만으로 책을 판단해야 하는 이유—표지 디자인의 아름다운 예술', 『아트푸블리카 매거진』, 2020년 8월 18일. www.artpublikamag.com/post/why-you-should-totally-judge-a-book-by-its-cover-the-beautiful-art-of-book-cover-design

Vyki Hendy, '『딕』 표지를 디자인한 사미라 이라바니', 『스파인』, 2019년 4월 8일. spinemagazine.co/articles/samira-iravani2

Sarah Diamond, '우리가 돕는다—표지 디자인의 예술', 어린이책작가·삽화가협회. 2021년 2월 17일 접속. www.scbwi.org/cover-design-feature

Concepción León, '제이슨 레이놀즈는 임무를 수행중이다', 『뉴욕타임스』, 2019년 10월 28일. www.nytimes.com/2019/10/28/books/jason-reynolds-look-both-ways-html

제이슨 레이놀즈, '쓰자, 제대로, 의식으로' 시리즈, 국회도서관 연구 지침. guides.loc.gov/jason-reynolds/grab-the-mic/wrr

Brenna Ehrlich, '『불 관리인의 딸』—앤절린 볼리의 책이 넷플릭스로 간다', 『롤링스톤』, 2021년 3월 16일. www.rollingstone.com/culture/culture-features/firekeepers-daughter-book-angeline-boulley-netflix-higher-ground-obamas-1142727/

Lydia Gerike, "'블랙 조이는 나의 핵심'이라고 말하는 인디애나폴리스 토박이 레아 존슨이 쓴 청소년소설", 『인디스타』, 2020년 7월 5일.

'콰미 알렉산더와의 인터뷰 기록', Reading Rockets, WETA 퍼블릭 브로드캐스팅, 2016년 3월 22일. www.readingrockets.org/books/interviews/alexander/transcript

Grace Lin, 「어린이책장의 창문과 거울」, 브리트니 호턴 제작, 테드 교육, 테드x토크, 2016년 3월 18일. ed.ted.com/on/a0o0BODb

Kerry Clare, '발사대—데이비드 A. 로버트슨의 『황무지』', 49th Shelf, 2020년 9월 28일. 49thshelf.com/Blog/2020/09/28/Launchpad-THE-BARREN-GROUNDS-by-David-A.-Robertson

Ailsa Chang, 『모든 슬픈 것은 거짓이다』 『올싱스컨시더드』, 내셔널 퍼블릭 라디오, 2020년 9월 2일. www.npr.org/2020/09/02/908467288/everything-sad-is-untrue-is-funny-and-sad-and-mostly-true

Elizabeth Bird, '끓어 넘친 냄비—대니얼 나예리와의 인터뷰 A Fuse #8 제작', 『학교도서관저널』, 2020년 8월 19일. blog.slj.com/afuse8production/2020/08/19/daniel-nayeri-interview/

Alicia D. Williams, 『제네시스는 다시 시작한다』, 뉴욕, 아테네움/케이틀린 들로우히 북스, 2020년. '브라이언 콜리어와의 만남 | 학교도서관저널', 『모자이크 문학잡지』, 2013년 5월 2일. mosaicmagazine.org/a-visit-with-bryan-collier-school-library-journal

Samantha Balaban, '신작 그림책이 흑인 소년들의 존재를 상기한다—『너는 멋진 사람이야』, 내셔널 퍼블릭 라디오, 2020년 10월 24일. www.npr.org/2020/10/24/925482149/a-new-picture-book-reminds-black-sons-you-are-every-good-thing

John Schu, '자밀라 톰킨스 비글로와 루이사 우리베의 너의 이름은 노래', 와치 커넥트 리드(블로그), 2019년 10월 1일. mrschureads.blogspot.com/2019/10/your-name-is-song-by-jamilah-thompkins.html

Madeline Tyner, '숫자로 보는 2019년 CCBC 다양성 통계', CCBlogC, 2020년 6월 16일. ccblogc.blogspot.com/2020/06/the-numbers-are-in-2019-ccbc-diversity.html

Neal Porter, '유이 모랄레스와 닐 포터의 대화', 『퍼블리셔스 위클리』, 2018년 8월 16일. www.publishersweekly.com/pw/by-topic/childrens/childrens-authors/article/77766-in-conversation-yuyi-morales-and-neal-porter.html

Bet Ayer, '태국에서의 삶을 그린 놀라운 그림책들', 해나 부스의 인터뷰, 『가디언』, 2017년 6월 17일. www.theguardian.com/lifeandstyle/2017/jun/17/the-groundbreaking-childrens-books-that-drew-on-life-in-thailand

Sally Lodge, '케빈 노블 마야르 및 후아나 마르티네즈 닐과 나눈 질의응답', 『퍼블리셔스 위클리』, 2019년 10월 17일. www.publishersweekly.com/pw/by-topic/childrens/childrens-authors/article/81498-q-a-with-kevin-noble-maillard-and-juana-martinez-neal.html

'삽화가를 만나다—크리스티안 로빈슨', 브라이틀리, 2015년 5월 27일. www.readbrightly.com/meet-illustrator-christian-robinson

'바시티 해리슨에 대하여', 2021년 2월 17일 접속. www.vashtiharrison.com/about

Oge Mora, '오게 모라와의 인터뷰', 『그림책의 예술』, 2018년 12월 10일. www.artofthepicturebook.com/-check-in-with/2018/10/15/pm2gtdumqdmzg4qb8ffnwkgu9rbcc0

'후아나 마르티네즈 닐', Full Circle Literary, 2021년 2월 17일 접속. www.fullcircleliterary.com/juana-martinez-neal

Alicia Inez Guzmán, '레드 플래닛 코믹스는 전 세계에서 유일한 원주민 만화책 가게다', 『뉴멕시코 매거진』, 2018년 11월 13일. www.newmexico.org/nmmagazine/articles/post/red-planet-comics

연합통신사, '마블 코믹스는 아메리카 원주민을 만화에 더 잘 담아내고자 한다', 『로스앤젤레스 타임스』, 2020년 8월 31일. www.latimes.com/entertainment-arts/story/2020-08-31/fans-hope-marvel-comic-book-improves-native-representation

Tanisha Sykes, '아이시미 북스토어는 어린이들에게 아프리카계 미국인 역사의 가치를 가르친다', 『USA 투데이』, 2019년 4월 10일. www.usatoday.com/story/money/usaandmain/2019/04/10/eyeseeme-bookstore-black-history-children/2809180002

Vonnie Williams, '브라이언트 테리가 비건 요리를 탈식민지화하는 방법', 푸드52, 2020년 2월 25일. food52.com/blog/25044-best-vegetable-kingdom-bryant-terry-cookbook-recipes

"'할 수 있고 할 것입니다'—최고의 수상 소감", 『가디언』, 2015년 10월 8일. www.theguardian.com/tv-and-radio/2015/oct/08/great-british-bake-off-nobel-prize-acceptance-speeches-nadiya-hussain

Chrissy Teigen and Adeena Sussman, 『열망』, 뉴욕, 클랙슨 포터/크라운 퍼블리싱 그룹, 2016년 2월.

Noelle Carter, '토니 팁턴마틴은 아프리카계 미국 요리의 풍부한 역사를 우리에게 전한다', 『숀다랜드』, 2019년 12월 9일. www.shondaland.com/inspire/books/a30141244/toni-tipton-martin-interview

Margaret Eby, '브라이언 포드는 사워도우 혁명을 이끌고 있다', 『푸드&와인』, 2020년 6월 18일. www.foodandwine.com/bread-dough/bryan-ford-new-world-sourdough

Sean Sherman, '원주민 셰프를 만나다—션 셔먼', Molly Rae의 인터뷰, 스위트그래스 트레이딩 컴퍼니(블로그), 2020년 7월 1일. www.sweetgrasstradingco.com/2020/07/01/interview-with-an-indigenous-chef-sean-sherman

Roxane Gay, '더 커지기, 더 열심히 싸우기—록산 게이와 『헝거』의 시간에 대하여', Terry Gross의 인터뷰, 『프레시 에어』, 내셔널 퍼블릭 라디오, 2017년 6월 19일. www.npr.org/2017/06/19/533515895/be-bigger-fight-harder-roxane-gay-on-a-lifetime-of-hunger

Jaquira Díaz, '신작 회고록 『평범한 소녀들』에서 자키라 디아스는 가정을 찾는다', Steve Inskeep의 인터뷰, 『모닝 에디션』, 내셔널 퍼블릭 라디오, 2019년 10월 29일. www.npr.org/2019/10/29/774306278/jaquira-d-az-on-her-memoir-ordinary-girls

Ruth Lefaive, '역설의 지대—빌리레이 벨코트와의 대화', 『럼퍼스』, 2020년 7월 15일. therumpus.net/2020/07/15/the-rumpus-interview-with-billy-ray-belcourt

Julia Lurie, '남성성과 트레이번 마틴 사건, 그리고 유년 시절 트라우마 재경험에 관한 찰스 블로의 견해', 『마더 존스』, 2014년 9월/10월. www.motherjones.com/media/2014/09/interview-new-york-times-charles-blow-memoir-fire-shut-up-bones-trayvon-martin-masculinity

코트니 비노팔, '20년 만에 애너코스티어에 새로 생긴 서점은 지역사회의 다양성을 반영하기를 희망한다', 『워싱터니언』, 2017년 12월 20일. www.washingtonian.com/2017/12/20/at-mahoganybooks-owners-derrick-and-ramunda-young-hope-to-reflect-the-diversity-of-their-community/

'롱비치에 자리한 벨칸토북스의 조애너 벨퍼를 만나다', 로컬 스토리즈, 『보야지 LA』, 2020년 8월 10일. voyagela.com/interview/meet-jhoanna-belfer-bel-canto-books-long-beach/

Gwen Aviles, '노스캐롤라이나의 라틴계 서점과 문화 허브는 코로나 팬데믹에서 살아남기 위해 움직인다', 『NBC 뉴스』, 2020년 5월 6일. www.nbcnews.com/news/latino/north-carolina-latino-bookstore-cultural-hub-works-survive-coronavirus-pandemic-n1200496

Reading Women, "'우리의 이야기'를 전하는 것의 의미에 관한 와예투 무어의 생각", 릿허브, 2020년 6월 24일. lithub.com/wayetu-moore-on-what-it-means-to-tell-our-story

Kailey Brennan, '미라 제이컵—가족, 인종차별, 외로운 예술로서의 글쓰기, 생생한 과거의 기억', 『좋은 대화』, Write or Die Tribe, 2019년 10월 23일. www.writeordietribe.com/author-interviews/interview-with-mira-jacob

Connor Goodwin, '작가 토니 젠슨은 총기 폭력의 얼굴이란, 우리가 생각하는 모습이 아니라는 사실을 환기한다', 『숀다랜드』, 2020년 9월 8일. www.shondaland.com/inspire/books/a333928495/toni-jensen-carry-memoir

Audre Lorde, '나는 당신의 자매다—성애를 가로질러 뭉치는 흑인 여성들', 『섬광A Burst of Light』 『얼굴 만들기, 영혼 만들기Making Face, Making Soul / Haciendo Caras: Creative and Critical Perspectives by Feminists of Color』에 재수록, Edited by Gloria Anzaldúa, 샌프란시스코, 앤트루트, 1990년 9월.

Alison Flood, '존 루이스 의원은 전미도서상 시상식에서 흑인이라는 이유로 도서관 입장을 거부당한 경험을 진했다', 『가디언』, 2016년 11월 17일. www.theguardian.com/books/2016/nov/17/rep-john-lewis-national-book-awards-refused-entry-to-library-because-black

Isabel Wilkerson, '대이주—아프리카계 미국인이 북쪽으로 이동', Terry Gross의 인터뷰, 『프레시 에어』, 내셔널 퍼블릭 라디오, 2010년 9월 13일. www.npr.org/transcripts/129827444

Juju Chang 등, '『스타트렉』의 스타 조지 타케이가 자신의 인권 운동은 왜 아주 개인적인 경험에 깊이 뿌리내리고 있는지, 지금 트위터 유명인사가 된 상황은 어떤지 이야기한다', 『ABC 뉴스』, 2019년 8월 19일. abcnews.go.com/Entertainment/star-trek-star-george-takei-activism-roots-deeply/story?id=64932887

Kei Miller, 『오거스타운Augustown』, 뉴욕, 빈티지, 2018년.

Arimeta Diop, '킴벌리 드루와 제나 워덤은 미래를 생각한다', 『베니티페어』, 2020년 11월 17일. www.vanityfair.com/style/2020/11/kimberly-drew-jenna-wortham-on-black-futures

'킴벌리 드루와 제나 워덤의 『검은 미래』 발췌', 『뉴욕타임스』, 2020년 12월 1일. www.nytimes.com/2020/12/01/books/review/black-futures-by-kimberly-drew-and-jenna-wortham-an-excerpt.html

Mattie Kahn, '스테이시 에이브럼스는 더 좋은 미국을 만들고 싶다. 당신의 도움이 필요하다', 『글래머』, 2020년 6월 23일. www.glamour.com/story/stacey-abrams-our-time-is-now-interview-2020-election

Alice Wong, '#ADA25— 장애가시화 프로젝트에서 전하는 감사의 말', 장애가시화프로젝트, 2015년 7월 27일. disabilityvisibilityproject.com/2015/07/27/ada25-dvp-a-note-of-gratitude

Jenee Darden, '활동가 앨리스 웡이 말하는 장애인으로서의 기쁨과 도전', KALW 로컬 퍼블릭 라디오, 2020년 9월 10일. www.kalw.org/post/activist-alice-wong-joys-and-challenges-being-disabled#stream/0

Paul Elie, '『백년의 고독』의 은밀한 역사', 『베니티페어』, 2015년 12월 5일. www.vanityfair.com/culture/2015/12/gabriel-garcia-marquez-one-hundred-years-of-solitude-history

Jennifer Schuessler, "아이브럼 X. 켄디는 미국의 '전이성 인종차별' 치료법을 가지고 있다", 『뉴욕타임스』, 2019년 8월 6일. www.nytimes.com/2019/08/06/arts/ibram-x-kendi-antiracism.html

Ibram X. Kendi, Nereida Moreno, 『반인종차별주의자가 되는 법』에 관한 역사학자 아이브럼 X. 켄디의 견해', 네레이다 모레노의 인터뷰, WBEZ 시카고, 내셔널 퍼블릭 라디오, 2019년 10월 30일. www.npr.org/local/309/2019/10/30/774704183/historian-ibram-x-kendi-on-how-to-be-an-antiracist

Heather McGhee, '『우리의 총합』은 모두를 위해서 인종차별로 인한 숨겨진 손실을 따진다', Dave Davies의 인터뷰, 『프레시 에어』, 내셔널 퍼블릭 라디오, 2021년 2월 17일. www.npr.org/2021/02/17/968638759/sum-of-us-examines-the-hidden-cost-of-racism-for-everyone

Elisabeth Egan, '헤더 맥기는 독자들이 표지를 보고 책을 판단한다는 것을 안다', 『뉴욕타임스』, 2021년 3월 4일. www.nytimes.com/2021/03/04/books/review/heather-mcghee-the-sum-of-us.html

Meghan O'Rourke, '『마이너 필링스』의 캐시 박 홍', 『디 예일 리뷰』, 2020년 6월 29일. yalereview.yale.edu/cathy-park-hong-minor-feelings

Lexy Perez, '자신의 경험담을 담은 『난 아직 여기 있어요』의 작가 오스틴 채닝 브라운이 현재의 인종차별 반대 흐름에 관해 말하다', 『할리우드 리포터』, 2020년 7월 9일. www.hollywoodreporter.com/news/general-news/i-am-still-here-author-austin-channing-brown-reflects-memoirs-success-1301731

'평등한 정의 구현 소개', 평등한정의구현Equal Justice Initiative, 2021년 1월 18일 접속. www.facebook.com/equaljusticeinitiative/about/?ref=page_internal

Ta-Nehisi Coates, 「세상과 나 사이」, Ta-NehisiCoate.com, 2021년 1월 18일 접속. ta-nehisicoates.com/books/between-the-world-and-me

Alysa Zavala-Offman, '애서가 — 재닛 웹스터 존스, 소스 북셀러스 주인', 더 피플 이슈, 『디트로이트 메트로 타임스』, 2017년 8월 9일. www.metrotimes.com/detroit-guides/the-bibliophile-janet-webster-jones-4902031

아이언 도그 북스, '아이언 도그 북스에 다섯 가지 질문을 하다', 북넷 캐나다, 2020년 11월 6일. www.booknetcanada.ca/blog/2020/11/06/5-questions-with-iron-dog-books

Brandon T. Harden, '해리엇스 북숍 주인이 필라델피아 행진 동안 흑인 지도자에 관한 무료 책을 나누어준다', 『필라델피아 인콰이러』, 2020년 6월 5일. www.inquirer.com/arts/harrietts-bookshop-free-books-black-authors-fishtown-george-floyd-protests-20200605.html

Asli Ertem, '나쁜 페미니스트의 고백', 테드x비엔나, 2018년 7월 18일. www.tedxbienna.at/blog/confessions-bad-feminist

벨 훅스, 『모두를 위한 페미니즘』, 뉴욕, 루틀리지, 2014.

Ruby Hamad, '책장 반영 — 루비 하마드', 『킬 유어 달링스』, 2019년 10월 11일. www.killyourdarings.com.au/article/shelf-reflection-ruby-hamad

Mridula Nath Chakraborty, '인종과 페미니즘에 관한 루비 하마드의 비판적 평가', 『시드니 모닝 해럴드』, 2019년 9월 13일. www.smh.com.au/entertainment/books/ruby-hamad-s-damning-assessment-of-race-and-feminism-20190909-p52pcn.html

Kellee Terrell, '미키 켄들은 페미니즘이 모두를 위한 것이어야 한다는 점을 환기한다', 『숀다랜드』, 2020년 2월 25일. www.shondaland.com/inspire/books/a31086399/mikki-kendall-hood-feminism

Leila Glass, '체리에 모라가가 고전이 된 저서를 다시 읽다', 클레이먼 젠더 연구소, 2016년 5월 26일. gender.stanford.edu/news-publications/gender-news/cherr-e-moraga-revisits-her-foundational-book

Scott Simon, '서맨사 어비 — 어느 작가의 화려한 인생', 『위켄드 에디션 세터데이』, 내셔널 퍼블릭 라디오, 2020년 3월 28일. www.npr.org/2020/03/28/822561360/samantha-irby-this-is-the-glamorous-life-of-a-writer

Tyler Calder, "서맨사 어비의 새 책, 『아닙니다, 괜찮습니다』" Girls' Night In, 2020년 7월 10일. www.girlsnightin.co/posts/samantha-irby-on-making-friends-as-an-adult-book-club-snacks.

Anita Sethi, '에스메 웨이준 왕 — 나는 정신 장애를 미화하고 싶지 않다… 그것은 창의성을 가로막는다', 『가디언』, 2019년 6월 29일. www.theguardian.com/books/2019/jun/29/esme-weijun-wang-interview-the-collected-schizophrenias

Jia Tolentino, '지아 톨렌티노', Jessica Wakeman의 북페이지 인터뷰, 『북페이지』, 2019년 8월. www.bookpage.com/interviews/24268-jia-tolentino-nonfiction#.YFpld_1Kg2w

지아 톨렌티노, '지아 톨렌티노는 우리가 망했다는 것을 안다, 그렇지만 어쨌든 우리가 행복해지기를 원한다', Adrienne Westenfeld의 인터뷰, 『에스콰이어』, 2019년 8월 6일. www.esquire.com/entertainment/books/a28607628/jia-tolentino-interview-trick-mirror/

Olivia Bednar, '토론토 최고의 독립 서점', 『NOW 매거진』, 2018년 8월 1일. nowtoronto.com/culture/books-culture/best-independent-book-stores-toronto

Amanda Parris, '어 디퍼런트 북리스트가 토론토를 어떻게 바꾸었나(책을 통해서만이 아니다)', CBC, 2016년 3월 17일. www.cbc.ca/arts/exhibitionists/how-a-different-booklist-changed-toronto-and-not-only-through-books-1.3496301

J. D. Biersdorfer, '미국 원주민 문화를 찾을 수 있고 좋은 책이 있는 곳', 『뉴욕타임스』, 2019년 7월 25일. www.nytimes.com/2019/07/25/books/birchbark-minneapolis-native-american-books.html

Lindsay Blakely, '로스앤젤레스의 이소 원 북스 공동 창립자가 흑인으로 살기와 미국에서 사장으로 살기에 관해 돌아본다', 『Inc.』, 2020년 9월 3일. www.inc.com/lindsay-blakely/eso-won-books-james-fugate-black-business-owner.html

'7인의 작가가 꼽은 서점', 『뉴욕타임스』, 2017년 12월 7일. www.nytimes.com/interactive/2016/12/07/travel/7-authors-on-their-favorite-bookstores.html

Nava Atlas, '궨덜린 브룩스를 좋아할 다섯 가지 이유', Literary Ladies Guide, 2017년 8월 17일. www.literaryladiesguide.com/literary-musings/5-things-love-gwendolyn-brooks

Julia Barajas, '로스앤젤레스 출신의 시인으로 바이든 대통령의 취임식에 나타난 어맨다 고먼은 누구인가?', 『로스앤젤레스 타임스』, 2021년 1월 17일. www.latimes.com/entertainment-arts/books/story/2021-01-17/amanda-gorman-biden-inauguration-poet

'살찌고, 재빠르고, 갈색이고', Yesikasalgado.com. 2021년 2월 3일 접속. www.yesikasalgado.com

Raquel Reichard, '당신이 이별을 극복하는 중이라면 정확히 이 시인의 말을 읽을 필요가 있다', Bustle, 2017년 11월 9일. www.bustle.com/p/why-corazon-poet-yesika-salgado-wants-you-to-celebrate-your-heartbreaks-with-other-women-3258545

루피 카우르, 『밀크 앤 허니』, 앤드루스맥밀퍼블리싱, 2021년 2월 3일 접속. publishing.andrewsmcmeel.com/book/milk-and-honey/

Kate Prengel, '조이 하조 — 당신이 알아야 할 다섯 가지 토막 정보', Heavy.com, 2019년 6월 20일. heavy.com/news/2019/06/joy-harjo

Laura McGinnis, '여성들이 자신을 사랑하도록 돋우는 임무를 수행 중인 27세의 작가 알렉스 엘리를 만나다', NOMORE.org(블로그), 2017년 10월 25일. nomore.org/bloomstories-alex-elle/

Gabby Shacknai, '알렉스 엘리가 건강을 민주화하기 위한 노력과 자기 돌봄을 일상의 부분으로 만들 방법에 대해 논한다', 『포브스』, 2020년 9월 30일. www.forbes.com/sites/gabbyshacknai/2020/09/30/alex-elle-discusses-her-new-book-the-fight-to-democratize-wellness-and-how-to-make-self-care-a-part-of-everyday-life/?sh=6afb61f85a9e

Alicia Ramírez, '『프리다는 무엇을 할까?』의 아리아나 데이비스는 극찬받는 페미니스트 아이콘에게서 영감을 구한다', 『숀다랜드』, 2020년 10월 20일. www.shondaland.com/inspire/books/a34417698/arianna-davis-what-would-frida-do/

'내 할머니의 손', 『사이콜로지 투데이』, 2017년 9월 21일. www.psychologytoday.com/us/blog/the-author-speaks/201709/my-grandmother-s-hands

에이미 네주쿠마타틸, '의심스러우면 아홀로틀처럼 웃어라', 릿허브, 2020년 9월 11일. lithub.com/when-in-doubt-smile-like-an-axolotl

'우리의 방식' 더 릿. 바, 2021년 2월 17일 접속. www.thelitbar.com/how-we-roll

Ashley J. Hobbs, '사장 노엘레 산토스는 후퇴하지 않는다', 『에센스』, 2020년 7월 24일. www.essence.com/news/money-career/noelle-santos-the-lit-bar-bookstore

#BIBLIOBICICLETA
FREE BOOKS FREE
READ! FREE! BOOKS! FREE!

우리가 사랑한 세상의 모든 책들 더 넓은 세계

초판 인쇄 2023년 1월 31일
초판 발행 2023년 2월 14일

지은이 자미스 하퍼·제인 마운트
옮긴이 진영인
펴낸이 김소영
책임편집 임윤정
편집 전민지
디자인 김문비
마케팅 정민호 이숙재 박치우 한민아 이민경 박진희 정경주 정유선 김수인
브랜딩 함유지 함근아 박민재 김희숙 고보미 정승민
제작부 강신은 김동욱 임현식
제작처 더블비(인쇄) 경일제책사(제본)

펴낸곳 (주)아트북스
출판등록 2001년 5월 18일 제406-2003-057호
주소 10881 경기도 파주시 회동길 210
대표전화 031-955-8888
문의전화 031-955-7977(편집부) 031-955-2689(마케팅)
팩스 031-955-8855
전자우편 artbooks21@naver.com
@artbooks21
artbooks.pub

ISBN 978-89-6196-426-5 03840

- 값은 뒤표지에 있습니다.
- 잘못된 책은 구입하신 서점에서 교환해 드립니다.